구선모 新무협 판타지 소설

호열지도
號熱之道

호열지도 4

구선모 新무협 판타지 소설

초판 1쇄 찍은 날 § 2002년 11월 28일
초판 1쇄 펴낸 날 § 2002년 12월 8일

지은이 § 구선모
펴낸이 § 서경석

편집장 § 문혜영
편집책임 § 장상수
편집 § 박영주 · 권민정 · 이종민
마케팅 § 정필 · 강양원 · 이선구 · 김규진

펴낸곳 § 도서출판 청어람
등록번호 § 제1081-1-89호
등록일자 § 1999. 5. 31
어람번호 § 제2-0154호

주소 § 경기도 부천시 원미구 심곡1동 350-1 남성B/D 3F (우) 420-011
전화 § 032-656-4452 팩스 § 032-656-4453
E-mail § eoram99@chollian.net

ⓒ구선모, 2002

값 7,500원

ISBN 89-5505-427-0 (SET)
ISBN 89-5505-546-3 04810

구선모 新무협 판타지 소설

호열지도

號熱之道

4 영락제

도서출판
청어람

목

차

제 1 장

아, 정말 세상은 넓고 기인은 많구나.

아, 정말 세상은 넓고 기인은 많구나.

어두운 그림자가 서서히 걷히고 있었다. 밖의 소란스러웠던 웃음소리와 시정잡배의 큰소리도 어느새 사라져 들리지 않은 지 오래되었다. 그러나 아직 길 건너 홍루(紅樓)는 불이 꺼지지 않은 상태로 어두운 거리를 밝히고 있었다.

정말 불야성이라 불려지는 데 아무런 문제가 없을 정도로, 웃음을 찾아오는 사람들과 봉사를 하는 사람들은 화려한 밤을 아쉬운 마음으로 보내고 있었다. 그러나 그런 길 건너의 사람들과는 다른 마음으로 아쉬운 밤을 보내는 사람들이 있었다. 평소와는 다르게 밤이 짧은 것을 너무나 아쉬워하는 사람이 있었던 것이다.

"장문인, 그럼 저는 장문인만 믿겠습니다. 운영은 아직 많은 부분에서 부족합니다. 그렇더라도 장문인과 여러 장백검파 문인들이 옆에서 많은 지도편달을 해주실 것이라 생각하겠습니다. 그래도 괜찮겠지요?"

호열은 다시 한 번 현운 장문인의 확답을 듣고 싶었다.

확답. 믿음을 가질 수 있는 충분한 대답이 듣고 싶은 것이다. 아무리 호열이 운영일 위해서 내린 결정이라고는 하지만 직접 옆에서 지켜주지 못하는 것이 마음에 크게 걸렸다. 그러나 운영을 현운 장문인에게 보낸다는 결정에는 후회가 없었다.

호열의 생각으로도 운영이 자신의 곁에 있어보았자 지금의 현실로는 뚜렷한 앞날을 보장할 수 없는 상황이란 걸 잘 알고 있었다. 그에 호열은 운영의 꿈을 실현시켜 줄 수 있는 대안으로 현운 장문인을 믿어보기로 한 것이다.

장백검파의 상황을 알고 있기에 조금 불안한 마음이 들기도 하였지만, 호열은 끝까지 장백검파를 믿어보기로…

아니, 장백검파가 아니라 현운 장문인을 믿기로 마음을 굳게 먹고 다짐에 다짐을 했다. 어떠한 일이 있더라도 현운 장문인을 믿는 마음엔 변함이 없을 것이라고.

호열은 스스로 자신의 마음에 밧줄을 메고 있었다.

"허허허, 예… 걱정하지 마십시오. 지금은 모르겠지만… 아니, 조금만 지나면… 허허, 오히려 저희가 정 소협의 도움을 받아야 될 것 같습니다. 원시천존……."

호열이 거듭 물어보는 이유가 무엇 때문인지, 왜 이렇게 자신의 확답을 직접 들었으면 하는 것인지.

현운 장문인은 호열의 마음을 충분히 헤아릴 수 있었다. 친동생처럼 아끼는 사람을 곁에서 떠나보내려 하는 호열의 심정이 충분히 이해할 수 있었던 것이다.

"음… 이런 말씀을 드리게 된 것을 죄송하게 생각합니다. 하지만 무엇보다 제겐 동생의 안위가 우선이라……."

"허허, 압니다. 어찌 대협의 마음을 모를 수가 있겠습니까? 그러니 안심하십시오."

"하하하, 장문인께서 그렇게 말씀하시니 한시름 놓게 되었습니다. 음… 그럼 날도 밝기 시작하는 것 같으니 빨리 해야겠습니다. 장문인, 우선 암기하시기 전에 먼저 금단선공에 대해서 아실 것이 있습니다."

호열은 운영에 대한 일이 마무리가 잘된 것 같아 홀가분한 마음으로 현운 장문인을 대할 수 있었다. 다른 사람에게 부탁을 한다는 것이 얼마나 어려운 일인지 알고 있기에 긴장을 하고 있었는데, 처음 우려를 가지고 생각했던 것보다 일이 쉽게 마무리가 되어 기분이 좋았다.

"응? 먼저 알아야 할 것이 있다니요?"

"예, 다름이 아니라… 지금 제가 말씀드리려는 금단선공은 장문인께서 아시는 일반 심법과는 다르게 무형의 기가 아닌 유형화된 기… 즉, 내단이란 것을 만들어 사용한다는 것입니다."

'음… 나도 유운심법 말고는 다른 심법에 대해 잘 모르지만, 분명히 서책에는 내단이란 것을 만들어서 사용한다고 적혀 있으니…….'

막상 현운 장문인에게 설명하려고 생각하니까 호열로서는 처음부터 이것저것 걸리는 것이 많이 있었다.

우선적으로 호열의 지식이 미천한 데 기인한 것이 문제였지만, 호열은 나름대로 최선을 다해서 설명을 해주기로 했다. 아니, 설명을 한다는 것보다는 있는 그대로 알려주는 데 최선을 다할 생각이었다. 그래야 나중에 운영에게 좀 더 신경을 써줄 것이니.

"옛? 내단이라고요? 어떻게?!"

"예, 저도 깜짝 놀랐습니다. 어떻게 인간의 몸에 내단을 만들어 사용할 수 있을까 하고요. 그러나 서책의 내용을 살펴보건대 장문인의 조사께선 성공을 하신 것 같습니다. 그래서 나중엔 우화등선을 하셨고요. 이것은 사실입니다."

"아, 어찌……."

'허, 조사님께서 그 정도로 대단한 분이셨단 말인가? 문중에 있던 조사님의 기록서(記錄書)를 보았지만, 그것은 그냥 전해져 내려오는 전설을 부풀려서 기록해 놓은 것으로 알고 있었는데. 음…….'

현운 장문인은 호열의 말에 입이 다물어지지 않았다. 호열의 설명을 들으면서 자신이 막연하게 생각하고 있었던 것들이 기정사실로 드러나고 있었던 것이다.

또한 대단할 것이라는 것은 짐작하였지만 내단과 우화등선이란 말을 들으면서 정신이 하나도 없었다. 정말로 생각하지도 못하였던 것들을 호열의 입을 통해 듣고 있는 것이다.

"장문인, 그냥 그렇게 계실 겁니까? 아직 할 일이 많이 있습니다. 하하."

"이런, 허허, 죄송합니다. 음… 예, 말씀하시지요."

호열의 말에 정신을 간신히 차린 현운 장문인.

그러나 그 후로 호열이 불러주는 금단선공의 내용을 열심히 암기하기 위해 진땀을 흘려야만 했다. 짧은 시간에 책 한 권을 모두 암기하려고 하니 현운 장문인으로서는 여간 어려운 일이 아니었다. 그것도 여느 책의 세 권 가까운 분량의 책이었기에 더욱 그러했다.

그렇게 호열과 현운 장문인은 어두웠던 밤이 지나가고 밖에 서서히 해가 뜨는 줄도 모르며 열심히 자신들의 일에 열중하고 있었다.

"휴, 장문인, 벌써 해가 떠오르고 있는 것 같으니 오늘은 그만 해야 할 것 같습니다."

"음… 그래야만 할 것 같군요. 허허, 시간이 벌써 이렇게 되다니. 대협, 오늘 정말로 고생하셨습니다. 몇 번을 불러주셨는데 아직까지도 완전하게 외우지 못하고 있으니, 이것 참……."

현운 장문인은 인상 한번 찡그리지 않고 무려 스무 번이나 불러준 호열의 성의에 감사를 표했다. 말이 스무 번이지, 쉬지 않고 최선을 다해 끊임없이 알려주려는 호열의 성의가 정말 고맙기 그지없었다.

"아닙니다. 그런 것은 아무렇지 않으니 장문인께선 차근차근 하십시오. 빨리 암기하는 것보다 정확히 암기하는 것이 무엇보다 중요한 것이니까요."

"그렇게 말씀해 주시니 고맙기는 하지만, 어디 쥐구멍이라도 있으면 들어가고 싶은 심정입니다. 허허허……."

'허, 정말로 사람 됨됨이가 큰 사람이구나. 내가 말년에 이런 홍복을 누리게 되다니, 모두 조사님의 은덕이이로다. 원시천존…….'

현운 장문인은 호열의 얼굴을 마주 보며 의미있는 웃음을 짓고는 고개를 끄덕였다. 정작 호열은 현운 장문인의 미소가 무엇을 뜻하는지 모르지만.

현운 장문인은 호열의 모습에서 미래의 현자(賢者)를 그려보고 있었던 것이다.

"하하하, 그나저나 정말 장문인의 조사께선 대단하신 열정을 가지고 계셨나 봅니다. 자신이 만들고도 양이 차지 않으셨는지 직접 익히시고, 또 익히시면서 보완점을 수정하기까지 하셨으니 말입니다."

"허허, 그러게 말입니다. 정말 대단하셨던 것 같습니다."

"예, 마지막 내용을 보니 이것을 완전히 익히시는 데 칠십 년, 일 갑자가 넘는 세월을 투자하고서야 익히셨다고 기록되어 있군요."

"음… 허허."

'그렇구나. 칠십 년, 말이 칠십 년이지 그와 같은 세월을 어떻게 매달린단 말인가? 음……'

현운 장문인은 호열의 말에 신음을 하지 않을 수 없었다. 지금까지 크게 신경 쓰지 않고 있었던 문제였던 것이다. 아니, 그런 문제에 대해선 오늘 처음 생각하게 되었다.

호열의 말을 듣고서야 그동안 너무나 큰 문제를 놓치고 있었다는 것을 깨달은 것이다.

현운 장문인은 일순간 근심을 넘어 허탈한 웃음을 지었다.

지금 시작을 하는 마당이니 바로 대성을 바라지는 않았지만 시간이 없어도 너무 없었다. 앞으로 다가올 많은 난관들이 수두룩하게 쌓여 있었기에 현운 장문인으로서는 금단선공에 많은 세월을 투자할 여력이 없었던 것이다.

"하하하. 장문인, 너무 그렇게 고뇌하지 마십시오. 여기 마지막에 적혀 있는 내용이 맞다면 그 해답도 기록되어 있으니까요."

호열은 현운 장문인이 무엇을 생각하고 있는지 쉽게 알 수 있었다.

"옛? 정말입니까? 대협, 뭐라고 적혀 있습니까?"

"하하하, 자, 여기요. 여기에 적혀 있지 않습니까?"

호열은 책의 한 부분을 손가락으로 가리키며 현운 장문인의 앞에 내밀었다.

"음… 대협, 지금 절 놀리시는 것이지요? 허허, 어서 뭐라고 적혀 있는지 말씀해 주십시오."

호열이 서책을 내밀며 말하기에 무엇이 적혀 있나 하고 보았지만 현운 장문인은 다시 제자리로 돌아가 앉아야만 했다.

현운 장문인이 알 수 있는 내용이었으면 어찌 호열에게 부탁을 하였 겠는가?

현운 장문인은 호열이 내민 책을 보자 갑골문으로 적혀 있었다는 것을 상기하게 되었다. 또한 호열의 말에 적지 않게 흥분했던 마음을 조금이나마 가라앉힐 수 있었다.

"하하하, 알겠습니다. 음… 자허 진인께선 자신과는 달리 제자들에게 오랜 세월을 허비하지 않도록 약간의 편법을 기록하셨군요. 뭐, 편법이라고 하기는 뭐하지만 말입니다. 자신의 힘으로 얻은 것이 아니기 때문에 편법이란 말로 기록하신 것 같습니다."

"옛? 편법이요? 어, 어떤?"

'허, 어찌 무공에 편법이 있을 수 있단 말인가? 그러나 조사님의 말씀이시니. 음…….'

호열의 말에 현운 장문인은 의구심이 들었다. 사파의 무공이 아닌 바에는 무공을 익히는 데 편법이 있다는 생각을 해본 적이 없기에 쉽게 이해가 되지 않고 있었던 것이다.

"예, 적혀 있는 것을 말씀드리겠습니다. 이 금단선공을 빨리 익히려면, 음… 우선 자허 진인의 독문무공(獨門武功)이었던 자허진결상의 자허심공을 완전하게 익히고 있어야 한다고 적혀 있습니다."

"자허심공을 말씀하신 것입니까?"

"예, 그렇습니다. 서책의 내용대로라면 자허심공을 완성한 후에, 그 자허심공으로 다듬어진 자허진기를 유형화하여 내단으로 만든다면 삼십 년 안에 대성할 수 있을 것이라 적혀 있습니다."

"아, 삼십 년……."

현운 장문인은 호열의 말에 일말의 기대감을 가지고 있었는데, 삼십 년이란 말이 나오자 절로 한숨이 나왔다. 그러나 칠십 년에서 삼십 년 으로 줄었다는 것은 반가운 일이었다.

비록 편법을 사용한다는 전제였지만, 평소의 편법이란 어감이 가지 는 거부감이 오늘은 크게 생각되지 않았다.

"예, 음… 이런 말씀을 장문인께 드려도 될지 모르겠습니다."

"허허, 무엇을 물어보시려고 그러십니까? 괜찮으니 아시고 싶은 것 이 있으면 물어보십시오."

"음… 예, 그럼 실례를 무릅쓰고 여쭙겠습니다. 지금 장문인께선 자 허심공을 어느 정도 연성하셨습니까?"

호열은 조심스럽게 입을 열었다.

아직 무림인들의 성격이나 예의 등 조심해야 할 점들을 자세히는 알 지 못하였지만, 다른 사람의 무공에 대해 물어본다는 것이 예의에 어긋 난다는 것은 알고 있었다. 하지만 호열은 물어보지 않을 수 없었다.

현운 장문인도 호열이 왜 그런 질문을 하는지 잘 알고 있었다.

"허허, 다행히도 본 문을 떠나기 전에 대성하였습니다. 모두 스승님 의 은덕이지요."

"아, 그럼 다행이군요."

"허허허, 그렇게 되나요? 음… 모든 문파가 그렇겠지만, 우리 문파 도 백 년 가까운 시간을 그냥 허비하지는 않았습니다. 사실 저와 제 제 자인 정호는 본 문이 오늘과 같은 날을 위해서 심혈을 기울여 키웠다 고 볼 수 있지요. 약육강식이 보편화되어 있는 강호에서 살아남으려면 어쩔 수 없는 현실이니……."

"음… 그렇군요."

현운 장문인은 자신이 어떻게 장문인의 자리에 오를 수 있었는지 호열에게 설명을 해주었다.

약자로서 가슴 아픈 일이지만, 한 문파의 사활이 걸려 있는 만큼 모든 힘이 한 사람에게 집중되지 않으면 안 되었던 것이다.

그 당사자가 바로 현운 장문인이었고, 또한 제자인 정호 도인이었다. 그만큼 두 사람의 어깨가 무거웠다.

"휴, 상황이 이렇다 보니 대협께 그와 같은 어려운 부탁을 드렸던 것입니다."

"음… 제가 괜한 것을 물어보았나 봅니다."

"아닙니다. 허허… 참, 그리고 다른 내용은 없습니까?"

"하하, 예, 잠시만… 어디 보자. 음… 여기 있군요. 응? 장문인, 혹시 자허선단이라는 것을 알고 계십니까?"

호열은 현운 장문인의 말을 들으면서 서책의 내용을 뒤적이다가 자허선단이라는 처음 보는 글자가 눈에 들어왔다.

"옛? 자허선단이요?"

"예, 여기에는 만약 자허선단을 복용한 사람이 있다면 그 기간을 적게는 삼 년, 많게는 십 년가량을 더 단축할 수 있다고 적혀 있습니다."

"아… 그, 그 말이 정말입니까?"

현운 장문인은 호열의 말을 듣고서 굳어 있던 얼굴이 조금이지만 살짝 밝아졌다.

그러한 모습을 본 호열은 그 이유가 어디에서 기인한 것인지 대충 짐작할 수 있었다.

"예, 그럼 혹시?"

"허허허, 예, 제가 그 자허선단을 하나 복용하였습니다. 조사님께서

세 개를 만드셨는데 하나는 오백 년 전에 그 당시 장문인께서 복용하
시고 마교와 대적하셨다고 합니다. 또 하나는 문중에 있고요.”

　“정말로 자허 진인께서 장문인을, 아니, 장백검파를 돌보고 계신 것
같습니다.”

　‘마교라, 음… 여기서도 마교란 말을 들어보는구나. 도대체 얼마나
강한 곳이기에…….’

　호열은 현운 장문인의 입에서 마교란 말이 나오자 자신도 모르게 등
골이 시큰했다. 얼마 전 운영에게서 들었을 때보단 못하지만 기분은
썩 좋지 않았다. 하지만 현운 장문인은 그런 호열의 반응을 보지는 못
했다.

　“허허, 그러게 말입니다. 원시천존…….”

　“음… 장문인, 그럼 계속 읽어 나가겠습니다. 여기에는 만약 자허선
단을 복용한 사람이 있어 금단선공을 연성하게 된다면 바로 약효가 모
이게 되고, 음… 예, 그 후 하나의 금단으로 재구성된다고 기록되어 있
군요.”

　“아, 음…….”

　“참, 장문인께선 자허심공을 대성하신 다음에 자허선단을 복용하셨
습니까?”

　“옛? 음… 아닙니다. 제가 자허심공을 대성할 수 있었던 것은 스승
님의 권유로 젊은 시절 자허선단을 복용하였기 때문입니다. 제 자질이
생각보다 좋지 않았기에 어쩔 수 없는 조치였지요. 그런데 왜? 혹, 무
슨 잘못이라도 있는 것입니까?”

　“아, 아닙니다. 그러나 장문인의 말씀을 들으니 아쉬운 것이 있군요.
음…….”

호열은 말끝을 흐렸다. 막상 말을 하려고 하니 좋은 것이 아니었기 때문이다.

좋은 말이라면 얼른 하겠지만 그렇지 않았으니……

"옛? 아쉬운 것이라니요? 혹, 정말 이상이라도?"

"하하하. 아닙니다, 장문인. 그렇게 나쁘게만 생각하지 마십시오. 크게 이상이 있는 것이 아니라, 음… 장문인, 장문인의 얘기를 들어보니 장문인께선 자허심공을 대성하시기 전에 자허선단을 복용하셨다고 하셨지요?"

"예, 그게 혹시 무슨?"

"예, 음… 여기에는 이렇게 적혀 있습니다. 자허선단과 같은 약물을 사용하는 것과 같이 편법을 사용하여 만들어진 금단은 수련자 스스로의 힘으로 이루어진 바탕에 꾸준한 노력을 하여 만들어진 금단에 비하여 반 정도의 위력도 발휘할 수 없다고요. 또한 마지막에는 자허선단은 자허심공이 대성을 한 후에 복용하여야 그 위력을 제대로 발휘할 수 있다고요. 조금은 애석한 일이지요."

"아……"

"음……"

현운 장문인은 호열이 하는 말에 실망한 표정을 드러냈다. 하지만 많은 세월을 수련한 도인답게 얼른 자신의 마음을 추스를 수 있었다.

호열도 그런 현운 장문인의 심정을 추측할 수 있기에 아쉬운 마음을 감출 수 없었다. 하지만 현운 장문인도 모든 것을 알고 있어야 한다는 생각에 모든 것을 알려줄 수밖에 없었다.

호열은 모든 것을 얘기한 후, 현운 장문인의 생각이 정리되기를 조용히 기다렸다.

“음… 허허, 역시 정도를 걸으라는 말이군요. 이제야 조사님께서 왜 이렇게 복잡하게 일을 꾸미셨는지, 아니, 이렇게 하셔야만 했는지 이해가 갑니다. 원시천존……."

“음… 그런 것 같습니다. 정도라, 정도라……."

현운 장문인의 가슴을 울리는 도호 소리에 호열은 갑자기 정도라는 말이 머리를 가득 메우는 것을 느낄 수 있었다.

정도… 호열은 가만히 정도라는 말에 대해서 생각해 보았다.

'음… 사람이 한평생을 살아가면서 한결같이 정도를 추구하며 살아갈 수 있을까? 그러한 사람은 백에 하나… 아니, 천, 만에 하나 있을까 말까 할 것이다. 그렇고말고. 음… 그렇다면 나는 어떨까? 죽는 순간까지 하늘에 아무런 부끄러움 없이 살 수 있을까? 정말로 정도를 추구하며 살아갈 자신이 있는 것일까?

호열은 이내 조용히 고개를 저었다. 아무리 생각을 해보아도 그렇게 살 자신이 없었던 것이다. 하지만 그런 생각은 혼자 있을 때 충분히 할 수 있으므로 얼른 화제를 바꿔야겠다는 생각을 했다.

그러나 그러한 생각을 한 것이 호열뿐만이 아닌 듯, 현운 장문인이 먼저 말을 걸어왔다.

“음… 하지만 대협, 그 정도로도 대단한 위력을 낼 수 있지 않습니까?"

“옛? 아… 예, 적혀 있는 내용이 정확하게 맞는다면 지금보다 대략 세 배에서 다섯 배가량 정도 위력이 급증할 것입니다."

'역시, 연륜과 경험을 무시할 수 없구나…….'

호열은 현운 장문인의 질문에 대해 처음엔 무슨 말인지 몰랐지만, 금방 그 질문의 의미를 깨달을 수 있었다.

　어차피 편법을 사용하기로 한 것 같았기에 그 위력에 대해 물어본 것이란 것을 어렵지 않게 알 수 있었기 때문이다.

　"허허허, 그 정도만으로도 저는 됐습니다."

　"하지만……."

　"허허허, 아닙니다. 그 정도로도 충분합니다. 대협, 지금 제 수준이 초절정은 못 되어도 최절정의 경지에 들어 있습니다. 음… 거의 최절정과 초절정 사이에 있다고 말하면 편할 것입니다. 그런데 그런 지금보다 더욱 위력을 발휘할 수 있다면, 허허, 그렇게 되면 무엇이 두렵겠습니까? 제가 살아 있는 한 우리 장백검파에 해를 가할 문파는 거의 없을 것입니다. 원시천존……."

　"예, 그렇겠지요. 하지만 음… 그래도 몸에 해로운 편법을 택하는 것보다는……."

　"허허허, 대협의 마음 충분히 알고 있습니다. 하지만 우리의 사정이 그렇게 좋지만은 않습니다. 또한 제게는 이미 한 가지 방법밖에 없지 않습니까? 이미 자허선단을 복용하였으니. 원시천존……."

　현운 장문인은 조용히 두 눈을 감고서 도호를 읊었다. 누가 듣는다면 청량한 소리라고 극찬을 할 정도였지만, 호열의 귀에는 모든 고뇌가 깃든 소리로 들렸다.

　"음… 그렇군요. 이미 기호지세(騎虎之勢)로군요."

　"예, 하지만 제 제자인 정호에게는 정도를 걷게 할 생각입니다. 그 아이는 아직 자허선단을 복용하지 않았습니다. 제가 문중을 나서기 전에 주려고 하였지만 받지를 않더군요. 스스로 자허심공을 대성하겠다고, 문중의 보물을 함부로 사용할 수 없다고요. 허허허, 그런 정호에게는 미치지 못하지만 정수(正水)라는 아이도 있습니다."

"아… 그럼?"

"예, 저는 문중으로 돌아가거든 그 아이들에게 자허선단을 줄 것입니다. 단, 먼저 자허심공을 대성한 아이는 편법을 걷게 할 것이지만……."

"음… 응? 그렇다면 장문인께서는?"

"허허허, 원시천존……."

현운 장문인의 입가엔 희미하게 미소를 보이고 있었지만, 호열은 그 모습에서 자파를 걱정하는 애틋한 마음을 읽을 수 있었다. 또한 스승으로서 자신의 제자를 걱정하는 마음도 함께 엿볼 수 있었다. 하지만 딱히 뭐라고 말을 할 수 없었기에 조용히 다음 말을 기다렸다.

그렇게 방 안의 분위기가 또다시 무거워졌다.

현운 장문인은 지금의 자신보다는 제자인 정호 도인과 정수 도인에게 장백검파의 미래를 맡기려 한다는 것을 호열은 알 수 있었다.

먼저 자허심공을 대성한 제자에게는 미안한 일이지만, 당면한 위험에 대비하기 위해 편법을 걷게 할 것이고, 다른 한 명에게는 정도를 걸을 수 있도록 세월을 벌어주겠다는 것이다.

뛰어난 제자에게 정도를 걷도록 하는 것이 도리겠지만, 그 제자의 희생으로 문파가 어려움에서 견딜 수 있다면 그것만으로도 좋다고 생각하는 현운 장문인이었다.

호열은 쉽게 현운 장문인의 말에 고개를 끄덕일 수 없었다. 문파를 위해 장문인은 물론, '뛰어난 제자까지 편법의 길로 갈 수밖에 없다는 것이 좋게 받아들여지지 않았던 것이다.

현운 장문인은 그런 호열의 마음을 충분히 이해할 수 있었다. 하지만 계속 가만히 있을 수만은 없는 일이어서 분위기를 바꿔보려고 나름대로 애를 썼다.

"허허허, 대협… 그런 눈으로 보지 마십시오. 모든 것이 다 하늘의 뜻이라고 생각하면 되는 것입니다. 어차피 세상을 살아가는 데 그만한 일도 겪지 않는다면 어찌 세상을 살았다고 할 수 있겠습니까? 또 피할 수 있는 위험이라면 좋겠지만, 그렇지 못하다는 것을 알면서도 부딪치지 않는다면 세상을 살아서 무엇 하겠습니까? 그렇지 않습니까? 허허. 원시천존……."

현운 장문인은 모든 일을 도인의 입장에서 말한 것일지 모르지만, 듣고 있는 호열에게는 자신의 마음을 다잡는 결의로 들렸다. 하지만 호열도 현운 장문인의 말에 동의를 할 수밖에 없었다.

호열 자신도 그렇게 살아왔고, 또 그렇게 살아가려고 노력할 것이란 것을 잘 알기 때문이다.

"예, 그렇지요. 장문인의 말씀이 맞습니다. 모두 잘될 겁니다. 하하하. 음… 그나저나 장문인의 말씀을 듣고 보니 정호 도장께선 뛰어난 사람인 것 같습니다. 후에 그분 같은 사람이 문파를 이끌어 나가신다면 장백검파의 앞날이 어두운 것만은 아니라고 생각합니다."

"허허, 그렇게 될지도 모르겠지요."

'허… 정호야, 미안하구나. 너의 성취로 보아서는 너에게 정도를 걸게 하고 싶지만, 아마도 정수가 대신하게 될 것 같구나. 음…….'

그 누구보다 제자들의 성취와 자질과 성품 등을 잘 알고 있는 현운 장문인이기에 누가 먼저 자허심공을 대성할지 잘 알고 있었다. 또한 현재 가장 근접한 사람이 정호 도장이었다. 그 다음으로 정수와 정원 도장이 자리하고 있었기에 더욱 예상하기 쉬웠다.

이미 결정된 사항이나 마찬가지였지만, 자파를 걱정하는 한 문파의 수장으로서 자신의 제자들만을 생각할 순 없었기에 현운 장문인은 모든 것을 하늘에 맡길 수밖에 없었다.

호열도 현운 장문인의 의중을 알 수 있었지만, 우선 자신의 일이 아니라는 생각이 들었기에 뭐라고 할 수 있는 말이 없었다.

그냥 지켜볼 수밖에 없는 입장인 것이다.

"음… 그럼 장문인께선 이제 금단선공을 익히시겠군요."

"예, 얼른 익혀서 제 제자에게 전수할 생각입니다. 허허허."

"그럼 머지않아 강호엔 새로운 고수가 탄생하겠군요. 하하하. 정말 기다려집니다."

"허허허, 그렇게 되겠지요. 암, 그렇게 되고 말 것입니다."

현운 장문인은 말을 하면서 자신도 모르게 두 주먹에 힘이 들어갔다.

미래에 대해서는 모르겠지만, 지금은 모든 것이 현운 장문인의 어깨에 달려 있다는 생각에 흐트러져 있는 마음을 새롭게 다잡고 있는 것이다.

"자, 그럼 이제 시작해, 음… 이런, 사람들이 벌써 깨어나려고 하나 봅니다. 벌써 이렇게 시간이 지났다니……."

"허허허, 대협, 아직 시간이 많이 있습니다. 오늘은 그만 하지요."

"하하, 예… 그럼 아침 식탁에서 다시 뵙겠습니다."

"예, 그렇게 하겠습니다. 그럼."

호열은 현운 장문인에게 인사를 한 후, 장문인이 보고 있는 상황에서 망설이지 않고 올 때와 마찬가지로 어의공을 사용하여 공간 이동을 했다.

바로 앞에서 호열이 아무런 기척도 없이 사라지는 것을 본 현운 장문인은 입을 다물지 못했다. 당연히 문을 통해서 밖으로 나갈 것이라고 생각을 하였는데, 호열의 모습이 순식간에 눈앞에서 사라져 버린 것이다. 아까는 뒤돌아 있어서 느끼지 못하였다고는 해도, 지금은 뻔히 보고 있었는데 사라지는 기척을 느낄 수 없었다는 사실에 현운 장문인은 다시 한 번 호열의 신비함과 경이로움을 느껴야만 했다.

지금 호열이 사용하는 것과 같은 무공이 있다는 것을 들어보지 못하였기 때문에 현운 장문인으로서는 호열의 실력이 어느 정도인지 감히 가늠할 수 없었다.

"휴, 정말 볼수록 놀라운 사람이구나. 어떻게 저러한 사람이 지금까지 강호에 소문이 나지 않을 수 있다는 말인가? 아, 정말 세상은 넓고 기인은 많구나. 내가 그동안 너무 무사안일(無事安逸)하게 살고 있었다는 말인가? 음……."

현운 장문인은 자신이 지금까지 살아오면서 도대체 무엇을 하며 살아왔을까? 하는 의구심을 가질 수밖에 없을 정도로 호열의 경지는 장문인의 상상을 훌쩍 뛰어넘고 있었다.

현운 장문인의 눈에는 호열이 신인(神人)으로 보였던 것이었다.

장백검파의 어려움을 알고 이미 신선이 되신 조사님의 뜻을 전하여 주기 위해 내려온 신인의 모습으로…….

제 2 장

그래, 내가 끝까지 살아남아 그 끝을 보리라.

 # 그래, 내가 끝까지 살아남아 그 끝을 보리라.

시간의 흐름인가, 자연이 정한 기의 흐름인가.

창밖 거리의 날씨는 조금씩 계절이 바뀌고 있다는 것을 확연히 느낄 수 있을 정도였다.

조금 귀찮고 힘이 들더라도 누구나 창밖을 내다본다면, 그는 거리를 지나다니는 사람들의 옷차림이 예전보다 한층 가벼워졌으며 개구쟁이 아이들은 벌써부터 강가에 나가 물장구를 치며 뛰어놀고 있는 모습을 쉽게 볼 수 있을 것이다.

추운 겨울이 지나가고 봄이 어서 다가왔으면 하는 간절하고도 애절한 마음으로, 누가 볼세라 예쁘게 꽃단장을 하고 하루하루를 살아가는 거리 아낙네의 심정이 이러할까?

새봄이 오면 남몰래 사모하고 있던 그리운 연인들의 정겨운 만남을 기약하기라도 하려는 듯, 제남에서 조금만 외곽으로 발길을 돌리면 한창 짝짓기를 하는 새들의 울음소리가 하늘 가득 메우고 있는 것을 들을 수 있었다. 그 소리는 꽃처녀의 가슴을 울렁이게 하기에 충분할 정도였다.

또한 멀리 보이는 산들은 오래전부터 파릇파릇한 초록색 옷으로 새단장을 하였으며, 거리 곳곳에 피어나는 꽃들은 벌써 나비나 벌들을 불러들이기 위해 안간힘을 쓰고 있는 모습을 볼 수 있었다.

사람이 사는 곳은 세상 어디를 가더라도 비슷한가 보다.

힘들게 눈을 비비며 일어나면 어느새 날아들었는지 아침이 찾아왔다는 것을 알리는 새들의 지저귀는 소리, 거리의 아이들이 뛰어노는 소리, 아무것도 모르는 어린아이가 얼른 밥 달라고 엄마에게 보채며 칭얼대는 소리, 오늘도 어김없이 힘든 하루의 일과를 시작하려고 일찍 일터로 나가며 떠들어대는 사람들의 불평 섞인 소리, 주인의 이끌림에 어쩔 수 없이 따라가야만 하는 불쌍한 가축들이 질러대는 비명 소리를 들을 수 있다.

소리, 소리…….

이러한 시끌벅적한 소리를 대자연이 만들어내는 소리인가, 아니면 인간들이 평화로운 자연을 훼손하며 만들어내는 소음 공해(騷音公害)인가?

호열은 자신의 귀에 들려오는 온갖 소리들이 바로 옆에서 들려오는 것 같은 환상을 경험하고 있었다. 모든 것들이 귀찮게 단잠 자는 자신을 깨우는 것으로 여겨지는 호열이었다.

지금도 계속 이상한 소리가 귓가에 들려오고 있었으므로.

"음… 아……."

"형님, 형님! 빨리 일어나세요! 벌써 해가 중천에……."

“아…….”

“형님, 어서요! 형님…….”

“아, 그만, 그만! 뭐가 이렇게 시끄러운 거야?”

호열은 한창 꿈같은 시간을 보내고 있다가 어디선가 아련하게 들려오는 소리에 귀를 기울이게 되었다.

그 소리가 처음에는 무슨 소리인지 몰랐지만 정신이 점차 돌아오기 시작하면서 자신을 부르고 있다는 것을 알 수 있었다. 또한 그 소리의 정체가 아침마다 어김없이 단잠을 깨우는 지겹기 그지없는 운영의 목소리라는 것을 알게 되자 짜증이 났다.

“형님, 지금이 몇 시인지 아세요? 벌써 사시(巳時) 초라고요.”

“아, 알았다. 일어나면 되잖아. 그러니 그만 해라.”

“형님, 어서 일어나세요. 그렇게 말씀만 하시지 말고요.”

운영은 이불을 둘둘 말고 이리저리 뒹굴고 있는 호열을 깨우기 위해 필사적인 노력을 아끼지 않았다.

아침마다 호열과 씨름하는 일이 매일 아침마다 행해지는 일상적인 것이 되어버렸지만, 운영에게는 아침 일과라고 하기엔 만만치 않은 일이었다.

“아… 운영아, 이젠 그…….”

“형님! 벌써 다른 사람들은 모두 일찍 일어나 아침을 먹고 있다고요.”

“으, 정말 지겹다. 운영아, 제발 그만 좀 해라. 나도 알고 있다고! 휴… 넌 지겹지도 않으냐? 응?”

“아니, 아시면서 이렇게 자리에 누워만 계시면 어떻게 합니까? 얼른 일어나서 아침을 드셔야지요. 저 배고프다고요. 형님, 어서요…….”

운영은 일어나지 않으려고 발버둥 치는 호열의 몸을 억지로 일으켜 자리에 앉혔다.

"아, 짜증나. 짜증나… 휴, 정말 아침이 싫다. 왜 아침이란 것이 있어가지고 사람을 이렇게도 귀찮게 하는지. 운영아, 넌 혼자 내려가서 아침 먹으면 되질 않느냐?"

호열이 어제 늦은 밤부터 새벽까지 무엇을 했는지, 또한 언제 들어왔는지 모르는 운영은 한참 꿈나라를 헤매고 있는 호열을 깨우느라 여념이 없었다.

아무리 피곤하더라도 무공을 익혀 잠을 자지 않아도 되었지만, 무인으로서 아무런 자부심이나 사명감, 긴장감 같은 것이 눈을 씻고 찾아보아도 일체 없는 호열에게는 잠이란 꼭 자야만 하는 것이고 살아가는 데 꼭 필요한 필요조건 같은 것이었다.

그리고 호열의 인생에서 가장 중요한 또 하나의 필요조건을 얘기하자면 음식이었다. 당연히 호열은 평생 음식을 먹지 않아도 된다는 것을 잘 알고 있으면서도, 요즘에 와서는 한 끼라도 제때 먹지 않으면 왠지 이상할 정도로 숙달이 되어 있었다. 아니, 오히려 어떻게 알았는지 아무도 가르쳐 주지 않았는데도 그 시간만 되면 스스로 찾아다니며 챙겨 먹고 있었다.

하지만 그런 호열에게도 생각하고 싶지 않은 것이 있었으니, 그것은 아침이었다. 아침 밥상.

호열에게 아침에 일어나 먹어야만 하는 밥은 세상에서 없었으면 하는 것들 중 한 가지였다.

아침.

다른 사람들과 같이 일찍 일어나 아침을 먹는다는 것은 생각하지도,

생각하고 싶지도 않았다. 아침만은 호열의 음식 습관이 통용되지 않고 있었던 것이다. 아니, 오히려 되도록 피할 수만 있으면 피하고 싶었다. 그런 호열이 지금까지 아침을 꼬박꼬박 챙겨 먹을 수 있었던 것은 오로지 운영의 피 같은 노력의 결실이었다.

그러나 운영은 아침마다 호열과 치열한 신경전을 치러야만 했기에 언제나 아침 식탁에 앉기 무섭게 주변에 있는 음식들을 먹어치워야만 했다. 그래야만 호열을 깨우느라 소모됐던 힘을 조금이나마 만회할 수 있었기 때문이다.

"형님이 드시지 않았는데 어떻게 저 혼자 내려가서 먹겠습니까?"

"괜찮아, 그러니 제발 아침엔 깨우지 말고 너 혼자 해결하거라. 응? 내가 매번 이렇게 일어나야겠냐?"

호열은 운영의 얼굴을 보면서 최대한 안색을 일그러뜨렸다. 더 이상 건드리면 재미없다는 것을 은근히 밖으로 내비친 것이다.

그러나 운영은 그런 호열의 얼굴을 본체만체하며 신경을 쓰지 않더니, 끝내는 호열을 의자에 앉히는 데 성공하였다.

"안 됩니다. 어떻게 제가 그렇게 합니까? 그러니 빨리 세면이나 하세요."

"휴… 운영아, 내가 정말 일어나야만 하냐? 난 다시 자리에 눕고 싶은데……."

운영은 호열이 거의 포기했다는 것을 느낄 수 있었다. 이제는 고지가 눈앞에 있는 것이다. 운영은 호열의 얼굴을 보면서, 이제는 크게 힘들이지 않고 목표한 것을 마무리 지을 수 있다는 것을 알 수 있었다. 항상 이런 식으로 끝마쳤으니 조금만 더 하면 되겠다는 생각에 운영은 자신을 빤히 바라보고 있는 호열을 보면서 자신있게 고개를 저어 보였다.

"안 됩니다. 그러니 어서 움직이세요. 어서요."

"휴, 알았다, 알았어. 알았으니까 이왕 늦은 거 너무 보채지 말아라. 넌 질리지도 않느냐? 매번 아침마다 이러니……."

"예, 전 괜찮으니까 어서 일어나시기나 하세요. 아침을 먹어야지 하루 일과가 잘돼요. 어머니 말씀에 아침을 안 먹으면……."

"아, 알았다. 그만 해라. 내 지금 일어날 테니까 그쯤에서 끝내자."

"하하하, 예, 그럼 빨리 일어나세요."

"알았대도. 휴… 정말 편안한 아침을 맞기 힘들구나, 힘들어……."

호열은 여느 날처럼 포기를 하고 대충 씻은 후, 미리 방을 정리하고 자신을 기다리고 있었던 운영과 함께 아침을 먹으러 식당으로 갔다. 그러나 아침을 먹기에 조금 늦은 시간이라서 그런지, 박 장군과 현운 장문인의 일행들은 보이지 않고 모르는 사람들이 드문드문 자리를 차지하고 있었다.

호열은 모두 처음 보는 사람들인지라 아무런 거리낌 없이 빈 곳을 찾아 앉는 후 점소이에게 주문을 하여 대충 끼니를 때울 수 있었다.

"형님, 저……."

"응? 왜 그러냐?"

"예, 전 어제처럼 박 장군님을 따라 밖으로 나가봐야 할 것 같습니다."

운영은 호열이 아침을 다 먹을 때까지 기다렸다가 호열이 음식을 다 먹자 머리를 끌쩍이며 미안한 얼굴로 호열을 바라보았다.

"응? 오늘도? 어제도 따라다녔지 않느냐?"

"예, 박 장군께서 어제 일행을 만나지 못하셨는지라, 다시 한 번 제남을 돌아보셨으면 하는 말씀을 하셨습니다. 어제는 못 찾았지만, 오늘은 일행을 만날 수 있을지 모르니 나가야 할 것 같다고요. 그래서…
하지만 오늘은 어제와 달리 일찍 돌아올 수 있을 것입니다. 어제는 초행길이라 시간이 많이 걸렸었고, 또 박 장군님의 말씀대로 도착해 있다면 일행이 어디에 머물고 있는지 알 수는 없지만 그들도 우리를 찾고 있을 것이니……."

"음… 그럴 수도 있겠지. 그러나 어찌 이 넓은 제남 땅을 또 돌아본단 말이냐?"

'허, 어제 도착하자마자 찾으러 다녀서 피곤하였을 것인데, 또 아침 일찍 움직인단 말인가? 음……'

호열은 운영의 말을 들으면서 박 장군이 얼마나 애가 타는 마음으로 일행들을 찾아다니고 있는지 알 수 있었다.

"저도 그건 잘 모르겠습니다. 다만 박 장군님의 말씀으로는 며칠 전에 조선에서 온 해상(海商)들의 상단(商團)이나 명나라의 상선(商船)이 들어왔으니 왔을 것이란 말씀을 하셨습니다."

"그래? 그렇다면 뭐 할 말이 없지. 그럼 너는 어서 박 장군을 찾아가 보도록 해라. 우리도 마냥 편안하게만 갈 수 없으니, 이럴 때 네가 박 장군을 도와주는 것이 우리가 할 수 있는 최선의 일이지 않느냐? 그러니 너는 성심성의를 다해 박 장군의 안전에 최선을 다해야 할 것이다."

호열은 운영이 스스로 자신의 길을 찾는 것 같아 보기가 좋았다. 호열이 보기에 운영은 자신도 모르는 사이에 천천히 강호에 발을 디디는 것처럼 보였기 때문이다.

이미 현운 장문인과 얘기가 다 되어 있기에 호열은 편안한 마음으로 운영의 변화하는 모습을 받아들일 수 있었다.

"예, 그렇게 하겠습니다. 그나저나 오늘도 형님 혼자 계시게 해서 죄송합니다. 아무리 그래도 제가 옆에서 형님의 말상대라도 해드려야 하는데……."

"아니다. 그런 소리는 말거라. 어찌 그럴 수가 있겠느냐? 나는 걱정하지 말고 박 장군이나 잘 따라다녀라. 음… 나도 제남엔 처음이지만 정말 사람들이 많은 곳이란 것을 알 수 있었다. 그렇게 사람들이 많이 모여 있으면 무슨 일이 일어날지 모르니 너는 각별하게 신경을 써야만 할 것이다. 알겠느냐?"

"예, 형님. 그렇게 하겠습니다."

"그래, 음… 이제 아침도 다 먹은 것 같으니 난 이만 방으로 가야겠다. 그럼 너도 수고하거라. 참, 혹시 박 장군과 현운 장문인을 만나거든 나 대신 네가 아침 인사를 전한다고 하고, 알았지?"

"예, 그렇게 전하겠습니다. 형님, 그럼 전 이만 나가보겠습니다."

"음… 그럼 나도 슬슬 일어날까?"

호열은 운영을 보낸 후 자신의 방으로 돌아가기 전에 점소이에게 잠을 깨워주는 다(茶)가 없냐고 물어본 후, 그런 것이 있으면 자신의 방으로 가져다 달라고 주문하였다.

요즘 들어서 알게 된 사실이었는데, 아침에 차를 마시면 조금이나마 정신을 차릴 수 있다는 것이었다.

일전에 용운객점(龍雲客店)이란 곳에서 머물 때, 현운 장문인의 적극적인 추천으로 녹다(綠茶)라는 것을 마신 적이 있었다. 그때 이후로는 아침이면 습관적으로 마시게 되었던 것이다.

호열은 지금까지 그때 마신 다(茶)의 이름을 모르고 있었지만, 점소이에게 잠에서 깨어나게 하는 차를 달라고 하면 어떻게 알았는지 매번 그때 마셨던 것을 가져다 주었기에 아무런 불편함이 없었다.

"음… 오늘은 조금 늦네? 다른 곳에서는 주문하면 바로 갖다 주던
데……."

똑, 똑, 똑.

"응? 누구?"

"저… 손님, 주문하셨던 차를 가져왔습니다."

호열은 문을 두드리는 소리가 나기 전부터 점소이라는 것을 알았지
만, 일부러 모르는 척했다. 다른 객점보다 배달하는 것이 늦어서 그런
것도 있었지만, 아침부터 괜한 곳에 신경을 쓰고 싶지 않았기 때문이
다.

"음… 여기 놔두게. 그나저나 조금 늦었구먼."

"예? 예, 죄송합니다."

"됐네. 다음부터는 늦지 않으면 되지. 어디 마셔볼까? 응? 잠깐, 여
기 시꺼먼 것이 무엇인가?"

호열은 점소이가 가져다 준 차를 마시려고 하다가 깜짝 놀랐다. 당
연히 가지고 올 것이라고 생각하고 있던 차가 아니라 처음 보는 것이
었다.

"예, 이건 저희 객점에만 있는 것으로, 서쪽 서장으로 멀리 여행하던
상인들이 가져온 것입니다. 그 상인들은 어쩌다 한 번씩 서장보다도
더 먼 곳에 살고 있는 이국의 나라도 간다는데, 그때 가지고 온 것으로
그쪽의 사람들은 이것을 아침에 즐겨 마신다고 합니다."

점소이는 이미 호열의 반응을 예상하고 있었던 것처럼 입가에 엷은
미소를 지으며 친절하게 가르쳐 주었다.

"아, 그래? 하지만 다른 객점에서는 내가 아침에 차를 주문하면 맑

고 푸른색이 나는 것을 가져다 주던데?”

“하하하, 녹다를 말씀하시는 것이군요? 저도 처음엔 그것을 드리려고 그랬는데 그것보다는 이것이 좋겠다는 생각에…….”

“음… 알았네. 그런데 자네 이거 혹시 마셔본 적 있는가?”

“옛? 어찌 저 같은 사람이 이런 비싼 것을 마셔보았겠습니까? 제가 알기론 이 차는 아직 황제께서도 드셔보지 못한 귀한 것이라고 합니다.”

“아, 그렇구먼. 그런데 어찌?”

호열은 점소이의 말을 들으면서 의구심이 들었다. 황제도 아직 마셔보지 못한 비싼 차를 선뜻 가져온 것이 이상하게 생각되었던 것이다. 그래서 호열은 점소이를 의구심 가득한 눈빛을 하고서 바라보았다. 충분한 설명을 해달라는 눈빛이었다.

“예, 손님과 함께 묵고 계시는 일행께서 돈은 걱정하지 말고 잘 모시라는 분부를 내리셔서…….”

“응? 나와 함께 온 일행이? 음… 허, 알았네.”

호열은 점소이의 말을 듣고서 상황이 어떻게 된 것이지 알 수 있었다. 점소이는 그냥 녹다라는 것을 가지고 오려고 했는데, 아마도 그런 모습을 본 주인이 녹다 대신 비싸다는 검은 차를 가지고 오게 했을 것이다. 돈이 아무리 들어도 좋으니 최선을 다해달라고 어떤 사람이 부탁했다고 했었으니, 주인의 행동에 대해 충분히 납득이 갔다.

호열은 주인의 놀라운 순발력을 알 수 있었다. 주인의 그러한 행동은 호열을 위한 것이었겠지만, 그 본뜻은 아마 돈일 것이라는 것을 쉽게 알 수 있었기에 호열은 쓴웃음을 지을 수밖에 없었다.

호열이 쓴웃음을 지었던 것은 이곳에서도 돈의 위력을 실감할 수 있었기 때문이다.

돈, 호열에겐 지금 한 푼의 돈도 없었다. 그나마 지금 이렇게 편하게 여행할 수 있었던 것은 박 장군이 그 비용을 대신 지불하고 있었기에 가능한 것이고, 운영의 수중에 돈이 조금 있다고는 하지만 그것도 언제 떨어질지 모르는 상황이었다.

호열은 자신이 참으로 한심할 수 없었다. 그동안 자신이 한 일이라고는 아무것도 없고, 모두 운영이 대신 하고 있었기 때문이다.

"음……."

'뭐, 깊게 생각하지 말자. 어차피 생각한다고 해결될 일도 아닌데. 운영이 녀석도 자기가 좋아서 그렇게 하는 것이니. 음…….'

"저, 손님……."

"응? 아, 자네는 나가지 않았는가?"

'이런, 나한테 아직 볼일이 남아 있었나?

호열은 아직 나가지 않고 있는 점소이를 바라보았다. 벌써 나갔어야 할 점소이가 나가지 않고 있는 것에 대한 불만이 가득 담겨 있는 눈빛이었다. 그러나 호열은 점소이가 나가지 않고 있는 이유를 알고 있었다.

아침이라고는 하지만 차를 직접 객실로 가지고 왔으니 어느 정도 수고비를 줘야 하는 것이다.

"옛? 저, 그것이… 예, 다름이 아니라……."

점소이는 호열이 자신을 곱지 않은 시선으로 바라보자, 어찌 된 일인지 식은땀이 나며 가슴이 쿵쾅거려 말을 쉽게 잇지 못했다.

"음… 그래, 아직 내게 볼일이 남아 있는가?"

호열은 점소이의 반응을 보고는 자신이 너무 노골적으로 불만을 표출했다는 것을 알 수 있었다. 그에 다소나마 누그러진 표정으로 바꾸며 점소이를 바라보았다.

"예, 저 카베라는 차는 뜨거울 때 마셔야 제 맛이 난다고 주인 어른께서 그러셨습니다. 그리고 그 차를 드셨던 다른 분들도 모두 그렇게 말씀하시는 것을 들었습니다. 그래서……."

"아, 그런가? 고맙네. 어디… 카베라, 큭! 맛이… 맛이 굉장히 쓰구만. 음… 그런데 나중엔 단맛이 나는 것이 조금 특이하고, 또 은근히 배어 나오는 향도 괜찮은 것 같고……."

"예, 제가 주인어른께 듣기론 그 차가 쓴맛이 나는 것은 모두 차의 재료 때문이라고 합니다. 또, 나중에 단맛은 비싸다는 당분(糖分)이 들어가서 그렇고요. 당분이 오죽 비싼 것입니까? 재료 자체도 구하기 힘든데 그 비싼 당분까지 들어갔으니……."

점소이는 얼른 차에 대해 들었던 것들을 늘어놓기 시작했다. 이렇게 차에 대해 이것저것 가르쳐 주면, 차를 마시는 사람은 나중에 성의를 보아서 수고비를 조금 더 준다는 것을 익히 경험을 통해 터득했기 때문이다.

"아, 그런가? 당분이라. 음… 이거 비싸도 내 입맛에 딱 맞는 것 같구만. 그래, 이 차의 이름이 카베라고 했지? 이거 발음하기 힘들군. 음……."

호열은 점소이에게 다시 한 번 차의 이름을 물어보았다. 처음 맛을 보는 것이라 맛은 별로 없었지만 비싼 당분이 들어갔다는 말에 귀가 솔깃해진 것이다.

"예, 저도 그렇게 생각합니다. 워낙에 비싼 것이라 찾는 분들도 거의 없어서요. 손님께서 근 한 달 만에 이 차를 드시는 것입니다."

점소이는 은근히 호열의 눈치를 보며 비위를 맞추려고 애를 썼다.

"허허, 그런가? 음… 알았네. 그럼 그만 나가보게, 아침이라 준비할 것도 많을 텐데……."

'이놈아, 나도 주고 싶지. 그러나 줄 돈이 한 푼도 없으니 난들 어쩌겠냐? 그러니 그냥 나가거라, 제발…….'

호열은 점소이의 눈치가 무엇을 뜻하는지 알고 있었지만, 줄 돈이 없는 호열은 점소이가 아무런 말 없이 그냥 나가주기를 은근히 바랐다. 그래서 굳은 마음으로 모르는 척, 다른 곳으로 시선을 돌리며 눈을 감아버렸다.

"옛? 음… 예, 그럼 맛있게 드십시오. 저는 그만 나가보겠습니다."

'뭐야, 무슨 이런 녀석이 다 있어? 참나, 아침부터 공돈이 들어오나 했는데 완전히 헛고생만 했군. 제길.'

점소이는 호열의 반응을 보고는 얻을 것이 없겠다는 것을 알 수 있었다. 그에 미련없이 방을 나가기로 생각을 굳혔다.

"하하, 그래, 그렇게 하게."

호열은 점소이가 그냥 나간다는 말에 얼른 감았던 눈을 뜨며 고개를 끄덕여 주었다. 최소한 아무런 말 없이 나간다고 하는 점소이의 얼굴이라도 보아주어야 나중에 미안한 마음이 들지 않을 것 같았기 때문이다.

"예, 그럼……."

점소이는 호열의 말을 뒤로하고는 쳐다보지도 않은 채 방문을 나섰다.

그러나 호열은 그런 점소이를 나무랄 수 없었다. 우선적으로 이런 큰 객잔에선 얼마 정도의 수고비를 주어야 한다는 것을 알고 있었으므로 할 말이 없었던 것이다.

'음… 뭐, 어쩔 수 없지. 내가 줄 돈이 없는데 어떻게 줘. 그나저나 얼마나 비싼 차일까? 허…….'

호열은 점소이의 친절했던 설명을 생각하며 한동안 고민하지 않을 수 없었다. 점소이가 누누이 비싸다는 것을 강조하는 것만 보아도 카베라는 차가 어느 정도의 값인지 짐작할 수 없었기 때문이다.

'누가 부탁하였을까? 박 장군? 아니면 현운 장문인? 음… 뭐, 누구인들 어떠냐? 내가 편하면 되지. 암… 그런데 카베라, 이거 맛이 독특한 것이 괜찮은데? 자주 애용해야겠어.'

호열은 한동안 점소이가 가져다 준 카베라는 차를 천천히 마신 후, 어젯밤에 현운 장문인이 호의의 선물로 넘겨주었던 고서가 생각이 나서 얼른 펼쳐 들었다. 그때는 깊이 생각할 시간이 없어서 의문점이 있었어도 그냥 지나치고 넘어갔었지만, 지금은 모두 바쁘게 움직이고 있어서 아무도 호열을 찾는 사람이 없었기에 편안하게 생각할 시간이 있었다. 한마디로 다른 사람들은 자신들의 일을 찾아 열심히 일을 하는데, 호열만 한가하게 쉬고 있었다는 것이다.

호열은 가끔씩 주변 사람들의 부러워하는 시선이 피부로 와 닿는 것을 느낄 수 있었지만 크게 마음 쓰지 않았다. 어차피 호열은 동행으로 가는 것이고, 다른 사람들은 처음부터 그 일을 맡아서 가는 것이었기 때문이다.

호열은 오랜만에 아무도 없는 한가로운 아침 시간을 가질 수 있었으므로 주변을 신경 쓰지 않고 편안한 마음으로 책을 보며 생각에 잠겼다.

"음… 정말 놀라운 일이었어. 어떻게 내가 삼황에게 배웠던 것들이

이 책에 적혀 있었을까? 교묘하게 말을 꼬아놔서 하마터면 나도 모를 뻔했지 뭐야. 휴… 이것이 어떻게 된 일인지 나중에 자세히 알아봐야겠다."

호열은 다시 한 번 현운 장문인에게서 넘겨받은 고서에 관하여 생각해 보았다. 이미 받아가지고 왔으니 다시 돌려주기에도 이치에 맞지 않다는 생각이 들었다. 또한 책이 현운 장문인에게는 필요치 않을지도 모르겠다는 생각까지 들었다.

아니, 오히려 부담으로 작용할지도 모르겠다는 생각까지 들게 되자 호열은 나중에라도 돌려주워야겠다는 생각까지 고이 접어버렸다.

"음… 그래, 아무리 생각해 보아도 이 책은 장문인에게는 필요하지 않을 것 같단 말이야. 그렇다고 딱히 내게도 필요한 것 같다는 생각이 드는 것도 아니고. 어떻게 한다? 이걸 계속 품에 가지고 다니기도 그렇고. 휴… 그래, 그냥 암기하고 파기하는 것이 낫겠다. 품에 이런 것이 있다면 귀찮기만 하지. 암……."

모든 생각이 정리된 호열은 바로 신선도의 내용을 암기하기 시작했다.

평소 자신의 머리가 좋다고 자부하던 호열이었기에 이번에도 쉽게 암기할 수 있을 것이라는 생각을 가지고 있었다. 하지만 웬일인지 모두 암기했다 생각하고 돌아서면 뭔가 석연치 않아 다시 암기하고, 돌아서면 또다시 석연치 않고, 딱히 뭐라고 표현하기는 뭐하지만 기분이 찜찜했던 것이다.

호열로서는 정말 난감한 일이 아닐 수 없었다.

"이것 참… 정말 미치겠군. 뭐가 이렇게 찜찜한 거지? 꼭 뒷간에서 볼일 다 보고 나오면서 밑을 안 닦고 나온 것 같단 말이야. 음… 뭐지?

뭘까. 허, 이거 고민하게 만드네. 음… 귀찮은데 확 파기시켜 버리고 나중에 알아볼까? 아니지, 나중에 알아볼 것도 없이 지금 알아보면 되 잖아. 그렇지. 왠지 내겐 굉장히 중요할 것만 같단 말이야. 음……."

호열은 자신에게 왜 이런 일이 일어나는 것인지 곰곰이 생각해 보기로 했다. 어차피 남아도는 것이 시간이었다.

아직 점심때는 물론 현운 장문인을 만나려면 한참을 기다려야만 했기 때문에 호열은 천천히 명상에 잠기기로 했다.

"그래, 하나하나 차근차근하게 생각해 보자. 무엇이든 기초가 튼튼해야지. 이게 맞나? 뭐, 아니면 어때. 중요한 것만 알면 되지."

그렇게…

오랜만에 명상에 잠긴 호열은 웬만하면 거르지 않는 점심까지 굶어가며 해가 서산 넘어 기울어가기 시작하는 오후가 되도록 움직이지 않고 고민에 고민을 하였다. 그래도 나름대로 머리를 굴려가며 고생한 보람이 있었던지, 장고 끝에 생각해 낸 것들이 몇 가지 있었다.

첫째, 호열이 알기로 책을 옮겨놓은 사람은 현운 장문인의 조사인 자허 진인이었다. 그 또한 그 당시 발견했던 고서를 옮겨 기록한 것이었다.

그럼 처음 고서를 기록했던 사람은 누구란 말인가? 그건 기록에도 나와 있지 않았기 때문에 호열이 처음 내린 결론은 모르겠다는 것이었다. 다만, 그 사람이 중원인이라는 것만 알 수 있을 뿐이란 결론이 내려졌다.

둘째, 신선도에는 먼 옛날 상고시대 때 동이의 성인이라는 광성자(廣成子)가 기록했다는 자연경(自然經)과 자부선인(紫府仙人)의 삼황경(三皇經)이 적혀 있었다. 아직 광성자와 자부선인이 누구인지 모르지만,

대단했던 사람들이라는 것은 알 수 있었다.

호열이 알고 있는 세 괴물과 견주어도 충분할 정도로.

아니, 어쩌면 더욱 뛰어난 사람들일지 모른다는 것을 알게 되었다. 그래서 내린 두 번째 결론은 역시 뛰어난 사람이 이 책을 만들었다는 것이다. 또한 누구인지 모르지만 책을 처음 발견했던 알 수 없는 중원인 역시 뛰어난 사람이라는 것이다. 보통 사람이었다면 책의 진가를 알지 못했을 것인데 그는 그렇지 않았기 때문이다. 그리고 그 사람 자신도 책을 보고서 말년에 무엇인가 깨달음을 얻었기에 글 첫머리에 그와 같은 거창한 말을 남길 수 있었을 것을 알 수 있었다.

덤으로 하나 더 추가하자면, 호열 역시 책의 진가를 알아본 사람들 중 하나라는 사실이다.

셋째, 호열이 알기로 신선도의 내용에는 광성자의 자연경과 자부선인의 삼황경에 대하여 기록한 책이란 것이다.

광성자의 자연경은 우주와 대자연의 법칙을 자세하게 설명해 놓은 일종의 학문 서적이었다. 그러나 호열은 자연경을 읽으면 읽을수록 입을 다물 수 없었다. 너무도 자세하게 설명하고 있었기에, 호열은 그동안 다른 사람들처럼 무관심하게 보아왔던 자연의 일들을 책을 통해 어느 정도 이해할 수 있었다. 아니, 관심을 가지고 보았었어도 그러한 일들이 왜 일어나는지 알지 못하던 자연의 숨겨진 많은 신비들을 자연경을 읽고서 다소나마 깨달을 수 있었던 것이다.

그렇게 호열에게는 색다른 충격으로 다가왔다. 하지만 그러한 자연경의 신비함으로 받은 충격은 자부선인의 삼황경을 읽은 후에 받은 정신적인 충격에는 미치지 못하였다.

삼황경.

호열이 어제 현운 장문인의 방에서 신선도의 내용을 살펴보면서 깜짝 놀라 그 유례가 어떻게 되는지 물어보게 된 이유가 있었다. 삼황경에는 호열이 예전에 삼황에게 배웠던 내용들이 상당수 포함되어 있었기 때문이다.

처음에는 호열도 신경을 쓰지 않아 몰랐었는데, 두 번째 읽으면서 그와 같은 사실을 알 수 있었다. 삼황경은 광성자의 자연경처럼 포괄적이며 광범위한 내용을 담고 있는 것이 아니라, 자연에서 가장 강하다고 생각하는 세 가지 기운에 대하여 상세히 기록한 책이다. 번개, 불, 물에 대한 세 가지 기운의 성질과 특성에 대해서 상세한 설명을 하였던 것이다.

어떻게 된 사실인지 모르겠지만 삼황의 무공도 이 세 개의 기운들을 각자 무공으로 만들어 사용하게 된 것인데, 그것들을 수련함에 있어서 꼭 알아야만 될 필수 사항들이 토시 하나 틀리지 않고 똑같이 기록되어 있었다.

그에 호열은 혹시나 자신이 알지 못하는 부분이나 무공에 대하여 기술되어 있지 않을까 하는 마음에 유심히 살펴보았지만, 삼황에게서 배웠던 무공에 관한 부분은 물론 다른 어떠한 것도 기록되어 있지 않았다.

아쉽기는 하지만 나름대로 또 하나의 결론을 낼 수 있게 되었는데, 지금으로썬 어젯밤에 현운 장문인에게 말했던 것처럼 신선도는 무서가 아니라 대자연의 본질을 논리적으로 상세하게 기술한 학술 서적이라는 것이다.

그러나 무엇 때문인지 모르겠지만 호열이 이 신선도라는 책을 읽으며 느끼는 감정은 이런 상황과는 약간 차이가 있었다. 그냥 학술 서적이라고 단정 짓기에는 뭔가 찜찜한, 그렇다고 접어두기에는 이상하게 마음을 잡아끄는 마력과도 같은 것을 느끼고 있었다.

넷째, 자허 진인이 만든 금단선공은 신선도의 내용 중 광성자의 자연경이 아니라, 자부선인의 삼황경을 기초로 하여 만들어진 것이란 것이다. 이 부분에서 호열은 예전의 일들을 이해할 수 있었다. 아니, 현운 장문인의 행동을 이해할 수 있게 되었다.

현운 장문인도 예전부터 많은 노력을 하였었기에 현재는 조금이나마 금단선공의 기초에 들어 있었다. 그런 상황에서 아직은 불완전하지만 그 정점에 이르러 있는 호열의 기를 아무런 대비 없이 대하게 되니 압박감에 놀라게 된 것이다.

그 때문에 현운 장문인이 자신을 주의 깊게 바라보게 되었다고 생각되자 호열의 얼굴에 쓴웃음이 배어 나왔다. 조금만 주의를 했었다면 아무도 몰랐을 것이란 생각이 들었던 것이다. 그러나 이젠 모두 지나간 일이었다.

이와 같은 생각들을 정리하여 호열이 최종적으로 내릴 수 있었던 결론은 이러했다.

지금까지 많은 무공들을 접해보지 않아서 잘 모르겠지만, 호열이 알고 있는 한도 안에서 말하자면 자허 진인의 금단선공은 최고의 심법이라는 것이다. 삼황처럼 자연을 임의로 움직일 수 있을 정도의 강한 힘을 지니고 있지는 않았지만, 인간이 발휘할 수 없는… 아니, 사용하고 싶어도 사용할 수 없는 힘을 이끌어낼 수 있는 방법을 제시하고 있었기에 호열은 그런 결론을 내리게 된 것이다.

인간은 평생을 살면서 자신의 능력을 십 분의 일도 개발하지 못하고 생을 마감한다. 자연의 섭리가 그러하듯 불멸불사(不滅不死)의 영원한 삶을 살아가는 인간은 없기 때문에 개발하고 싶어도 못하는 것이다. 하지만 금단선공은 그런 인간의 최대 단점을 다소나마 극복하였다.

짧은 생으로도 특별한 깨달음 없이 열심히만 수련한다면, 충분히 인간이 경험해 보지 못했던 미지의 힘을 최대한으로 끌어올려 그 극한에 이르게 할 수 있는 심법이었기 때문이다.

극한의 힘. 금단선공은 정말 대단한 성공작인 것이다.

자허 진인은 처음 광성자의 자연경과 자부선인의 삼황경을 보고 무한한 우주의 대자연을 본 것이 아니라, 오히려 그 속에서 자연을 살아가는 인간의 본모습을 본 것이다.

자연의 무한한 힘에 어쩔 수 없이 따라 움직여야만 하는 나약한 인간의 모습.

하지만 마지막에 자허 진인이 본 인간의 모습은 마냥 나약하기만 한 것이 아니었다. 그것은 다만, 자신의 힘을 어떻게 갈고닦아서 사용해야 하는지를 모르는 무지한 모습을 보았던 것이다. 그동안 알고 있었던, 진실이라고 믿고 있었던 모든 것들을 차마 부정할 수 없어서 그 차선책으로 서로의 융합을 꾀하였던 것이다. 그 결과물로 탄생하게 된 것이 바로 금단선공이다.

금단선공은 자연을 거스르지 않으면서 인간을 자연의 일부로 만들어줄 수 있는 심법이다. 처음부터 자부선인이 그런 목표를 설정하여 만들기도 하였지만, 호열은 불가능을 성공시켰다는 것에 자허 진인을 높이 평가했다.

호열의 생각이 여기에까지 이르자 자신이 힘들게 연마하였던 어의 심공과의 비교를 하지 않을 수 없었다.

어의심공과 금단선공.

'음… 금단선공도 꽤 대단한 심공이군. 그렇다면 내 어의심공과 비교하면 어떨까? 음… 이런, 내가 지금 무슨 생각을 하는 거지? 허, 아무리 금단선공이 대단하다고는 하지만, 허허… 어떻게 대자연과 인간과의 비교를 하려고 하다니…….'

호열은 금단선공과 함께 어의심공을 비교하자 금방 웃음이 나왔다. 도저히 비교를 할 수 없었던 것이다.

인간과 자연, 금단선공과 어의심공.

처음부터 비교 자체가 될 수 없었다. 호열은 어의심공을 생각하자 입가에 흐뭇한 미소가 어리기 시작했다.

어의심공.

이 하나의 사실만 보아도 자신이, 아니, 어의심공을 만들었던 삼황이 얼마나 위대한 사람들이었는지 금방 알 수 있었던 것이다. 그러나 시간이 흐름에 따라 힘들게 익힌 어의심공이 위대하다는, 이와 같은 무서운 생각으로 자꾸만 결론이 진행되어 갔다. 그렇게 호열의 생각은 삼황이 창안한 어의심공이 위대하다면, 그들조차 익히지 못한 그것을 익혔으니 당연히 자신도 위대하다는 결론 쪽으로 치닫는 것이다.

그렇게 얼마 지나지 않아 최종적인 결론이 내려졌는지 호열은 한동안 자신의 위대함에 차마 스스로 고개를 들지 못하였다.

"풋, 하하하! 역시, 역시 내가 누군가? 이 내가 누구냐고? 하하하. 역시 난 천재였어. 세상에 다시없는 천재였던 거야. 음… 내가 어릴 때는 몰랐는데, 왜 그땐 그렇게 힘들게 살았을까? 휴… 여하튼 지금의 내 모습을 아버지와 어머니께서 보셨다면… 조금만 더 오래 사시지. 음……."

　호열은 삼황을 생각하자 한쪽 가슴이 찡하게 울리는 것을 느낄 수 있었다. 며칠 전부터 왠지 자꾸만 삼황에 대하여 떠올리지 않으려 하는 데도 생각이 자기도 모르게 그쪽으로 이끌리고 있었다.

　처음엔 억지로 벗어나려고 몇 번 시도도 해보았지만 그때뿐이었고, 명상에 들 때면 다시 머리 속이 혼란스러워지곤 하였던 것이다. 처음엔 그런 것들을 대수롭지 않게 생각하였지만, 자연경을 읽고서 그 이유를 알게 된 호열은 황당함을 감출 수 없었다.

　호열은 원하지 않았지만 얻을 수밖에 없었던 애물덩어리.

　그 어둡기만 했던 동굴 속에서 삼황에 의해 억지로 떠넘겨 받았던 마기, 그 마기로 인해 지금 호열에게 심마가 찾아왔던 것이다. 지금은 아무런 충격을 주지 못하고 있었지만, 어의심공을 연마하면서 어의심기 속에 마기를 받아들였기에 호열이 앞으로 감당해야 할 짐이 되어가고 있었다. 그것은 호열의 어의심기가 커져갈수록 같이 성장하고 있었다.

　하지만 어의심기와 서로 경쟁과 상호 보완을 하면서 성장하고 있기에 지금은 크게 지장을 주지 않고 있었다. 그러나 호열은 불안감을 지울 수가 없었다. 언제 폭발할지 모르는 불덩어리를 품속에 간직하고 있는 것과 같았기 때문이다.

　"후후후, 그래… 내가 왜 그런 생각을 못하였을까? 지금 생각해 보니 그땐, 음… 그래, 무작정 아무 생각 없이 움직였었어. 그래도 나름대로 생각하면서 한 것이었는데. 왜 좀 더 깊이 생각하지 못하였을까? 휴……."

　호열은 그동안 알 수 없어 답답하던 것을 알게 되었다는 것만으로도 만족해했다. 어차피 벗어나지 못하는 것이라면 예전과 마찬가지로 이겨내면 된다는 생각이었다.

"뭐, 이것도 다 내가 살기 위해서 어쩔 수 없이 했던 일이었으니…… 그래도 지금의 상황은 그때보다 훨씬 나은 편이잖아. 그래, 그때도 이겨냈는데 지금 이런 것도 이겨내지 못할까? 후후, 웃자, 호열아. 넌 할 수 있어. 그럼, 할 수 있고말고! 그래, 세상아. 난, 난 아직 죽지 않았다. 그래, 내가 끝까지 살아남아 그 끝을 보리라. 하하하……."

호열은 혼자서 자신의 이마를 짚곤 몸을 뒤로 젖히며 다분히 자조 섞인 웃음을 터뜨렸다.

정말 미치도록 웃고 싶어졌다. 아직까지도 살아남기 위해 그 끝이 보이지 않는 무공을 연마해야만 한다는 생각에 호열은 도저히 웃지 않고는 견딜 수 없었던 것이다.

창밖은 어느새 짙은 석양을 그리며 날이 저물어가고 있었다. 그러나 호열은 날이 저무는지 모르고 마냥 자조 섞인 웃음을 터뜨리고 있었다. 너무나 처절한 웃음이었다.

그러나 호열의 이런 모습을 다른 사람이 보았다면 두말없이 얼른 관청에 신고하였을 것이다. 자신의 신변에 위험을 느끼면서 마을에 미친 사람이 나타났다고 떠들고 다녔을 것이다. 그렇게 되었다면 아마 객점 주위에 오랜만에 시끌벅적한 소란스러운 장면이 일어났을 것이다.

하지만 이런 호열의 모습을 아무도 보는 사람이 없었다. 아니, 아무도 신경을 쓰지 않아서 다행스러운 일이었다.

호열은 이런 사정은 아무렇지 않게 생각하는지, 아니면 아예 무신경한지 계속 크게 웃고만 있었다. 객점이 떠나갈 듯, 거의 한 시진이 넘도록 그칠 줄 몰랐다.

후후, 너는 별에 대해서 아느냐?

◆ 제3장 후후, 너는 알에 대해서 아느냐?

어느새 다시 어둠이 찾아왔다.

사람들은 하나둘씩 피곤한 몸을 의탁하러 자신만의 보금자리를 찾아 천천히 사라지고 있었다. 그러나 한편에선 그런 사람들을 뒤로하고, 오늘도 제남에서는 여느 날과 마찬가지로 많은 사람들이 분주하게 움직이기 시작하는 모습들을 볼 수 있었다.

낮에 열심히 일하는 사람들과 밤에 더욱 땀을 흘리는 사람들이 서로 교차되는 시간인 것이다.

호열은 한 시진 전부터 창밖의 풍경들을 보면서 무료함을 달래고 있었다. 날은 어느새 어두워져 가고 있었지만 운영을 비롯한 일행들은 아직 돌아오지 않고 있었기에 객점에서 혼자 시간을 때우고 있는 것이다.

처음엔 신경질이 나고 짜증도 나서 객사를 이곳저곳 왔다 갔다 하면서 신경질을 부렸지만, 호열은 자신의 신경질을 받아줄 사람이 없다는 것을 알기에 한숨을 쉬며 창밖으로 눈을 돌리게 되었다. 그렇게 시간이 흘러 짜증이 어느 정도 가라앉게 되자, 어느 순간부터 창밖으로 보이는 거리의 사람들을 보면서 시간 가는 줄 모르게 되었다.

그렇게 다시 반 시진이 지나가고 있었다. 밖은 이미 어둠이 짙게 깔려 불빛이 없다면 한 치 앞을 볼 수 없을 정도가 되어 있었다. 그러나 호열은 그때까지도 멍하니 창밖을 바라보고 있었다.

호열은 밤 일을 준비하는 사람들을 보면서 비록 그들이 낮에 일하는 사람들과 서로 일하는 시간대가 다르고 하는 일도 다르지만, 그들 모두가 하루하루 먹고 살기 위해 피땀을 흘리며 열심히 살려고 하는 모습에서 어릴 적 생각이 떠올랐다. 그리고 그런 사람들을 보면서 어차피 특출난 재주와 뒤를 봐주는 배경이 없기에 모든 일들을 자신들의 노력으로 꾸려 나가야 한다는 것이 꼭 호열, 자신과 같다는 생각까지 하게 되었다.

"음… 역시 노력하지 않으면 살 수 없다는 것인가? 나도 이제 편하게 지낼 수 있는 날도 얼마 남지 않았구나. 휴……."

호열은 다시 한 번 아무도 없는 주위를 둘러보았다. 앞으로 어떻게 살아야 할지 막막하게 다가왔던 것이다.

지금은 주변 사람들의 도움으로 돈에 대한 걱정 없이 편안하게 지내고 있는 호열이었지만, 얼마 안 있으면 옆에서 궂은 일들을 다 해주던 운영은 현운 장문인을 따라 새로운 인생을 개척하러 강호로 나갈 것이다. 또한 박 장군은 다른 일행과 조우(遭遇)한 후 황실에서의 일이 끝나면 바로 조선으로 돌아갈 것이 분명하기에 호열로서는 나중의 일을 고민하지 않으면 안 될 시기가 다가오고 있는 것이다.

"휴… 그래. 어쩔 수 없는 일이지, 어쩔 수 없어. 음… 그나저나 운영이 녀석은 왜 이렇게 안 들어오는 거야? 벌써 저녁 먹을 시간인데.

에이, 뭐 할 수 없지. 우선은 나라도 먹어야겠다."

호열은 한참을 이것저것 생각하며 시간을 보내서 그런지 무엇이든 먹고 싶다는 생각이 들었다. 그렇지 않아도 평소 저녁을 먹어야 하는 시간이 조금은 지나 있었다.

그에 호열은 대충 주변을 둘러보며 챙길 것이 없나 살펴보았다. 그러나 중요하다고 생각되는 것들은 하나도 없었다. 절로 고개가 숙여진 호열은 한숨과 함께 고개를 저으며 천천히 저녁을 먹으러 방문을 나섰다.

한창 저녁때라서 그런지 식당으로 들어서자 바쁘게 이리저리 움직이고 있는 점소이들의 모습이 눈에 들어왔다. 그들 중에는 아침에 차를 날라다 준 점소이의 모습도 보였다. 열심히 이마에 맺힌 땀을 닦고 있는 모습이 여간 힘들어하는 것이 아니었다.

호열은 그런 점소이를 뒤로하고 비어 있는 자리로 가서 앉았다.

'음… 사람들이 많이 있네? 내가 시간을 너무 정직하게 지켰나? 뭐, 할 수 없지. 그나저나 무엇을 시킨다? 우선 아무거나 시켜야겠다.'

크게 상관은 없지만 찜찜한 마음에 되도록 아침에 왔던 점소이가 오지 않기를 바라면서, 호열은 얼른 손을 들어 주변에 왔다 갔다 하는 점소이를 불렀다.

"손님, 찾으셨습니까?"

"응? 음… 당연히 내가 불렀으니 자네가 이렇게 온 것이 아닌가?"

호열의 바람대로 아침에 왔던 점소이가 아니라 다른 점소이가 다가와 있었다.

"아, 예… 손님, 무엇을 시키시겠습니까?"

"글쎄? 음… 우선 간단하게 소면이나 한 그릇 가져다 주게. 그리고 만두도… 내가 좀 소식을 해서……."

"옛, 그럼 잠시만 계십시오. 곧 가져다 드리겠습니다."

"그, 그러게."

'휴, 돈이 없으니 어쩔 수 없지. 우선 이거라도 먹고 난 다음에 다시 먹으면 되니까.'

호열은 수중에 돈이 없다는 것이 이렇게나 거추장스러울 수가 없었다.

최대한 편의를 제공하라는 말이 있어 아무것이나 시켜도 되지만, 누가 그런 지시를 내렸는지 모르기에 무턱대고 시키기가 껄끄러워 마음대로 시키지 못했던 것이다.

'음… 그나저나 오늘 많이 늦네? 무슨 일이 일어난 건 아니겠지?'

얼마 지나지 않아서 시켰던 음식은 금방 점소이의 손에 들려져 나왔다.

평소 같으면 많이는 아니라고 해도 조금은 기다려야 나왔겠지만, 다른 주문보다 만들기가 간단했고 편의를 봐주라는 말도 있었기에 우선적으로 나온 것 같았다. 그에 호열은 박 장군과 운영을 기다리며 천천히 음식들을 먹기 시작했다. 하지만 음식을 다 먹도록 밖으로 나갔던 사람들은 돌아오지 않았다.

음식을 모두 먹은 호열은 어쩔 수 없이 자리에서 일어나 다시 방으로 돌아갔다. 아직 돌아오지 않는 박 장군과 운영이 걱정이었지만, 지금은 기다리는 것 외엔 달리 방도가 없었기에 묵묵히 기다려 보기로 했다.

그렇게 해시 초가 되자 기다리던 사람들이 즐겁게 담소를 나누며 들어오기 시작했다. 그 무리엔 현운 장문인도 끼어 있었다.

"허허허, 정말 다행입니다. 일행 분들의 행방을 알았으니 내일은 만나보실 수 있겠군요."

"예, 모두 장문인의 도움이었습니다. 장문인과 장백검파 분들이 아니었다면 며칠은 고생했을 겁니다. 제남이 생각보다 엄청 넓더군요. 허허허."

"그러게나 말입니다. 저도 제남에는 처음이라 많이 놀랐습니다. 확실히 글로 보는 것하고 실제로 와서 경험하는 것하고는 많은 차이가 있다는 것을 실감했습니다."

현운 장문인과 박 장군은 물론 다른 사람들도 아직 식전인지 객점에 들어오자마자 식당에 자리를 잡고 주문을 하였다.

"참, 이보게, 우리 일행이 한 사람 더 있는데 식사를 했는지 모르겠구면?"

박 장군은 객점에 혼자 남아 있던 호열을 생각하고는 점소이에게 물어보았다.

"옛? 아… 예, 그분은 아까 식사를 하시고 올라가셨습니다."

"허허, 그런가? 그럼 우리들도 얼른 먹고 오늘은 그만 쉬도록 하는 것이 좋겠습니다."

"허허허, 그렇게 하는 것이 좋겠지요."

현운 장문인도 하루 종일 기다리던 것이 있었기에 박 장군의 말에 흔쾌히 동조를 하였다. 하지만 다른 사람들은 조금 섭섭한 감이 없지 않았다. 이제 얼마 있지 않으면 좀처럼 만나기 어려운 사람들과 헤어져야 한다는 것을 알기에, 그간 정들었던 사람들과 한잔의 술로 우정을 나누고 싶은 마음이 굴뚝같았다.

하지만 장백검파 사람들은 술을 들지 않았고, 또한 장문인도 동조를 하였기에 박 장군 일행들의 마음을 알면서도 다른 말을 하지 못했지만 마음만은 고맙게 받아들였다.

'음… 이제 장백검파 사람들과 헤어질 시간도 얼마 남지 않았구나.

휴… 형님이 장백검파 사람들과 함께 가시면 좋겠지만 이미 박 장군과 약속한 것이 있으니 어쩔 수 없지.'

운영은 아쉬운 마음이 들었다. 처음의 이상한 만남 때문에 어색했지만, 중원에 들어오는 동안에 장백검파 사람들과 조금씩 친해지면서 정도 많이 들었기에 섭섭한 마음이 들었다.

그러나 그런 것보다 운영은 강호에 대한 환상과 꿈이 있기에, 장백검파 사람들과 헤어지기가 여간 섭섭한 것이 아니었다. 하지만 운영은 호열을 따라가야만 했기에 그런 마음을 내비치지는 않았다. 아니, 내비치지 않으려고 표정에 많은 신경을 쓰고 있었다.

어느새 식사를 마친 사람들은 현운 장문인과 박 장군이 일어서기를 기다리며 담소를 나누고 있었다. 그렇게 조금 기다리자 식사를 마친 현운 장문인과 박 장군이 웃으며 일어서고, 또한 동석을 했던 운영과 박 부장, 현검 도장이 일어서며 각자의 객실로 들어가자 나머지 사람들도 하나둘씩 자리를 털고 일어났다.

"허허, 장문인. 그럼 편안한 시간 되십시오. 전 이만 들어가야겠습니다."

"예, 그렇게 하십시오. 오늘 피곤하셨을 것이니 더 이상 잡고 있을 수 없지요. 허허허."

"장문인, 장군님, 그럼 편히 쉬십시오."

현운 장문인과 박 장군에게 인사를 한 후 운영도 호열이 기다리고 있는 방으로 들어갔다.

호열을 제외한 바쁜 일정을 마친 사람들은 휴식 시간을 갖기 위해 각자의 방으로 들어가자, 하루 종일 쉴 틈 없이 바쁘게 움직이던 객점의 많은 사람들도 각자의 일을 정리한 후 모습을 감추기 무섭게 그동안 객점을 환하게 밝히던 호롱불들이 하나둘씩 꺼지고 있었다.

"형님, 저 왔습니다."

"응? 왜 이렇게 늦었냐? 난 무슨 일이 일어난 것이 아닌지 걱정을 했지 않느냐."

호열은 기다리던 운영이 아무 탈 없이 방문을 열고 들어오자 밝은 웃음을 지으며 반겼다.

"예, 조금 늦었습니다. 그러나 내일은 나가지 않아도 될 것 같습니다. 일행을 찾았거든요."

"그러냐? 그거 정말 다행이구나. 그럼 여기에 같이 온 것이냐? 박 장군과는 만났고?"

"아닙니다. 아직 박 장군님께서는 그들과 만나시지 못했습니다. 같이 찾으러 갔던 사람이 만나서 전갈을 갖고 왔습니다. 그래서 내일 이곳으로 오기로 했습니다."

"그러냐? 음……."

'이런, 그럼 시간이 얼마 남지 않았다는 말이데… 이렇게 되면 오늘 중으로 운영에게 내 생각을 말하고 현운 장문인의 일도 마쳐야겠구나. 이거 생각보다 밤이 짧겠는데? 휴…….'

호열은 일이 이렇게 급박하게 돌아갈 줄 생각도 하지 못하고 있었다. 어림잡아도 한 삼 일은 시간적 여유가 있을 것이라 생각하고 있었는데 너무나 빨리 떠나게 된 것이다. 그에 호열은 운영이 씻고 돌아오기를 기다렸다가 자리에 앉아 피로를 풀기 위해 운기조식을 취하려는 운영을 부른 후 어렵게 말을 꺼내게 되었다.

"형님, 무슨 일이 있으세요?"

"음… 다른 것이 아니라 너에게 할 말이 있단다. 그렇게 많이 피곤하지 않으면 우리 얘기나 하는 것이 어떻겠느냐?”

“예, 저는 괜찮으니까 말씀하세요.”

운영은 호열의 표정을 보며 무슨 말을 하려고 하는지 궁금한 얼굴로 자리에 앉았다.

호열은 운영이 자리에 앉은 후에도 쉽게 입이 떨어지지 않았다. 하지만 지금 말해야 한다는 것을 잘 알고 있었기에 마음을 다잡은 후 어렵게 말을 꺼냈다.

“음… 다름이 아니라 너의 얘기를 하려고 한다. 너도 알다시피 난 중원인도 아니고 강호인도 아니다. 그렇기에 네가 내 옆에 있으면 내겐 좋지만 내가 너의 앞일을 돌봐주는 것이 아니라 네 시간만 허비하게 하는 것 같구나.……”

“혀, 형님, 지금 무슨 말씀을 하려고 그러십니까? 설마, 설마 지금 제가 생각하는 것을 말씀하려고 하시는 것은 아니겠지요? 그렇지요?”

운영은 호열의 말을 들으면서 불안한 마음이 들었다. 설마 아닐 것이라 생각을 하면서도 자꾸만 얘기가 그쪽으로 진행되고 있었기에 얼른 호열의 말을 자르면서 확답을 듣고 싶었다.

“음… 미안하지만 네가 생각하는 것이 맞을 것이다. 난 네가 내 곁에 있는 것보다 현운 장문인과 같은 훌륭하고 뛰어난 사람을 따라다니면 많은 것을 배울 수 있을 것이라 생각한다. 그렇기에 나도 많은 생각을 한 후에 내린 결정이다. 또한 벌써 현운 장문인과도 이 문제에 대해서 생각을 나누었다. 그러니 너는 그렇게 알거라.”

호열은 더 이상 운영과 얘기를 하다 보면 언제 마음이 바뀔지 모른다는 생각에 얼른 말을 맺었다. 조금은 야속할 정도로 단호하게 말을 끝맺어서 마음이 아팠지만, 지금은 질질 끄는 것보다 오히려 그렇게 하는 것이 좋다는 것을 잘 알고 있었기에 행했던 것이다.

"형님, 그럴 수는 없습니다. 어떻게, 어떻게 제가 형님을 제쳐 두고 현운 장문인을 따라가겠습니까? 아무리 제가 강호에 나가고 싶어도 그렇지… 전, 전 그렇게 할 수는 없습니다."

운영은 호열의 단호한 말을 들으면서도 끝까지 가지 않겠다고 고집을 부렸다. 처음 마을을 떠나올 때만 하더라도 운영은 무슨 일이 있더라도 끝까지 호열을 따라다니겠다는 생각뿐이었다. 그런데 지금 그런 결심이 호열에 의해서 깨지려고 하는 것이었다.

운영은 호열의 생각처럼 쉽게 물러서지 않았다.

'허, 이 녀석. 정말 날 무척 생각하고 있었나 보네? 음… 내겐 고마운 일이지만, 그렇게 되면 운영인 자신의 꿈을 포기해야만 하니 어쩔 수 없지. 암… 나도 떠나보내고 싶지 않지만 운영일 위해서 그렇게 해야만 해. 기필코.'

호열은 운영의 모습을 보면서 가슴이 아프지만 허물어지려는 마음을 다잡았다.

아쉬움도 없지는 않았다. 운영을 떠나보낸다면 우선 귀찮은 일들을 자신의 손으로 직접 해야만 했다. 무엇보다 외로울 때 애기할 상대가 없다는 것이 가장 큰 아픔이었다.

하지만 호열은 운영의 꿈이 무엇인지 잘 알고 있었기에 꿈을 이뤄줄 수 있는 현운 장문인에게 보내려고 하는 것이다.

아직 강호가 무엇이고 강호의 생활이 어떻다는 것을 모르는 호열이었지만 그동안의 생활로 믿을 수 있는 현운 장문인의 곁에 운영이 있게 된다면, 그렇게 된다면 어렵지 않게 강호에 적응을 할 수 있을 것이란 믿음이 들었기에 서슴없이 떠나보내려고 하는 것이다.

"운영아, 네가 날 생각해 주는 것은 고맙지만 난 이렇게 생각한다. 내가 아주 어렸을 때, 그러니까 아버님이 돌아가시기 전에 하신 말씀이 있다. 난 지금까지 그 말이 무슨 뜻인지 몰랐었는데, 지금 너를 보고 그때를 생각하니 아버님께서 왜 내게 그런 말씀을 하셨는지 알겠구나……."

"……."

운영은 호열의 잔잔한 말을 들을 수밖에 없었다. 평소보다 너무나 진지하게 말을 하였기에 섣불리 말을 끊을 수가 없었다.

"음… 아버지께선 내게 알에 대해 말씀을 하셨었다. 알, 알에 대해서 말씀하셨었지. 후후, 너는 알에 대해서 아느냐? 병아리가 알에서 깨기 전에는 무슨 생각을 할까? 참새는? 독수리는? 아버지는 그것들이 알에서 깨기 전엔 자신이 무엇인지 모른다고 하셨었지. 나도 그 말엔 동감한다. 태어나서 알이란 작은 세상에서만 생활하다 보니 밖의 세상은 모른다는 것이었지."

호열은 운영의 대답을 구하기 위해 말을 하는 것이 아니라 옛날의 일을 회상하면서 조용히 얘기를 하고 있었다.

운영도 호열이 자신의 대답을 들으려고 하는 것이 아니라는 것은 알 수 있었다. 그에 조용히 호열의 말이 끝나기를 기다리며 듣고만 있었다.

그러나 지금 호열의 얘기는 운영을 위한 것이 아니었다. 표면적으로는 운영을 위한 것이었지만, 정작 그 뜻을 음미하는 것은 호열이었기 때문이다.

"아버님은 병아리나 참새, 심지어 독수리도 어느 정도의 시간이 지나면 알을 깨기 위해 힘든 고통을 감수하며 밖으로 나온다고 했었지. 너는 왜 그 녀석들이 고통을 감수하며 알을 깨고 밖으로 나오려고 하는지 아느냐? 그건 나도 잘 모른다. 다만 자신들이 누구인지, 또 무엇을 해야 하는지 알기 위해 나오는 것이라고 아버님은 말씀하셨었다. 그리고 난 이 말을 너에게 해주고 싶었다. 왜 이런 생각이 들었는지 모르지만 네가 나라는, 이 호열이라는 알을 깨고 세상 밖으로 나갔으면 하는 생각뿐이다. 이제 내 말이 무슨 뜻인지 알겠느냐?"

호열은 운영의 대답을 기다리지 않고 자리에서 일어나 방문을 열고 밖으로 나갔다. 더 이상은 운영에게 해줄 말이 없었지만, 호열이 생각하기에도 너무나 멋쩍은 말을 했기에 가만히 자리에 앉아 있을 수가 없었기 때문이다.

'휴, 내가 지금 무슨 말을 한 건지 모르겠구만… 허, 그나저나 아버진 어떻게 그런 말을 내게 했었을까? 그때 난 그 말을 들으면서도 무슨 뜻인지 모를 정도로 어렸었는데. 이것 참, 생각해 보니 그분도 상황 파악을 못하던 분이셨구만, 그런 어려운 얘기를 어린애한테 할 정도면. 쯧쯧쯧.'

호열은 어렸을 때의 일을 생각하며 고개를 저었다. 아무리 생각을 해보아도 그때 무슨 생각으로 아버지가 그런 어려운 말을 했는지 알 수가 없었기 때문이다.

호열이 심적으로 많이 힘들어 있는 가운데 머리를 굴리다 우연히 생각이 났기에 망정이지, 평소의 호열이었다면 죽을 때까지 그것이 무슨 뜻이었는지 생각하지도 않았을 것이다. 아니, 생각나지도 않았을지 모르는 일이었다.

호열은 운영이 생각을 정리할 시간을 주기 위해 무작정 밖으로 나왔지만, 밖으로 나오니 딱히 어디로 가야 하는지 몰랐기에 주변을 두리번거렸다. 하지만 밖에는 아무도 없었다. 모두 하루 종일 움직이느라 피곤해서 그런지 밖으로 나와 있는 사람은 한 명도 찾아볼 수가 없었다.

내일 아침이면 박 장군이 드디어 기다리고 기다리던 일행들과 합류

하게 된다. 그런 다음엔 서로 간의 일정 조정이 끝나는 모레에는 출발할 것이 자명하기에, 호열의 발걸음은 현운 장문인의 처소로 옮겨지고 있었다.

아직 자시가 되려면 여유가 있었지만, 딱히 할 일이 없었기에 가벼운 말이라도 나누면서 시간을 보내기 위해 현운 장문인의 방을 택한 것이다. 또한 물어볼 일도 있었기에 호열의 발걸음은 생각보다 무겁지 않았다.

운영은 호열이 나가는데도 아무런 말도 할 수가 없었다. 아니, 호열이 나간 지 한참이 흐른 후에도 석상(石像)이 된 것처럼 자리에서 움직일 수가 없었다.

호열은 크게 신경 쓰지 않고 생각이 나는 대로 말한 것이었지만, 지금 운영에게 그 말은 너무나도 감당하기 어려운 정신적 충격으로 다가왔다. 그렇기에 그 충격을 수습하는 데 많은 시간이 걸리고 있는 것이다.

'알이라… 알! 형님의 말씀대로 내가 알 속에 갇혀 있는 것이란 말인가? 진정 내가 형님이란 울타리 안에 있는 것에 만족하고 있었단 말인가? 음… 아마 그럴지도 모르겠다. 내가 무공을 본격적으로 익히면서 형님의 도움이 없었던 적은 한 번도 없지 않은가? 아, 어쩌면 형님의 말씀은 그런 나를 일깨우기 위해 세상을 돌아보란 것일지도 모르겠구나. 한번 혼자만의 힘으로 세상을 개척해 보라는 것일지도……'

운영은 호열의 말을 되새기며 자신의 문제를 생각해 보았다. 또한 호열의 진정한 의중에 대해 많은 생각을 하게 되었다.

그렇게 밤이 새는 줄도 모르고 운영은 두 시진이 지나가고 있는데도 앉은자리에서 일어날 줄 모르고 있었다.

제 4 장

강기(剛氣)와 기단(氣丹)

◆ 제4장 강기(剛氣)와 기단(氣丹)

　자신만의 생각에 잠겨 있는 운영을 뒤로하고 호열은 현운 장문인의 방에 들어가 새벽에 나누지 못했던 대화를 이어갔다.

　현운 장문인은 자시도 되지 않은 이른 시각에 호열이 들어오자 놀랐지만, 남아 있는 시간이 얼마 되지 않음을 잘 알고 있었기에 만면에 웃음을 띠며 맞이했다. 기다렸다는 듯이 처음부터 체면불구하고 금단선공에 대한 의문을 하나하나 물어보았다.

　그러나 처음 호열은 현운 장문인이 물음에 편하게 대답할 수 있었지만, 점점 그 내용이 깊이 들어가자 말문이 막히기 시작하고 대답하는 시간도 길어지기 시작하였다. 그렇게 점점 시간이 길어지기 시작한 후 얼마 지나지 않아서 호열의 입은 굳게 다물게 되었다.

　호열은 현운 장문인처럼 무공에 대해, 무도에 대하여 체계적인 교육을 받질 못했다. 거기다 삼황도 일반 무공에 대해 전혀 알지 못했기에 호열이 알고 있는 무공에 대한 지식은 심공에 **대한 것** 빼고는 천박하기 그지없는 수준이었다.

호열 자신도 그러한 것을 현운 장문인의 질문에 대답하면서 뼈저리게 느낄 수 있었다. 하지만 그러한 것을 현운 장문인에게 확 터놓고 말할 호열이 아니었다. 아니, 죽으면 죽었지 그런 말을 자신의 입으로 하지 않을 호열이었다.

그렇기에 호열은 현운 장문인이 물어보는 것에 대하여 쉽게 대답해 줄 수 없어 서로 간의 대화는 크게 진전이 되질 못하고 답보 상태를 유지하고 있었다.

'젠장, 난 왜 이렇게 모르는 것이 많은 거냐? 내가 생각하기엔 별거 아닐 거라고 생각했었는데… 심공이나 초식이나 안으로 갈무리되어 있는 심공을 밖으로 표출시키면 그게 그거 아닌가? 허.'

"음… 장문인, 죄송합니다. 제 지식이 미천하여 많은 도움을 드리지 못하겠습니다."

"허허, 아닙니다. 그것이 어찌 대협의 허물이겠습니까. 그리고 그렇게 쉽게 익힐 수 있는 것이었다면 지금까지 금단선공이 세상 밖으로 나오지 않을 수 있었겠습니까? 그러니 너무 마음 쓰지 마십시오."

현운 장문인은 처음부터 금단선공을 쉽게 익힐 수 있을 것이란 생각은 없었다. 아니, 그런 생각을 가지는 것 자체가 금단선공을 익히려고 노력을 아끼지 않았던 선조 분들에 대한 불경(不敬)이라 생각하고 있었다.

처음 심공에 가졌던 많은 의문점들에 대해서는 어느 정도 이해할 수 있을 정도로 진전이 되었다. 하지만 세부적인 적용 사례로 들어갈수록 호열과 현운 장문인과의 의견 차이가 나기 시작했다.

급기야는 호열이 현운 장문인의 질문에 대답하는 것이 아니라 오히려 현운 장문인이 자기가 생각하고 있는 것을 설명해 주는 정도에까지 이르러 있었다. '내 생각은 이러한데 당신의 생각은 어떠하냐?' 라고 하는 지경까지 이른 것이다.

"음… 장문인께서 그렇게 말씀하여 주시니 감사하지만, 정말 무공이란 것은 어려운 것이군요."

'허, 정말 어렵네. 오늘 아침까지만 해도 쉽게 해결할 수 있을 것처럼 느껴졌는데. 음… 내가 무공에 대해 잘못 생각하고 있었던 것일까? 아마 그럴지도…….'

호열은 처음과 달리 현운 장문인이 물어보는 것들에 대하여 어느 것 하나 쉽게 대답해 줄 수 없었다. 호열이 초식에 대해 알고 있는 것이라고 해봐야 운영이 익히고 있는 유운에 대한 것뿐이었다. 처음 유운을 접하면서 너무 쉽다는 생각에 중원의 무공에 대한 선입관을 가지게 되었는데, 오늘 현운 장문인이 금단선공에 대해 물어보는 것들에 대해서 선뜻, 속 시원히 대답해 줄 수 없다는 것에 기가 많이 꺾일 수밖에 없었다.

'음… 이렇다면 생각을 달리해야겠는걸. 무공에 대해 좀 더 많은 것들을 알아야겠다. 그래야만 내가 무엇을 해야 하는지 정할 수 있을 것 같구나. 그래, 나중에 시간이 나면 좀 더 알아보아야겠어.'

호열은 앞으로 무공에 대해 많이 접해보아야겠다는 생각을 가지게 되었다.

하지만 당장은 크게 신경 쓰지 않기로 했다. 지금 필요로 하는 것은 무공이 아니라 편안한 삶을 이어갈 수 있는 돈이었기에, 그 문제가 해결되면 천천히 무공에 대해 알아볼 결심을 한 것이다.

"장문인, 무공이란 무엇입니까? 아니, 무(武)란 무엇입니까?"

호열은 자세를 바로잡고 현운 장문인의 눈을 바로 보면서 가라앉은 목소리로 조용히 말문을 열었다.

"옛? 허허허, 대협께서 왜 갑자기 빈도에게 그런 질문을 던지는지 모르겠군요. 음… 하지만 빈도도 무란 무엇인가에 대해서는 쉽게 얘기할 수 없습니다. 너무나 심오하여 하지 않은 것보다 못할 것이기 때문입니다."

호열은 현운 장문인의 말을 들으면서 한동안 두 눈을 감고 깊은 생각에 빠져들었다.

'현운 장문인과 같은 사람도 쉽게 말을 꺼내지 못하는 것이 무란 말인가? 그렇다면 내가 정말 잘못 생각하고 있었다는 것이란 말인가? 음… 휴, 정말 내가 왜 이런 질문을 하는지 모르겠군. 나하고 무공하고 무슨 상관이 있기에 자꾸만 신경이 그쪽으로 쏠린단 말인가? 삼황의 말 때문인가? 아니면 나 자신에 대한 자신감 때문이었나?'

호열은 언젠가 삼황이 했던 말을 떠올려 보았다.

삼황은 호열이 강호에 나가게 될 때 심공에 대해 알아볼 테면 알아보라고 당당하게 말했던 적이 있었다. 그때 삼황은 다른 무공들은 봐봤자 하등 도움이 되질 않는다고, 쓸데없는 것들은 신경도 쓰지 말라고 했었다.

너무도 당당하게 자신들의 무공에 대해 자신감있게 말하였기에 호열도 그렇게 생각하고 있었다. 또한 죽음의 고비를 넘어 살아남았다는 것에 고무되어, 세상에 거리낌이 없을 정도로 그동안 자신감에 도취되어 있었던 것 또한 사실이었다.

"음… 임 대협, 대협이 무슨 뜻으로 그런 말을 제게 물어본지는 모르겠지만 빈도가 생각하는 무란 이런 것입니다. 무란 자연이다. 무릇, 무를 익히는 사람들의 영원한 꿈은 자연과 하나가 되는 것이라는 것이 제 생각입니다. 하지만 다른 사람들의 생각이 어떨지는 빈도도 자신있게 대답하기가 여간 힘겨운 것이 아니군요.”

'음… 무란 자연이다. 자연, 자연이라… 이거 너무 어렵잖아? 좀 더 쉬운 말은 없나?

“장문인, 좀 더 쉽게 설명해 줄 순 없겠습니까? 제가 원하는 대답은 무의 본질이 무엇인가에 대한 어려운 것이 아니라, 그것을 익히기 위해 행해지는 과정들에 대해서 알고 싶었던 것입니다.”

“옛? 과정이요? 그것이 무슨? 음…….”

현운 장문인은 호열의 말이 무엇을 뜻하는지 정확히 알지 못하였기에 자신을 바라보는 호열의 눈을 직시하며 그 의중을 읽으려고 노력하였다. 그러나 아무리 보아도 호열에게서 그 진의를 알아내기란 여간 어려운 것이 아니었다. 도대체 무엇을 생각하고, 또 무엇을 바라는지 알 수가 없었던 것이다.

'허, 도대체 임 대협이 내게 무슨 대답을 원하는지 알 수가 없구나. 무를 익히기 위한 과정이라니? 그런 것은 나보다 대협이 더 잘 알고 있을 것이 아닌가? 음…….'

현운 장문인은 호열의 무공이 뛰어날 뿐만 아니라 그 성취가 어느 정도인지 가늠할 수 없을 정도로 지고한 경지에 이르렀다는 것을 알고 있었다. 그렇기에 호열의 의도가 무엇인지 도저히 알 수 없었다.

그렇게 일각이라는 시간이 흐르는 동안 호열과 현운 장문인과의 대화는 입을 통해 말이란 것으로 대화가 오가는 것이 아니라, 서로 간의 신뢰가 담긴 눈빛으로 대신하였다.

"허허, 대협… 무엇을 알고 싶어하시는지 모르겠지만, 무공을 익히는 것에 대하여 빈도가 알고 있는 것은 이렇습니다. 무공은 정(情), 기(氣), 신(身)을 기르는 데 중점을 두는데, 우선적으로 기란 심공으로 익힐 수 있으며 신은 초식을 연마하는 과정에서 기를 수 있다는 것입니다. 또한 정은 무공을 익히며 나름대로 깨달음을 얻는 과정에서 크게 얻을 수 있을 수도 있고, 아니면 평생 얻을 수 없을 수도 있다는 것이란 겁니다. 하지만 일반적으로 무공을 익히는 데 가장 기초적인 것은 심공과 초식입니다. 그 다음은 깨달음이지요."

현운 장문인은 호열의 무엇을 원하는지 모르기에 자신이 알고 있는 것을 얘기하기 시작했다. 하나둘씩 차근차근 풀어가자는 생각이었다.

이런 현운 장문인의 생각이 들어맞았는지, 그가 얘기를 하는 동안 무감각하게 있던 호열이 조금씩 반응을 보이기 시작했다. 그런 호열의 반응을 보면서 현운 장문인은 얘기에 박차를 가했다.

그렇게 한동안 호열은 듣기만 하고 현운 장문인을 쉴 틈 없이 설명을 하는 일방적인 대화가 진행됐다.

"음… 그렇다면 연정화기(煉精化氣)·연기화신(煉氣化神)·연신환허(煉神還虛)·연허합도(煉虛合道)하면 삼광(三光)이 황정(黃庭)에 환조(煥照)한다는 말은 무슨 뜻입니까?"

호열은 삼황이 했었던 말을 되새기며 그 뜻이 무엇인지 물어보았다.

"옛? 허허, 그건 한마디로 정, 기, 신을 연마하는 과정을 말하는 것입니다. 연허합도 이전의 과정들은 각각의 내공심법이 다르고 익히는 방법들이 모두 다르기에 무엇이라고 말하기 곤란하지만, 딱히 말한다면 일종의 정신 집중과 호흡의 방법을 통해 길러진 정과 기를 이용하여 신을 향상시키는 것이라 말할 수 있을 것입니다. 아니면 서로 조화를 이루기 위해 준비하는 단계라고 할 수도 있고요. 그리고 그렇게 길러진 정, 기, 신이 어느 순간 결합이 되는데, 연허합도하면 삼광이 황정에 환조한다는 말은 아마도 그것을 이르는 말이 아닐까 합니다. 하지만 지금까지 그런 경지에 이른 무인이 있다는 소문은 들어보지를 못했습니다. 만약 그런 사람이 있다면 그 사람은 신선일 것이니까요.”

“음…….”

호열은 현운 장문인의 설명을 하나하나 되새기며 천천히 두 눈을 감았다.

지금은 쉽게 무슨 뜻인지 알 수 없었지만, 대충 현운 장문인이 하는 말이 무엇을 뜻하는 것인지 알 수 있었다.

‘한마디로 무공을 제대로 익히려면 하나하나 다 배워야 한다는 것인데… 그렇다면 지금의 난 뭐지? 한마디로 균형있게 배우지 못해서 이렇게 되었다는 말이잖아? 하긴… 삼황은 내게 초식이란 것을 가르쳐주지 않았었지. 그건 그렇고… 지금까지 내가 초식이라고 생각했었던 것들이 모두 심공의 변형들이었던 것이란 말이지? 어의공령검도 사실은 초식이 아니라 심공을 이용한 다른 것이었단 말인데… 허, 그럼 난 지금까지 편식을 하고 있었단 말인가? 이것 참…….’

호열은 한동안 혼자만의 생각에 잠겨 있으면서 많은 것들을 생각해보았다. 한마디로 너무나 잘못 알고 있었던 것이다. 그렇게 인시가 거의 지나가고 묘시가 되었을 때 영원히 떠지지 않을 것만 같았던 호열의 눈이 번쩍 떠졌다.

현운 장문인은 조용히 호열이 눈을 뜨기만을 바라면서 기다리고 있다가, 호열이 눈을 뜨면서 눈에서 신광(神光)이 번뜩이는 바람에 깜짝 놀랐다.

"헉, 이런……."

현운 장문인은 자신도 모르게 호열의 눈에서 나온 신광에 눈을 깜빡였다. 그러나 그 찰나의 시간이 흐른 후에는 호열의 두 눈에서 언제 신광이 번쩍였는지 알아볼 수 없을 정도로 은은하면서 맑은 빛만이 보일 뿐이었다. 그렇게 현운 장문인의 눈을 마비시켰던 신광은 어디로 갔는지 사라져 버렸다.

'음… 내가 잘못 보았단 말인가? 어찌 대협의 눈에서 신광이 빛난단 말인가? 허, 내가 한순간이라도 다른 생각을 하고 있었다면 이런 광경은 보지 못했었겠구나…….'

현운 장문인은 호열의 눈에서 한순간에 신광이 사라지자 미미하게 고개를 끄덕였다. 호열의 눈에서 신광이 발했다는 것은 깨달음이 있었다는 말과 같다는 생각이 들었기 때문이다.

"허허, 대협… 그래, 무슨 깨달음이라도 얻으셨습니까? 안색이 훨씬 좋아지셨습니다."

"이런, 제가 너무 저만을 생각했었나 봅니다. 옆에 장문인께서 계신데……."

호열은 장문인이 옆에 있었다는 것을 상기하고는 얼굴을 붉히지 않을 수 없었다.

"아닙니다. 어찌 깨달음을 얻는 데 장소나 시간을 아끼지 않겠습니까? 그러니 너무 신경 쓰지 마십시오. 그나저나 진보가 상당히 나아갔나 봅니다."

현운 장문인은 호열의 얼굴을 보며 푸근한 미소를 지어 보였다.

얼마나 포근하고 자상하게 보였는지, 호열은 현운 장문인의 얼굴에서 세속을 달관한 도인의 모습이 저러할 것이라는 생각까지 들 정도였다.

"예… 그럭저럭 소기의 목적은 달성할 수 있었습니다. 아까 장문인께서 물어보셨던 것을 알게 되었다고 할까요. 하하하, 제가 오래전에 이미 알고 있었던 것이었는데, 그 의도가 사뭇 다르기에 그런 뜻이 아닌 줄 알았지 뭡니까? 지금이라도 깨달았으니 다행이지만 말입니다."

"옛? 정말입니까? 아, 조사님의 보살핌입니다. 원시천존……."

현운 장문인은 호열이 그동안 막혔던 부분에 대해서 깨달았다는 말에 쉴 새 없이 원시천존이란 도호를 외웠다.

"장문인, 우리가 아까 뭐에서부터 막혔었지요? 음… 아, 기단(氣丹)에서부터였지요?"

"옛? 아… 예, 그랬었지요. 전 기단이 강기를 다른 말로 표현한 것이 아닐까 하고 말했었습니다. 그런데 왜 그 얘기를?"

현운 장문인은 호열의 질문에 몇 시진 전에 있었던 일을 떠올리며 곤혹스런 표정을 띠었다.

"예, 다름이 아니라, 생각해 보니 우리가 거기서부터 잘못 알고 있었습니다. 기단은 장문인께서 말씀하신 것처럼 그것, 그러니까… 예, 강기라는 것이 아니었습니다. 내단세류(內丹細流) 발경기단(發經氣丹)이란 글귀 말입니다. 강기와 기단… 일전에 제가 금단선공은 내단을 만들어 사용하는 것이라고 말씀드렸지요? 가만히 생각해 보니까 발경을 할 때 기를 사용하는 것이 아니라 아주 작은, 음… 작다는 표현은 좀 뭐하고, 내부에 이미 만들어진 내단을 아주 미세하게 쪼개어 사용하는 것이 기단이었습니다. 그러니까 기를 사용하는 강기하고는 다른 것이지요."

"옛? 내단을 미세하게 쪼개다니요? 허허, 어떻게 이미 제 모양을 형성한 내단을 쪼개어 사용할 수 있다는 말씀입니까?"

현운 장문인은 상식에 어긋나는 말이 나오자 바로 질문을 하였다.

현운 장문인의 생각으론 호열이 섣부른 말을 할 사람이 아니라고 판단하고 있었기에 혹시나 자신이 모르고 있었던 것, 깨닫지 못하고 있었던 실마리를 얻을 수 있을지 모른다는 기대감을 가지고 물어본 것이다.

"예, 저도 처음엔 장문인의 말씀대로 그렇게 생각하고 있었습니다. 하지만 거듭 생각에 생각을 해보니 그것이 아니었습니다. 금단선공에는 내단을 만들 수 있다고 기록되어 있었잖아요? 그런데 그 내단을 사용하는 방법이 하나도 기재되어 있지 않았습니다. 단지 기단이란 말뿐이었고요. 그러면서도 다른 내공보다 파괴력은 몇 배나 뛰어나다는 말만 있었습니다. 그래서 생각해 보았더니 간단한 것이었습니다. 하하하. 몸 안에 만들어진 내단은 금단선공을 발휘하며 발경을 한다면 하나의 암기(暗器)와도 같은 형태로 나아가나 봅니다."

"아, 그럼 지법(指法)에 의해 발경이 된다는 말씀입니까? 방금 미세한 암기의 형태로 발경이 된다고 하셨으니……."

현운 장문인은 호열의 설명을 들으면서 머리가 개안(開眼)하는 것과 같은 충격을 받았다. 금단선공과 같은 심법은 처음 접하는 것이었기에 기존의 심법들과는 다르다는 것을 깨달은 것이다.

기와 내단, 강기와 기단.

어떻게 보면 서로 유사하고 비슷한 면이 많이 있는 것이지만, 달리 생각하면 너무나 많은 차이를 가지고 있는 것 또한 사실이었다. 심법 수련을 함으로써 얻어진 기는 무형의 형태로 몸 안에 축적되어 있다가 강기라는 유형화된 형태로 변하는 것이었지만, 내단이 기단이란 형태로 발경이 되는 것은 처음부터 유형화된 것이 아무런 변화 없이 유형화된 그대로의 형태로 다시 나아가는 것이다. 그렇듯 둘은 확연히 다른 차이점이 있었다.

'지법? 그건 또 뭐야? 이런… 정말 말도 많이 갔다가 붙였구만. 정말 공부를 해야겠다. 어느 정도는 말이 통해야 해먹지…….'

"옛? 예, 아마도… 그렇겠지요. 하하하."

호열은 현운 장문인의 말을 들으면서 뒷머리를 긁적였다.

"허허허, 정말 그렇군요. 그럼 다른 것들도 그것과 연관시켜 보면? 음… 허허, 정말 간단하게 풀리는군요. 이럴 수가… 그렇군요. 그렇게 된 것이었군요……."

현운 장문인은 호열과 얘기를 하면서도 마치 마구 뒤엉켜 있던 실타래가 풀리는 것과 같은 상쾌함을 맛볼 수 있었다.

"예, 제가 생각하기에도 완성된 기단은 무엇이든 뚫을 수 있을 것입니다. 세상에 가장 강한 암기들 중에 하나라고 할 수 있겠지요."

'이게 나한테도 통할까? 내게 이런 것이 날아온다면? 음… 이런, 이걸 막을 방법이 없잖아? 내 몸이 무슨 쇠도 아니고. 휴… 역시 시간이 나면 한번 체계적으로 배워야겠다. 그렇게 해야겠어…….'

호열은 금단선공에 대하여 말을 하면서도 한편으론 자신에게 기단이 날아올 것을 가정하며 피할 방법을 생각해 보았다. 한마디로 최대한 멀리, 빠르게 피하는 수밖에 막을 방법이 없었다.

하지만 호열이 모르는 것이 있었는데, 그것은 아무리 금단선공으로 형성된 기단이 강하다고는 해도 그것보다 더 강한 기의 덩어리가 버티고 있다면 뚫을 수 없다는 것이다.

그 후로도 호열과 현운 장문인의 대화는 막혔던 둑이 한꺼번에 허물어진 것처럼 급물살을 탔다. 어쩌다가 막히는 것이 있어도 호열이 말하기 전에 먼저 현운 장문인 혼자서 생각하고 해결해 나갔다.

그렇게 모든 것들이 순식간에 해결이 되었다. 그동안 호열은 옆에서 현운 장문인의 모습을 감상하는 것으로 시간을 때웠다.

"하하하, 장문인, 이젠 제가 없어도 되겠습니다. 그리고 이제 아침도 밝았으니 전 제 방으로 가봐야겠습니다."

"이런, 허허허… 제가 너무 제 생각만 했었나 봅니다. 날이 이렇게 밝을 동안 모르고 있었다니… 대협, 정말 고마웠습니다. 이 은혜, 우리 장백검파를 대신해서 고마움을 표합니다."

금단선공에 대한 생각에 잠겨 있던 현운 장문인은 호열의 말을 듣고서 아침이 되었다는 것을 알 수 있었다. 너무나 깊이 빠져 있었기에 날이 밝았는지도 모르고 명상에 잠겨 있었던 것이다.

현운 장문인은 얼른 일어나 깊이 포권을 하며 호열의 호의에 고마움을 표했다.

일파를 이끌어가는 수장으로서 이렇듯 정중하게 예의를 표하기란 쉽지 않은 일이다. 같은 위치에 있는 다른 사람들에게도 이렇게 하지는 않았다. 그러나 강호인으로서 아무런 사심 없이 도움을 준 것에 대한 고마움의 표시였기에, 현운 장문인은 다른 사람들이 보았다면 놀랄 만한 일을 하면서도 그것도 모자란다는 표정을 지어 보였다.

"은혜라니요. 당치 않습니다. 그런 말씀 마십시오. 나중에 제가 도움을 청할지 어찌 알겠습니까? 세상일이란 모르는 일이 아니겠습니까?"

"허허허, 그렇지요. 그렇고말고요. 대협, 나중에라도 제 도움이 필요하면 바로 말씀하십시오. 제가 두 팔을 걷어붙이고 달려가겠습니다."

호열의 말에 현운 장문인은 진짜로 두 팔을 걷어붙이며 말을 하였다. 그 모습에 호열은 현운 장문인의 푸근한 인정을 느낄 수 있었다.

"예… 알겠습니다. 장문인, 그럼 전 제 방으로 가겠습니다. 고생하십시오."

"예, 허허허."

호열은 현운 장문인의 배웅을 받으며 문을 나섰다. 어의공으로 공간 이동을 하면 되겠지만 오늘은 그렇게 하고 싶지 않았다.

현운 장문인의 방을 나온 호열은 자신의 방으로 걸어가면서 새벽에 있었던 일들을 하나하나 되새겨 보았다. 오늘 밤의 일은 현운 장문인은 물론 호열에게도 얻을 것이 많은 시간이었다.

그렇게 자신의 방문 앞에 도착한 호열은 기분 좋게 웃으며 방문을 열고 안으로 들어갔다.

"웅? 운영아, 벌써 일어난 것이냐?"

호열은 방문을 열고 들어가자마자 탁자 앞에 앉아 있는 운영을 보고 놀랐다.

아직 진시 초라 자고 있을 것으로 생각하고 들어왔는데, 운영은 그런 호열의 생각을 비웃기라도 하듯 떡하니 자리에 앉아 있었다.

"형님, 어디 갔다가 오시는 것입니까? 한참을 기다렸잖아요. 도대체 어디를… 혹시? 설마 아니겠지요? 그렇지요?"

운영은 호열의 위아래를 보며 추궁하듯 훑어보았다. 그러면서 창밖으로 시선을 던졌다.

그러나 그런 모습을 바라보는 호열은 어딘지 어색하게만 느껴졌다. 평소답지 않게 운영은 과장된 몸짓을 보이고 있었던 것이다. 하지만 호열은 아무런 내색을 하지 않았다.

"뭐? 이런… 허허, 이것 참… 현운 장문인의 방에 갔다가 왔다. 이제

의문이 풀려느냐? 그건 그렇고, 그럼 너는 한숨도 자지 않고 날 기다린 것이냐?"

'이 녀석이 날 기다리느라고 한숨도 안 잤나? 설마……'

호열은 운영을 보면서 간밤에 나갔을 때와 똑같은 모습을 하고 있었기에 설마 하는 표정을 지으며 물어보았다.

"그럼요. 형님께서 들어오시질 않는데 어찌 잠이 오겠습니까?"

"하하, 그러냐? 원, 녀석 하고는."

호열은 자신을 빤히 바라보고 있는 운영에게 여간 정이 가는 것이 아니었다. 정말 친동생처럼 가깝게 느껴졌던 것이다. 하지만 이제 둘만의 시간도 얼마 남지 않았다. 모르긴 몰라도 내일 아침이면 현운 장문인과 같이 떠나게 될 운영이었다.

"음… 그래. 그럼 넌 지금까지 뭘 하고 있었느냐, 잠도 자질 않았다면?"

"예, 그것이… 형님이 나가시고 난 후에 계속 생각하고 있었습니다. 제가 어떻게 하는 것이 현명한 일인지, 어떻게 하는 것이 형님께 도움을 줄 수 있는 것인지. 그래서 내린 결론은… 형님의 말씀대로 따르기로 했습니다."

호열은 운영의 말을 들으면서 어떤 대답이 나올지 사뭇 궁금했다. 그러나 정작 기대하던 대답이 나오자, 어찌 된 일인지 시원한 마음이 드는 것이 아니라 아쉬움이 더했다. 시원섭섭하다고 해야 할까?

호열은 자신의 마음이 서로 대조되는 양상을 띠자 쓴웃음이 나왔다.

"음… 네가 그런 결정을 내렸다니 다행이구나. 하지만 넌 내가 옆에 없어도 열심히 해야 한다. 또한 몸조심에 각별히 주의하고. 혹여 너에게 불상사라도 나면 내가 어찌 아저씨와 아주머니를 대할 수 있겠느냐? 내 말이 무슨 뜻인지 잘 알겠지?"

호열은 행여 자신의 아쉬워하는 마음이 운영에게 들키지나 않을까 표정 관리에 신경을 썼다. 하지만 어쩔 수 없이 속마음이 그대로 얼굴에 드러났다.

그런 호열의 얼굴을 보면서 운영은 차마 뭐라고 말을 할 수가 없었다.

그냥 그렇게 호열과 운영은 서로의 얼굴을 바라보면서 묵언(默言)의 대화를 나누었다.

문열공(文烈公)

◆ 제5장 **문열공(文烈公)**

　오늘은 박 장군이 타국(他國) 땅에 와서 그렇게도 기다리던 사람들과 조우하는 역사적인 날이다.

　그런 마음은 박 장군이나 다른 일행들도 마찬가지겠지만, 특히 박 장군은 그 누구보다 보고 싶은 마음이 더욱 컸다. 그 이유는 이번에 등극사(登極使)로 내정되어 오고 있는 하륜(河崙) 공(公) 때문이었다.

　하륜과 박 장군과의 사이는 격변의 세월을 함께 헤쳐 오면서 우정으로 다져진 사이였다.

　처음 고려 시절의 무관으로 출사를 한 박 장군과 문과 출신인 하륜과는 서로 대면식도 없던 사이였다. 하지만 십오 년 전에 명나라가 철령위(鐵嶺衛)의 설치를 일방적으로 통고하여 철령 이북과 이서·이동을 요동(遼東)에 예속시키고 할 때, 조정에서는 최영(崔瑩) 장군의 요동 정벌론과 군사적 열세를 부담으로 느낀 반대파가 대치하던 상황이 전

개되었었다. 하지만 최영 장군은 주변의 어지러운 상황을 잠재우고 팔
도도통사(八道都統使)가 되어 국왕과 함께 평양에 가서 군사를 독려하
는 한편, 좌군도통사 조민수(曺敏修), 우군도통사 이성계(李成桂)로 하
여금 군사 삼만구천여 명으로 요동을 정벌하러 직접 출발을 하였었다.
하지만 당시 우군도통사였던 이성계는 군사적 열세를 내세워 좌군도통
사 조민수를 달래어 위화도(威化島)에서 회군함으로써, 최영 장군의 요
동정벌은 끝끝내 실패로 끝나고 말았다.

그때 박 장군과 하륜은 대장군 최영의 요동 공격 불가론(不可論)을
주장하면서 처음 대면을 하게 되었다. 그 후로 하륜은 양주(楊州)로 귀
양을 가게 되었고, 박 장군은 귀향을 가는 대신 이성계를 따라 전장에
나가야만 했었다. 그러나 운이 좋게도 박 장군은 이성계의 밑에 있으
면서 위기의 상황에서 살아남게 된 후로는 하륜과 함께 태조 이성계의
다섯째 아들인 태종 이방원이 용좌(龍座)에 오르는 데 신명을 다하여
충성을 바쳐 왔다.

또한 그러한 노력에 의해 지금은 거의 정점에 위치한 자리까지 올라
있는 두 사람이었다.

"장군님, 지금 등극사 일행께서 오고 계십니다."

객점 밖의 상황을 살피고 있던 무사가 박 장군이 앉아 있던 이층으
로 올라와서는 고개를 숙이며 알려왔다.

"음… 그러하냐? 허허, 이제 오나 봅니다. 장문인께서는 자리
를……."

"허허, 장군께서 내쫓지 않으시면 있어야지요. 어찌 명성이 쟁쟁한
하륜 공을 뵐 수 있는 기회를 마다하겠습니까?"

"허허허, 예… 어찌 제가 장문인을 홀대하겠습니까? 오히려 제가 청

하고 싶었는데, 이렇게 제 체면을 세워주시니 정말 감사합니다.”

이층에는 삼삼오오 짝을 이루며 앉을 수 있는 곳이 여럿 있었지만, 실내 한쪽에는 단체를 위한 자리가 따로 마련이 되어 있어 열 명 가까이 앉을 수 있는 탁자도 있었다. 지금 그 탁자를 중심으로 장백검파의 문인들과 조선의 무장들이 함께 자리를 잡고 있었으며, 호열과 운영을 비롯해서 박 장군과 현운 장문인, 박 부장과 현검 도장이 자리를 같이 하고 있었다.

이미 아침에 운영이 직접 현운 장문인을 찾아가서 호열의 말을 전했기에, 장백검파 사람들은 물론 박 장군 일행들도 운영이 장백검파 사람들과 함께 떠날 것이란 것을 알고 있었다.

아침에 호열과 현운 장문인으로부터 운영의 소식을 접한 박 장군은 섭섭한 마음이 들었다.

마음속으로 이번에 금릉에 가서 황제를 만날 때 호열과 운영을 함께 대동하고 들어가면 좋겠다는 생각을 가지고 있었는데, 그러한 기대가 깨지게 되었기에 더욱 그러한 마음이 들었다. 하지만 이미 현운 장문인과 동행하기로 결정이 난 상황이라 속으로는 쓰린 마음을 가지고 있으면서도 여유있게 축하의 말을 전했다. 다만 더욱 호열에 대해 신경을 써야겠다는 생각으로 머리를 가득 채우게 되었다.

박 장군이 다른 곳에 신경 쓰고 있는 사이, 일단의 사람들이 계단을 오르고 있었다. 열일곱 명이었는데, 제일 앞에는 일행을 자리로 인도하는 점소이가 있었다.

열여섯 명.

모두 중국 내륙에서 흔히 볼 수 없는 이국의 복장을 하고 있었다. 그 중에서도 가장 눈에 띄는 복장을 한 사람이 있었는데, 그 사람은 나이가 지긋한 사람으로 온몸에 옥색 비단을 걸치고 있었다. 호열이 일견하기에도 조선에서 상당한 지위에 있다는 것을 알 수 있었다.

'음… 저 사람이 박 장군이 기다리던 하륜이란 사람인가 보구나. 확실히 관리는 관리로군.'

하륜을 처음 대하는 호열의 마음은 그리 좋지 않았다. 어딘지 모르게 거리감이 느껴졌던 것이다.

막상 조정의 녹을 먹는 관리라고 생각해서인지 모르겠지만, 중년인의 화려한 의복을 처음 보는 순간 호열은 중년인에게서 자신과 다른 이질감 같은 거리감을 느꼈던 것이다.

현재 조선의 경제 사정이 어떠한지 모르지만, 정치적 사정은 박 장군을 통해서 대강 알고 있는 호열이었다. 또한 호열이 고향을 떠나오기 전 고려 시절에도 옥색 빛의 비단옷은 상당히 구하기 어려운 것이었다. 더구나 조정의 관리가 그러한 의복을 몸에 걸치려면 많은 백성들의 등골을 휘게 만들어야만 한다는 것도 알고 있었다. 그런데 하륜은 그런 의복을 버젓이 입고 들어오고 있었다.

호열은 박 장군의 설명을 통해 하륜이란 사람에게 막연하게 기대감 같은 것을 가지고 있었다. 그러한 것들이 복합적으로 작용해서 그런지 첫 대면부터 하륜 공을 보는 호열의 시각은 그리 곱지 않았다.

그러나 못마땅하게 바라보던 시선을 얼른 거둬야만 했다. 이미 지척에 다가와 있었기 때문이다.

"허허, 그동안 잘 지내셨습니까? 그간 얼마나 고생이 많으셨습니까?"

"고생은 무슨… 그나저나 그 복장은?"

박 장군도 처음 하륜의 의복을 보면서 의구심이 들었는지 참지 못하고 물어보았다. 조선에선 한 번도 비단옷을 걸치지 않았던지라 박 장군도 의구심이 들었던 것이다.

'이유는 무슨… 그저 보는 사람이 없으니까 돈이나 자랑하려고 입었겠지.'

"이 옷 말입니까? 허허허, 장군께선 보기 좋지 않으십니까? 역시 돈이 많이 들어서 그런지 옷을 입은 것 같지 않게 무게가 느껴지지 않습니다. 장군께서도 한번 구입해서 입어보시지요."

하륜은 박 장군의 물음에 얼른 대답하지 않고 선 자리에서 한 바퀴 돌면서 자랑을 했다.

"이런, 그 무슨 당치 않은 말씀을……."

박 장군은 하륜의 말에 얼굴을 붉혔다.

'이런, 도대체 무슨 바람이 불어 청렴하기로 소문난 사람이 저렇게 변했단 말인가? 반년이란 시간이 그렇게도 길었단 말인가?'

"허허허, 농이었습니다. 모두 사연이 있어서 그랬습니다. 주변의 시선 때문에 잠시 부유한 상인의 모습을 하다 보니… 허허허, 저하곤 맞지 않지요? 여간 갑갑한 것이 아니었습니다. 이젠 다 끝났지만 말입니다."

"아, 그럼 그렇지. 허허, 전 한순간에 사람이 확 달라진 줄 알았지 뭡니까. 허허허……."

"음… 그나저나 저를 기다리신 것 같은데 서 계시지 마시고 어서 자리에 앉으시지요. 참, 그런데 옆에 계신 분은?"

"아, 이런… 내 정신 좀 보게. 인사들 나누시지요. 이쪽은 장백검과 현운 장문인이십니다. 그리고 이쪽은 임 대협이고요. 이번에 저희들과 함께 오시면서 많은 도움을 주셨습니다."

박 장군은 소개해 달라는 하륜의 간접적인 물음에 얼른 옆에 서 있던 현운 장문인과 호열을 소개했다. 소개를 할 때 박 장군의 얼굴엔 자부심이 가득 들어가 있었다.

하륜도 그러한 박 장군의 표정을 읽을 수 있었다.

"아, 대명이 자자하신 장문인을 여기서 뵙게 되다니 영광입니다. 저는 륜(崙)에 하(河)라는 성을 쓰고 있습니다."

"허허, 정말 조선엔 사람이 많군요. 이렇게 하륜 공을 뵈니 빈도의 안계(眼界)가 넓어지는 것 같습니다."

"이런, 별말씀을 다 하십니다. 허허허, 자리에 앉으시지요. 그리고 오늘은 여기서 기거할 것이니 너희들도 각자 짐을 풀도록 해라. 참, 자네는 나와 함께 자리를 하세."

하륜은 현운 장문인과 간단한 인사를 한 후, 같이 온 수행원들과 옆에 서 있던 청년을 바라보며 지시를 내렸다.

"응? 저 청년은 어디서 본 것 같은데… 이보시게 하륜, 저 청년이 누구이기에?"

박 장군은 하륜이 청년보고 같이 합석하라고 하자 고개를 갸웃거렸다. 청년은 나이로 보나 연륜으로 보나 같이 합석을 할 만한 위치로 보이지 않았기 때문이다.

"허허, 장군, 저 아이를 모르시겠습니까? 삼 년 전에 보시질 않았습니까."

"삼 년 전이라, 음… 응? 그럼?"

박 장군은 하륜의 말에 생각에 잠기다가 무엇이 생각났는지 눈을 크게 뜨고는 청년을 바라보았다.

"예, 일전에 아버님의 상(喪)을 치르면서 뵌 적이 있었습니다. 기(起)

에 성은 한(韓)이라 하옵니다.”

청년은 박 장군의 앞에 나서며 최대한의 예를 갖추어 인사를 했다.

“이런, 정말 그렇구먼. 정말 문열공(文烈公) 한상질(韓尙質) 어른의 자제였구먼. 이렇게 정신이 없어서야. 허허허, 미안하이.”

“아닙니다. 저는 괜찮습니다.”

“음…….”

‘허허, 삼 년 전에도 그랬지만 정말 아까운 인재로군. 지병만 아니라면…….’

박 장군은 한기라는 청년을 바라보며 안타까운 마음을 금할 수가 없었다. 조선에 다시없을 충신인 아버지를 두고도 어려서부터 잃아온 지병이 있는 관계로 조정에 출사를 하지 못하고 있다는 것을 잘 알고 있었기 때문이다.

또한 주변에서 든든하게 바람막이가 되어주던 사람들도 하나둘씩 떠나가고, 이제는 간간이 가세를 유지하며 지내고 있다는 것을 알기에 더욱 가슴이 아팠다.

어느새 사람들은 각자의 짐을 정리하며 자리를 잡느라 분주하게 움직이고 있었다. 그러나 주변의 분주함에도 아랑곳없이 여유로운 시간을 보내는 곳이 있었다.

“허허, 그래… 요즘 건강은 어떠한가? 아직도 여전한가?”

“아, 예… 제가 워낙 덕이 없나 봅니다.”

“음… 그런데 어떻게 그런 몸으로 이런 힘든 여정에 같이 왔는가?”

“예, 그건…….”

청년은 박 장군이 물어보는 말에 쉽게 말을 할 수가 없었다. 원래는 이 자리에 올 수 없는 처지였던 것이다.

조선의 사신으론 처음으로 명나라에 다녀온 사람이 선친이기에, 청년도 죽기 전에 갔다가 왔으면 하는 바람을 늘 가지고 있었다.

그동안은 지병 때문에 출사길이 막막해 생각만 하고 있다가, 선친과 가까웠던 하륜이 등극사에 봉해졌다는 소문을 듣고 용기를 내서 몇 번이나 간청을 한 후에 억지로 따라왔던 것이다.

"허허, 그건 제가 허락한 것입니다. 문열공께서도 기뻐하실 것 같기도 하고요. 몸이 조금 불편하기는 하지만, 명나라 말을 잘하고 총명해서 많은 도움이 되고 있습니다."

하륜은 쉽게 말을 잇지 못하는 청년을 대신해서 얼른 박 장군에게 대답을 했다. 청년이 직접 말을 하는 것보다는 자신이 하는 것이 좋겠다는 생각을 했던 것이다.

"음… 그렇다면 나도 달리 할 말은 없군. 그러나 자네도 각별히 자신의 몸을 관리하게. 이런 타지에서 객사하지 말고. 알겠는가?"

"예, 알겠습니다. 걱정해 주서서 감사합니다."

청년도 자신을 걱정해 주는 박 장군의 진심을 알기에 고마운 마음으로 고개를 끄덕였다.

"저… 그런데 문열공이시란 분이 그렇게 대단했던 분이십니까?"

호열은 조용히 얘기를 들으면서 청년의 아버지라는 문열공에 대해 의구심이 들었다.

"허허, 문열공이시라… 대단하셨지. 음… 문열공께서는 우리 조선 왕조가 건국된 뒤 예문관학사로 계시면서 많은 일들을 하였었네. 특히 건국 초기에 주문사(奏聞使)를 자청하여 명나라에 가서서 국호의 결정을 요청하여 조선(朝鮮)이라는 국호를 직접 명황제로부터 결정받고 오신 분이네."

“국호를요?”

“그렇지. 사실 조선이란 국호를 사용함에 있어서 어려움이 많았었지. 중원인들, 특히 당시 황제였던 홍무제는 그 문제에 관해 상당한 불만을 가지고 있었지. 그랬었지. 지금 생각해도 그들이 우리가 조선이란 국호를 사용하게끔 하게 내버려 둘 사람들이 아니었는데, 그런데 문열공께서 어떻게 하셨는지 그 어려운 일을 아무런 일 없이 성사시켰던 것이네.”

“아… 그런 일이 있었군요. 음……”

호열은 박 장군의 말을 들으면서 새삼 한기라는 청년의 아버지에 대해 생각하지 않을 수 없었다.

황제가 탐탁히 생각하지 않는 일을 성공시켰다면, 문열공이란 사람은 호열이 생각하기에도 여러 사람들의 뇌리에 남을 만한 사람이었을 것이 분명하기 때문이었다.

“허허허……”

“참, 그런데 왜 명나라에선 조선이란 국호를 못마땅하게 생각했던 것입니까? 아무런 이유 없이 그리하지는 않았을 것 아닙니까?”

호열은 명황실에서 조선이란 국호를 사용하지 못하게 할 명분이 없다고 생각했다.

지금과 같이 나라에 힘이 없어 국호를 결정하는 일을 명나라 황제의 인가를 받아야 하는 것은 알겠지만, 그 나라의 국호는 충분히 스스로 결정할 수 있는 일이라고 생각되었기 때문이다.

“음… 그렇지만은 않네. 우리 조선과 명나라는 오랜 옛날부터 반목과 공조를 하면서 서로 깊은 관계를 유지하며 왔다고 해도 과언이 아니지. 그 과정에서 서로 들추고 싶지 않은 것들도 많이 있을 것이고, 때론 자랑하고 싶은 것들도 있을 것이네. 그런데 조선이란 말은 명에

선 쉽게 드러내고 싶지 않은 것들이지. 마치 옛날 고구려(高句麗)의 광개토대왕처럼 말이네."

"……."

호열은 박 장군의 설명을 들으면서도 무엇을 애기하는지 하나도 알아들을 수가 없었다. 지금까지 순탄하지 않은 삶을 살아와서 그런지 역사에 대한 것들은 하나도 들어본 적이 없었던 것이다. 더구나 정치적 이해관계에 관한 것들은 더욱 그러했다.

그러나 호열은 박 장군이 하는 모든 애기를 묵묵히 들었다. 조용히 있으면 언젠가 말을 하는 사람이 먼저 애기를 꺼낸다는 것을 잘 알기 때문이다.

"원래 문열공께서 명국으로 떠나기 이틀 전에 기로(耆老)와 백관(百官)이 도당(都堂)에 모여 국호를 의논하였던 적이 있었네. 그 결과 태조대왕님의 고향인 화령(和寧)과 단군, 기자, 위만의 세 조선을 상징하는 조선이라는 두 개의 칭호로 결정이 되었지. 그래서 문열공은 두 가지로 결정된 칭호를 가지고 명나라 황제에게 품의한 결과 예상외로 조선이라는 칭호가 선정이 되었네. 우리들은 그 일이 쉽게 되지 않을 것이라 생각하고 있었는데 너무나 쉽게 결정이 된 것이지. 뭐, 아름답고 유래가 오래되었다는 이유로 국호로 선정되었다는데. 허허……."

"허허, 장군께서 오늘처럼 장황하게 다른 사람에게 설명하시는 것은 처음 봅니다. 음… 솔직히 그 일에 대해서는 아직까지 말이 많지. 여담이지만 명황제는 우리가 제시한 조선이란 칭호를 기자조선으로 인식하고 허락한 것 같다는 말이 있네. 우리 측에서 생각하는 조선은 단군조선과 기자조선의 문화와 전통을 동시에 계승한다는 의미에서 국호의 후보로 추천한 것이었는데 말이네. 허허허……."

"음… 그렇게 된 것이군요."

호열은 박 장군의 설명과 더불어 하륜의 덧설명을 들으며 고개를 끄덕였다.

사실 박 장군의 말을 알아들어서 고개를 끄덕인 것이 아니라 얘기의 끝 부분인 것 같아 끄덕인 것이었다. 그러나 얘기를 하는 박 장군과 옆자리에서 있던 하륜 공은 호열의 모습에서 사뭇 진지한 면모를 발견하기라도 하였는지, 호열의 고개가 끄덕여지자 덩달아 같이 고개를 끄덕였다.

"정말 대단한 분이셨군요. 아무리 명황제가 그런 생각을 가지고 있다고 해도 쉽지 않은 일이었을 것 같은데……."

그때의 상황이 어떠했는지 정확히 모르지만, 호열은 나름대로 그때의 상황을 대강 짐작할 수 있었다.

중원을 지배하는 대제국의 절대 권력자 앞에 일개 소국의 사신으로 나아가 조정의 결정 사항을 밝힌다는 것은 여간 어려운 일이 아닐 것이다. 그런데 문열공은 그 일은 당당히 해낸 것이다.

"허허, 당연하지. 정말 존경받으실 만한 분이셨지. 암. 평소 성품이 인자하시고 청렴하셨을 뿐만 아니라, 정말 살아생전에 여러 관직을 역임하면서 치적을 많이 쌓으셨지. 음……."

하륜 공은 호열의 말에 바로 고개를 끄덕이며 한기라는 청년에게 눈길을 주었다. 존경하는 분의 자식이란 생각으로 바라보는 눈길이라서 그런지 정이 많이 담겨 있었다. 그러나 일면에는 순탄하지 않은 청년의 앞날을 걱정하는 안타까움이 배어 나오고 있었다.

"음……."

"그렇지. 정말 대단한 분이셨지. 개인적으로 내가 유일하게 존경하는 분이 바로 그분이셨다네……."

호열뿐만 아니라 주변에 자리하고 있던 사람들도 안타까운 마음이 들 정도로 박 장군은 살아생전의 문열공이 눈앞에 있는 것처럼, 그리운 사람이 절로 생각나게 할 정도로 눈시울이 빨갛게 변해 있었다.

박 장군은 보이는 것보다 더욱 정이 깊은 사람이었다.

그래서 그런지 생긴 것은 시원시원하게 생겼으면서도 지위에 맞지 않게 주변의 시선을 아랑곳하지 않고, 예전에 정을 주었던 사람을 그리워하는 마음 또한 크게 담을 수 있을 정도로 배포가 큰 사람이었다.

서로 간의 간단한 얘기가 오간 후 박 장군과 하륜 공은 자리에 남아서 앞으로의 일을 상의하기 위해 자리를 뜨지 않고 있었지만, 호열과 현운 장문인을 비롯한 수행원들은 각자의 일을 찾아 자신의 객실로 자리를 옮긴 지 오래되었다.

호열은 아침에 나누었던 얘기를 끝마치기 위해 운영과 자리하고 있었다. 그 옆에는 현운 장문인이 함께 동석하고 있었는데, 아침의 무거운 분위기와는 다르게 사뭇 화기애애(和氣靄靄)하게 얘기들이 진행되고 있었다.

"원시천존… 이렇게 든든한 후원자가 같이 움직이게 되었으니 정말 감사합니다."

"아닙니다. 오히려 제가 감사할 뿐입니다. 아무쪼록 강호행이 처음인 운영일 잘 보살펴 주시길 부탁드립니다. 장문인이시라면 제가 마음을 놓을 수 있을 것 같습니다."

"허허, 원 별말씀을……."

현운 장문인은 호열의 말이 없어도 운영과 함께 동행할 수 있다는 것만으로도 한결 마음이 가벼웠다. 장백검파에 든든한 후원자가 생긴 것이기 때문이다.

"음… 그나저나 임 대협께선 앞으로 어떻게 하실 생각입니까? 박 장군을 따라가는 것까지는 좋지만 그 다음은……."

현운 장문인은 차마 다음 말을 이을 수가 없었다. 같은 동포의 일이기에 최선을 다해 도와주는 것은 당연하게 생각하지만, 모든 일이 잘 마무리된 후의 일이 걱정되었기 때문이다.

현운 장무인은 호열이 관에 출사하지 않았으면 하는 생각을 가지고 있었기 때문이다. 온갖 암투와 모함이 곳곳에 도사리는 황실에 있으려면 여간 힘들지 않다는 것을 잘 알고 있기 때문이었다. 더욱이 호열의 느긋한 성격을 아는 현운 장문인으로서는 걱정이 되었던 것이다.

"아… 하하하, 그 다음은 그때 가봐야 알 수 있지 않겠습니까? 그리고 저 역시도 그 다음의 일은 생각해 보지 않았습니다. 정말 운이 좋아 관리가 될 수 있다면 모르겠지만, 그것이 여의치 않다면 처음 생각대로 장사를 할 것인지, 그것도 아니면 무엇을 할 것인지 저도 잘 모르겠습니다. 하지만 관리가 될 수만 있다면, 음… 그럼 한번 해볼까 합니다. 뭐, 높은 지위까지 오르기는 힘들겠지만 말입니다."

그 후로도 호열은 현운 장문인과 진지하게 자신의 일에 대해서 여러 가지 의견을 말하고, 또한 많은 조언들을 들을 수 있었다. 하지만 현운 장문인은 무인으로서 황실을 좋게 보지 않고 있었기에, 호열이 출사의 일을 얘기할 때에는 자신도 모르게 인상을 찡그리는 일이 자주 있었다. 하지만 호열도 그동안의 생활로 그러한 이유를 알고 있기에 크게 개의치 않았다.

"뭐, 잘되겠지요. 그나저나 정말 감사합니다. 장문인의 걱정해 주시는 마음과 많은 조언들, 제가 앞으로 살아가면서 깊이 새기겠습니다."

"허허, 대협의 뜻이 정 그렇다면 어쩔 수 없지요. 음… 그렇다면 한 마디만 더 하겠습니다. 어차피 대협께서 황실에 몸을 의탁하실 것이라면, 그렇다면 한번 황궁 서고(皇宮書庫)에 들러보십시오. 황궁 서고엔 일반 장서들과 문서들을 보관하는 서고와 원나라 이전 때부터 모아놓았던 많은 무서들이 보관되어 있는 무고가 있다고 합니다. 이것은 저도 전해지는 얘기를 들은 것이어서 확실한지 잘 모르겠지만, 대협께서 그곳에 들어가실 수만 있다면 많은 도움이 될 것입니다. 황실에서 쉽게 허락하지 않겠지만 말입니다."

호열은 현운 장문인의 말에 흥미가 일었다. 하지만 꼭 가보고 싶다는 생각은 없었다. 다만, 황실엔 '그런 곳이 있구나…' 라는 정도로만 생각할 뿐이었다.

"황궁 서고요? 음… 그러한 곳이 있다면 들어가 봐야지요. 그나저나 저 같은 사람에게 그런 곳에 들어가도록 하겠습니까? 하하하, 제가 그동안 보아서 느낀 것이지만, 정말 명나라 사람들은 다른 나라 사람들을 깔보고 천대하는 것이 심하더군요. 여간 신경 쓰이는 것이 아니었습니다. 보기도 좋지 않았고요."

황궁 서고의 얘기가 오간 후, 호열은 제남까지 오는 동안 여행을 하면서 보고 느낀 것을 허심탄회하게 현운 장문인에게 말했다. 비록 운영이 옆에서 듣고 있었지만, 호열은 그런 것에는 신경 쓰지 않았다.

운영도 함께 보고 들은 것이 있었기에 호열의 말에 동조하고 있었기 때문이다.

"허허, 그것이 다 중화사상(中華思想)이 몸에 배어 있기 때문일 것입니다. 자신들이 세상의 중심이라는 생각 말입니다. 하지만 대륙을 지배하고 있는 민족이니, 어쩌면 그러한 생각을 가지게 된 것도 당연할지 모르지요. 원시천존……."

현운 장문인도 호열의 말에 고개를 끄덕이면서도 마음은 그리 편하지 않았다. 중화사상이 너무나 깊이 자리 잡고 있다는 것을 알게 되었기에, 필히 이번 소림사의 군웅대회엔 득보다 실이 많을 것이란 것을 알 수 있었기 때문이다.

그러한 관계로 현운 장문인은 운영이 같이 간다는 것에 위안을 삼았다. 소림사로 가는 동안 현검 도장과 자신의 제자들을 시켜 운영에게 실전 경험을 쌓게 하면서, 한편으론 현운 장문인이 직접 운영을 장백검파의 든든한 조력자로 키우려는 생각을 가지고 있었기 때문이다.

"하하하, 모두 잘되겠지요. 앞으로의 일을 미리 걱정하는 것도 좋지만, 너무 걱정하다 보면 건강에 이상이 올 수도 있으니 몸을 생각하면서 하시지요."

"허허, 그러지요. 좋은 말씀이십니다. 원시천존……."

"장문인께서도 내일 먼 길을 떠나시려면 이제 준비를 하셔야지요. 그동안 가르침 감사했습니다. 그럼 편히 쉬십시오. 참, 오늘은 제가 없어도 괜찮으십니까?"

"허허, 예… 이젠 대협께 폐를 끼치지 않아도 될 것 같습니다. 확실한지 아닌지 잘 모르겠지만, 제 생각엔 나름대로 길을 찾은 것 같습니다."

현운 장문인은 호열의 말에 활짝 웃어 보였다. 장백산을 나서며 가지고 있던 무거웠던 어깨가 호열을 만나면서 많이 가벼워진 것 같다는 생각이 들어 절로 흥이 났던 것이다.

그만큼 얼마 되지 않은 시간 동안의 동행이었지만, 현운 장문인에겐 호열의 존재가 많은 부분을 차지하고 있고, 앞으로도 상당한 영향력을 발휘할 것이라는 것을 스스로도 잘 알고 있었다.

"그렇다면 정말 다행입니다. 하하하……."

"예, 이게 모두 다 대협의 덕분입니다. 원시천존……."

"하하, 무슨 말씀을요. 모두 장문인과 장백검파 사람들을 하늘에서 돌보셔서 그렇게 된 것이지요."

"허허허……."

'허, 정말 저 나이에 임 대협처럼 대범하고 비범한 사람이 또 있을까? 아… 정말 보기 드문 인재인데 어찌, 음…….'

현운 장문인은 자신의 방으로 가려고 일어서는 호열을 바라보면서 안타깝기만 했다.

그러나 더 이상 왈가왈부할 거리가 아니기에 묵묵히 바라만 볼 뿐, 현운 장문인은 나중을 기약하기로 했다. 언젠가는 호열이 자신의 자리를 찾을 날이 올 것이라고 믿고 있기 때문에 섣불리 나서지 않기로 한 것이다.

'허허, 아직은 모르지. 암… 언젠가 서로 같은 길을 가게 될 날이 오겠지…….'

호열은 현운 장문인의 시선을 뒤로하고 운영과 함께 자신의 객방으로 걸어갔다. 머리 뒤쪽으로 자꾸 신경이 쓰였지만 아무런 말 없이 걷기만 했다. 다시 뒤돌아본다면 어렵게 마음을 굳힌 것들이 현운 장문인의 말처럼 모두 꿈으로 사라질 것만 같았기 때문이다.

'그래, 이제 또다시 혼자가 되는구나. 그러나 어차피 난 이곳에선 혼자가 아닌가. 어떻게든 잘되겠지. 음… 그나저나 운영의 일도 해결이 됐고, 앞으로 난 어떻게 될까? 잘되어야 할 텐데…….'

진시황(秦始皇)의 능묘(陵墓)과

◆ 제6장　**진시황(秦始皇)의 능묘(陵墓)라**

아침이 밝았다.

매일같이 반복되는 일이지만, 이날의 아침은 일행들에게 특별하다고 할 수 있는 아침이다. 아니, 특별하다고 하기보다는 힘든 아침이라고 해야 옳을 것이다.

그동안의 힘든 여정으로 쌓인 피로가 다 가시질 않은 상태에서 기다림과 반가움, 그리고 헤어짐을 아쉬워하며 허물없이 어우러져 서로 간의 우의를 다지기 위해 밤새도록 마신 술이 아침이 되자 그날의 피로로 고스란히 쌓였기 때문이다.

호열과 운영도 늦게까지 장백검과 사람들과 함께 자리를 했다. 비록 술은 많이 마시지 않았지만, 현운 장문인과 함께 자리하며 시간을 보낸 것만으로도 즐거운 시간이 됐다.

현운 장문인과 박 장군이 자리에서 일어난 후, 호열과 운영은 주변 사람들의 만류에도 불구하고 함께 자리에서 일어나 객방으로 들어갔다. 그러나 잠을 청하기 위해 들어간 것이 아니라 따로 할 말이 있었기에 조용한 곳을 찾아 들어간 것이었다.

그렇게 호열과 운영은 밤새도록 서로에 대해 가지고 있던 생각과 앞으로의 일들에 대해 심도있게 대화를 했다. 그 와중에서 호열은 친동생과 같은 운영을 떠나보내려니 마음이 편하지 않았는데, 막상 더 서운할 것이라 생각하고 있던 운영이 담담하게 생각하는 것을 보고는 듬직하고 믿음직스러운 마음에 한결 가벼운 심정이 되었다.

새벽까지 마신 술로 인해 늦게 출발할 것이란 호열의 생각과는 달리, 일행들은 충혈된 눈으로 길 떠날 준비를 하고 있었다.

비록 술과 피로로 인해 몸이 좋지 않았지만, 그들은 자신들의 의무를 다하고 있었던 것이다.

아침 식사를 하는 둥 마는 둥 끝마친 일행들은 각자의 짐을 챙기고 내려와 각자의 정해진 위치에 도열해 있었다.

"허허, 이렇게 헤어지게 되었습니다. 좀 더 좋은 시간을 가졌으면 했는데……."

박 장군은 현운 장문인의 손을 맞잡으며 아쉬운 마음을 전했다.

"그러게 말입니다. 그러나 장군, 너무 섭섭하게 생각하지 마십시오. 우리 장백은 조선과 그리 멀지 않은 곳에 있답니다. 허허허. 원시천존……."

"예, 그렇지요. 정말 그렇지요. 음… 그럼 제 일이 끝나는 대로 다시 한 번 찾아뵙도록 하겠습니다. 그땐 장문인의 옥과 같은 얘기를 들려주십시오."

"허허, 그렇게 하지요. 그것은 어려운 일이 아닙니다."

"허허허, 예… 그럼……."

현운 장문인과 박 장군처럼 그동안의 여정으로 서로 간에 헤어짐을 아쉬워하는 사람들이 주변에 많았다. 서로 마차를 경계하며 알게 된 사람들이 있는가 하면, 서로 비슷한 위치와 성격으로 친해진 박 부장과 현검 도장도 있었다.

박 장군 일행과 장백검파 사람들은 그렇게 서로 헤어짐을 아쉬워했다. 그러나 사람들의 아쉬움과는 별개로 시간은 흘러간다. 당연히 헤어짐의 시간은 다가오고 있었다. 그것은 호열과 운영에게도 마찬가지였다.

"운영아, 너도 몸조심해야 한다. 장백검파 사람들과 친하게 지내고, 또 현운 장문인의 곁에 있으면서 네가 모르는 부분이 있다고 생각되는 것이 있으면 열심히 배우고. 알았지?"

"예, 형님도 몸조심하십시오. 제가 꼭 찾아뵙겠습니다."

"그래, 알았다."

밤새도록 당부에 당부를 했음에도 불구하고 막상 운영을 떠나보낸다고 생각하니 할 말이 많았다. 그러나 운영은 모든 것들을 담담하게 받아들이는 것 같았다.

"자, 이제 출발하자. 모두 준비들해라."

박 장군이 현운 장문인과의 인사를 마친 후, 하류 공과 함께 마차가 있는 곳으로 걸어가며 일행들에게 떠날 것을 지시했다.

"대협, 우리는 그만 떠나는 것이 좋겠네. 그리고 정 소협도 몸조심하고, 나중에 인연이 되어 만날 수 있다면 술이나 거하게 한잔하세나."

"예, 그땐 제가 모시겠습니다."

"허허, 그래, 그것도 좋겠지. 자, 대협. 어서……."

박 장군은 발걸음 떼지 않고 서 있는 호열을 재촉했다.

"예, 알겠습니다. 음… 운영아, 다시 한 번 말하지만……."

"형님, 제 걱정 마시고 얼른 마차에 오르세요. 제가 얼른 자리를 잡는 대로 형님이 계신 곳으로 찾아가겠습니다."

"그, 그래. 그럼 꼭 오거라. 내 한시도 잊지 않고 기다릴 테니……."

'녀석, 난 혼자 떠나보내는 것이 걱정이 되어서 그런 건데, 저 녀석은 아무렇지 않은가? 에이, 얄미운 녀석. 알았다, 알았어. 음… 하긴, 걱정만 하는 것보다는 좋게 보내주는 것이 좋을지도…….'

호열은 서운한 눈빛과 걱정되는 눈빛으로 운영을 한동안 바라보다가 마차 안으로 올랐다.

'형님, 제 걱정은 마세요. 형님도 그렇게 좋은 곳으로 가는 것이 아닌데 제 걱정만 하시다니… 제가 얼른 자리를 잡은 다음에 찾아뵙겠습니다. 그땐 제가 모실 것이니 그때까지만이라도 아무런 일 없이 무사태평하게 지내세요. 제발…….'

마차에 오르는 호열의 뒷모습을 보면서 운영은 남모르게 눈가에 고인 눈물을 닦았다.

호열 앞에서는 최대한 당당한 모습을 보이려고 했지만 호열의 뒷모습을 보자 자신도 모르게 감정이 솟구쳤던 것이다.

호열이 마지막으로 마차에 오르자, 마치 기다리고 있었다는 듯이 마차가 움직이기 시작했다.

그렇게…

호열을 태운 마차는 운영과 현운 장문인이 이끄는 장백검파 사람들의 배웅을 받으며 천천히 금릉으로 향하는 장도에 올랐다.

장백산.

마을을 떠나오면서 영원히 호열과 함께하겠다는 운영도 제 길을 찾아가고, 호열도 십오 년 전의 꿈을 찾아 떠나고 있는 것이다. 비록 장사를 하기 위해 떠나는 것은 아니지만, 그 나름대로 최선을 다하겠다는 다부진 마음가짐이었다.

아무리 주변을 둘러보아도 어른 키만한 나무 한 그루 없는 곳.

아니, 어른 발목에 이르는 나무 하나 없는 곳.

어디를 둘러보아도 사방이 탁 트여 있어 주변에 무엇이 지나가고, 또 어떤 상황이 전개되는지 확연히 알 수 있는 넓은 초원의 바다에 홀로 외로이 떠 있는 섬처럼 세월과 거친 바람에 의해 빛이 바랜 고성이 자리하고 있었다.

또한 고성을 형성하고 있는 외벽이 주변의 초록색 물결과 완전한 조화를 이루어 그 자취를 완전히 감추고 있어 멀리서 바라본다면 하나의 언덕처럼 여겨질 정도였다.

대부분의 사람들은 흔히 고성(古城)이라는 곳을 생각하면 어둡고 칙칙한 상상이 먼저 떠오르지만, 한번 이 고성에 발을 들인 후 안의 전경을 바라본다면 그런 고정관념은 사라질 정도로 생기와 활력이 넘치다 못해 생명의 생동감이 느껴지고 있었다.

그러나 가장 활력이 넘치는 곳은 고성의 심장부라 할 수 있는 대청이었다.

고성 안에는 일반 사람들이 생활하는 마을이라 할 수 있는 공간과 더 안쪽, 고성의 중심 정도 위치라 할 수 있는 곳엔 또 하나의 고성이 자리하고 있었다.

약 육십여 개의 계단들을 올라가면 커다란 문이 나오는데, 그 문은 일반 목재나 철로 만들어진 것이 아니라 하나의 돌을 깎고 다듬어서 만든 것이었다. 사람의 힘으로 어마어마한 돌을 반듯하게 깎고 다듬어서 옮긴 것만으로도 입이 다물어지지 않을 정도인데, 이들은 한술 더 떠서 개로 보이는 동물을 보는 이로 하여금 마치 살아 움직이는 것처럼 느껴지게 만들 정도로 생동감있고 정밀하게 조각해 놓은 것이다.

육중한 돌문이 어떻게 열리고 닫히는지는 모르지만, 그 문을 지나면 양쪽 주변에 일렬로 기둥들이 늘어서 있는 공간이 나타난다. 모두 서른여섯 개로 되어 있는데, 그렇게 온갖 모양의 동물들과 사람이 어우러져 있는 그림들이 그려지고 조각되어져 있는 기둥들을 지나서 그 끝에 이르면 들어올 때와 마찬가지로 똑같은 그림이 그려져 있는 돌문이 나타난다.

돌문 바깥쪽은 고요한 정적이 흐르고 있는 반면에, 돌문에 살며시 귀를 기울이면 돌의 내부를 통해 안쪽에서 흥겹게 울려 퍼지는 음률 소리를 들을 수 있었다. 돌문 안쪽엔 지금 한창 연회가 벌어지고 있었다.

"하하하! 그래, 좋다, 좋아."

"호호호, 아이～"

사람들은 무엇이 그리 좋기만 한지 마냥 떠들고, 웃고, 즐기며 술과 고기를 먹기에 바빴다. 아니, 술과 고기를 먹기 위에 손과 입이 바쁜 것이 아니라, 음식을 집기 위해 움직여야 할 손이 여자의 간드러진 음률 소리를 듣기 위해 열심히 치마 속을 헤집고 있었다.

그러한 모습이 이곳에선 크게 흉이 되지 않는지, 하는 사람이나 가만히 있는 사람이나 모두 신경을 쓰지 않고 자신들의 앞에 놓여 있는 것과 살이 맞대어 있는 주변에만 신경을 쓸 뿐이었다.

사람들이 북적이는 곳을 지나 조금 위쪽에 마련되어 있는 곳에도 몇 몇의 사람들이 있었는데, 그들은 다른 사람들처럼 무작정 홍겨워서 노는 것이 아니라 주변의 상황을 봐가면서 기분 좋게 분위기를 즐기고 있었다.

그들 중에도 가장 눈에 띄는 사람은 어여쁜 여자들의 술시중을 받고 있는 남자였다.

가장 상석에 앉은 남자.

가만히 앉아 있기만 해도 주변 사람들의 기도를 압박할 정도로 출중한 삼십 대의 중년인이었다. 남자다운 호기가 한눈에 보일 정도로 위풍당당한 모습에 얼굴은 모든 사람들을 굴복시키는 기백이 가득했다.

아마 예전 호열과 운영이 만난 적이 있던 신비인이 본다면, 아니, 신비인의 제자였던 만성이란 젊은이가 본다면 호상의 얼굴이라고 했을 것이다.

중년인은 옆에 앉아서 웃음과 함께 따라주는 술잔을 한 번에 들이킨 후 자리에서 일어나 주위를 훑어보았다.

"하하하, 그래… 오늘은 정말 기분이 좋은 날이다. 오늘은 그 어떠한 이유를 불문하고 마음껏 마시도록. 앞으론 이렇게 마음껏 떠들 수 있는 한가한 시간을 갖기란 쉽지 않을 것이다. 알겠나!"

"네! 알겠습니다, 폐하."

주변에 앉아 있던 사람들이 황제로 불리어진 사람의 말에 크게 대답을 하자 흡족했는지 중년인은 자리에 바로 앉지 않고 다시 말을 이어 나갔다.

"너희들도 알겠지만 이 자리가 어떤 자리인가. 비록 우리가 광활한 대륙, 중원을 잃고 다시 선조들의 옛 터전이었던 이곳까지 왔다고는 하지만 우리는 이곳에서 성길사한(成吉思汗) 테무진님의 유물을 얻었다. 이는 다시 말해서 아직 우리들이 이대로 끝나지 않고 충분히 일어설 수 있는 발판을 마련했다는 말과 같다."

"음… 그렇습니다. 폐하의 말씀대로 우리에게 작으나마 희망이 보이고 있습니다."

"우승상(右丞相)이로군. 그래, 웅? 음… 우승상의 안색을 보니 짐에게 할 말이 있는 것 같구먼. 어서 말해 보라."

우승상이라 불린 사람은 두 손을 마주 잡고서 허리를 숙인 자세로 천천히 중앙으로 걸어나왔다.

"네, 감사합니다. 음… 폐하, 제가 이렇게 흥겨운 자리에 나서게 된 것은 다름이 아니라, 일전에 제가 말씀드렸던 사항에 대해 다시 한 번 숙지를 해주셨으면 하는 차원입니다."

"일전의 일을 숙지하라? 음… 아! 그건 아니 들은 얘기로 한다고 하지 않았는가! 그 얘기를 왜 이런 즐거운 자리에서 다시 들먹이는가?!"

황제는 우승상의 말에 흥겨웠던 기분이 삽시간에 가라앉는 것을 느꼈다. 그 와중에 주변에 앉아 있던 사람들도 이상한 낌새를 느꼈음인지, 연회석은 순식간에 고요한 적막이 감돌았다.

"폐하… 소신 아룩타이, 무례한 줄 알면서도 폐하께 한말씀 아뢰겠습니다."

황제가 엄히 문상을 꾸짖으며 자리에 앉자, 우승상의 옆에서 앉아 있던 중년인이 자리에서 일어나며 읍을 했다.

평소 우승상이란 사람과 친분이 두터웠던 사람으로 키가 칠 척(七尺)이 넘는 호리호리한 몸매를 소유한 사람이었지만, 보는 사람이 청결하다고 할 정도로 전체적으로 깔끔한 느낌이 들게 하는 사람이었다. 그

러나 살아온 세월이 만만치 않았는지, 얼굴 한쪽엔 칼에 의해 생긴 것
처럼 보이는 상처가 자리하고 있어 어두운 그늘이 져 있었다.

"음… 그래, 이번엔 좌승상(左丞相)인가? 할 말이 있으면 해봐라."

황제는 이미 흥에 겨워 좋았던 기분은 가라앉아 있었기에 평소 좋게
생각하고 있던 좌승상이라고 해도 좋게 보이지 않고 있었다.

좌승상 아룩타이는 방황하던 지금의 황제를 제자리에 당당하게 서
있게 만든 사람이었다.

한마디로 황제의 할아버지였던 소종(昭宗) 대한(大汗) 아유시리다라
의 자리를 이어받은 할아버지 토구스 테무르 대한이, 같은 황족이었던
에스델에게 살해당하면서 원하지 않던 방랑의 세월과 망명의 치욕을
당하고 있을 당시 수족과 같았던 부장이었다. 또한 항상 옆에서 많은
조언과 충성을 아끼지 않았던 충실한 신하였다.

그러나 우승상 또한 황제에게는 좌승상 아룩타이에게 뒤지지 않는
충신 중의 충신이었다.

비록 우승상 염상백(廉霜白)은 한 하늘 아래 같이 있고 싶지 않을 정
도로 원수와 다름없는 중원인이었지만, 그러한 것을 모두 상쇄시킬 수
있을 정도로 한 번 충성을 바친 사람에게는 대대로 생명이 끝날 때까
지 충성을 바치는 사람이었다.

염(廉)씨 가문의 내력이 그러한 것도 있겠지만, 남자다운 기상과 지
혜뿐만 아니라 다른 사람을 압도하는 지도력은 가히 황제라고 해도 감
탄할 정도로 본받고 싶은 사람들 중에 하나였다.

그에 황제는 살짝 인상을 찡그리면서도 흥분했던 마음을 가라앉히
며 좌승상과 우승상을 한동안 바라보았다. 지금의 황제에게는 너무도
고맙고, 또한 꼭 필요한 사람들이었기에 기분이 상한 것은 상한 것으로

넘어가고 다시 생각하고 싶지 않은 현실의 과제로 돌아가야만 했다.

황제는 술잔을 내려놓은 후 조용히 자리에 앉으며, 마치 할 말이 있으면 해보라는 식으로 우승상과 좌승상을 지그시 바라보았다.

좌승상은 황제의 모습에서 자신이 어떻게 해야 하는지 알 수 있었다. 이에 옆에 조용히 서 있는 우승상을 슬쩍 바라본 후 천천히 중앙으로 걸어가서 허리를 굽혔다.

"감사합니다, 폐하. 제가 오늘같이 흥겨운 날에 우승상과 함께 이런 말씀을 아뢰는 것이 좋지만은 않다는 것은 잘 알고 있습니다. 하지만 오히려 오늘같이 모든 신하들이 모여 있는 자리에서 말씀드리는 것도 좋겠다는 생각이 들었습니다. 이에 이렇게 아뢰게 된 것입니다."

"음… 그래, 그것도 좋은 생각이다. 하지만……."

황제는 충심을 다하는 좌승상의 모습을 보면서 더욱 용좌(龍座)에 몸을 뉘었다.

"폐하, 저도 처음엔 우승상의 말에 찬성을 하지 않았었습니다. 하지만 우리 타타르 국(國)이 당면한 현실은 외면할 수 없었습니다."

"당면한 현실이라……."

"예, 우선 첫 번째 예로 명나라를 들 수 있습니다. 지금은 내란(內亂)으로 우리를 등한시하고 있지만 조만간 완전한 황권이 갖추어진다면 우리에겐 커다란 위협이 될 것입니다. 아직까지 그들은 우리를 완전히 잊지 않고 있으니 그것은 분명할 것입니다."

"음……."

황제는 좌승상의 말을 들으면서 침음 소리를 내지 않을 수 없었다. 그러한 사실은 뼈저리게 경험한 사실이었기 때문이다.

"두 번째로, 안타까운 일이지만 서쪽과 국경을 맞대고 있는 오이라

트 국의 일입니다. 그들은 테무르 대한님을 살해한 역적(逆賊) 에스델과 결합한 후 세력이 급속히 커졌고, 또한 지금도 커지고 있습니다. 인정하고 싶지 않지만 현재 우리는 그들과의 마찰로도 힘에 부치는 실정입니다. 그런데 명나라까지 가세한다면, 우리 타타르 국의 앞날은 그리 밝지 못할 것입니다."

"짐(朕)도 그 정도는 알고 있다. 또한 여기 앉아 있는 모든 신하들도 그런 생각일 것이다. 하지만 음… 그렇다고 해도 우승상의 말은 도저히 안 되는 일이다. 알겠는가!"

"도대체 폐하께서 무엇 때문에 저리 진노를 하시는 것입니까?"

"글쎄요, 저도……. 혹시 아시는 것이 있습니까?"

"음… 돌아가는 얘기를 들으니 우승상께서 무엇인가 잘못을 하신 것 같은데……."

"음… 허허, 이거야 원……."

황제는 얘기를 들으면서 좌승상이 무엇을 말하려고 하는지 짐작되었기에 더 이상 듣지 않겠다는 듯이 일침을 가했다.

하지만 좌중에 앉아 있던 신하들은 황제와 좌승상을 바라보며 서로 눈치를 살피곤 애써 영문을 모르겠다는 표정들을 지으려고 노력하는 것이 전부였다. 잘못해서 불똥이 자신들에게 튈지도 모른다는 생각이었기 때문이다.

"폐하, 아시겠지만 처음 우승상이 폐하께 그러한 주청(奏請)을 드렸을 당시 소신도 함께 자리를 하고 있었습니다. 그때는 소신도 그러한 일은 절대 있을 수도, 있어서도 안 되는 일이며, 또한 할 수도 없다는 생각이었습니다. 하지만 나중에 생각하니 어쩌면 우승상의 말에도 일리가 있다는 생각이 들어 이렇게 아뢰는 것입니다."

"일리가 있다? 지금 짐이 좌승상의 말뜻을 잘못 이해한 것인가, 아니면 환청을 들은 것인가?"

"폐하, 고정하시고 다시 한 번 재고해 보시는 것이 어떠할까 합니다. 폐하께서 명나라에 대해 좋지 않은 감정을 가지고 계시다는 것은 소신뿐만 아니라 이곳에 있는 다른 신하들 역시 잘 알고 있습니다. 하지만 지금의 명나라는 예전의 어수선한 분위기가 아닙니다. 완전하게 나라의 기틀이 잡혀가고 있습니다. 그리고 군사력도 우리보다 훨씬 우의에 있습니다. 지금 비록 우리가 북경에서 나오며 가지고 나온 것들과 이번에 대한(大汗) 성길사한님의 유물을 얻었다고는 하지만 명나라와 비교해 볼 때 군세(軍勢)가 너무도 약합니다. 더군다나 여우 같은 에스델이 가세한 오이라트 국은 지금으로썬 명나라보다 우리에게 더욱 위협적인 존재입니다."

"음…….."

황제는 좌승상의 말을 들으면서 절로 한숨이 섞인 묵직한 소리가 입 밖으로 나왔다. 인정하고 싶지 않지만 현실은 그렇지 않았기 때문이다.

또한 연회석상에 앉아 있던 많은 대소신하들도 함께 침묵을 할 수밖에 없었다. 지금으로썬 좌승상의 말에 반박을 가할 수 있는 좋은 방도가 없기에 달리 방법이 없었다.

"음… 폐하, 아뢰기 황송한 말씀을 드려 송구합니다. 하지만 폐하의 재고를 청하기 위해 행했던 것입니다. 소신이 우둔하여 다른 방법이 떠오르지 않아 이렇게 불충을 저질렀습니다. 용서해 주십시오."

좌승상은 자신의 말을 다 했다고 생각했는지, 아니면 자신이 할 수 있는 최선을 다했으니 다음은 우승상이 알아서 하라는 것처럼 처음부터 옆에 조용히 서 있었던 우승상의 눈을 바라본 후 자신이 있었던 자리로 걸어갔다.

황제는 좌승상의 모습을 보면서도 할 말이 없었다.

비록 신하라고 하나 자신의 몸보다 더욱 중히 여기는 신하였기에, 이미 이러한 일은 사적인 자리뿐만 아니라 공적인 자리에서도 인정이 되는 일이었다. 그건 우승상도 마찬가지였다.

그러나 오늘은 다른 날과 달리 그러한 모습을 보면서 처음으로 황제는 자신의 심기가 불편하다고 느꼈다.

"폐하, 소신 우승상 염상백(廉霜白) 다시 한 번 청하옵니다. 부디 소신의 뜻을 재고해 주십시오."

"음… 좋다. 우승상, 내 좌승상의 말도 있고 하니 다시 한 번 생각해 보도록 하겠다. 하지만 내가 꼭 그렇게 해야만 하는 타당한 이유가 있는가? 그때는 내가 너무 경황이 없어 우승상의 말을 제대로 듣지 못했기에 다시 한 번 들어보았으면 한다. 지금 얘기해 보도록."

황제는 최대한으로 목소리를 낮게 깔며 우승상에게 자신을 설득시켜 보라는 명령과도 같은 지시를 내렸다.

"폐하, 미흡하나마 명을 받들어 최선을 다하겠습니다."

"음……."

"이미 좌승상이 말씀드린 것과 같이 우리 타타르 국의 앞날은 마치 어두운 동굴을 앞에 두고 들어가야 하는지 말아야 하는지 결정을 내려야만 하는 상황과 같다고 할 수 있습니다. 그건 어떻게 보면 우리가 지금처럼 살아 있는 것을 고맙게 생각하며 안주하는 것이 하나고, 다른 하나는 한 번도 가보지 않았던 곳으로 향해야 하는 것이라 생각해서입니다. 그러나 소신이 폐하게 말씀드리려고 하는 것은 어두운 동굴로 무작정 들어가자는 것이 아닙니다. 지금 우리는 다른 곳들이 가지고 있지 못한 것을 가지고 있습니다. 그래서…….”

“잠깐, 지금 우승상이 얘기하는 것과 그것이 무슨 상관이 있는가?”

황제는 우승상이 요점을 바로 말하지 않고 돌려가면서 얘기를 하자 이미 처음부터 그럴 줄 알았다는 듯이 별반 얘기를 들어주는 반응을 보이지 않고 있다가, 얘기의 시작 부분에 들어가려고 하는 결정적인 부분에서 우승상의 말을 끊었다.

황제는 우승상이 자신의 얘기를 하려고 하면 항상 다른 곳에 비유를 하며 서두를 꺼낸다는 것을 알고 있었다.

우승상의 유일한 단점.

우승상 자신은 본지로 들어가기 전 사전의 포석이라고 생각하는지 모르지만, 황제와 다른 사람들, 특히 사전에 무슨 얘기가 오갔기에 이런 상황이 야기되었는지 알지 못하는 사람들을 속 터지게 만들기엔 충분했다.

황제와 우승상은 어려웠던 시절부터 서로의 마음에 담아두고 있는 사심들을 같이 나누며 보내다 보니, 지금에 와서는 서로의 눈빛만 보아도 무엇을 얘기하려고 하는지 느낌이 올 정도가 되었다. 그러나 황제도 우승상의 습관에 대해 처음엔 별로 신통치 않게 생각했었다. 그러다가 어느 정도 자신의 기반이 다져지고 마음의 여유를 갖게 된 후로는 느긋하게 기다리는 것도 좋다는 것을 알아가고 있었으나 그것도 기분이 좋을 때의 얘기였다.

이러한 상황을 눈치 챈 우승상은 쓴웃음을 지을 수밖에 없었다.

“음… 폐하, 소신이 말씀드리려고 하는 것의 요지는 정예의 병사들을 기르자는 것입니다.”

"우승상, 그것은 짐도 알고 있는 상황이고 당연한 일인데, 그것이 그대가 주장하는 것과 무슨 관련이 있다는 말인가?"

"폐하, 명나라에 비해 우리 병사들의 실력이 뛰어나다고는 하나 그것은 그리 차이가 없습니다. 그러나 병사들의 수에서는 현저하게 차이가 있습니다. 또한 우리의 전술을 너무나도 잘 알고 있기에 전면전이 일어난다면 득보다는 실이 많을 것입니다. 그렇다고 병사들을 더 모을 수 있는 상황도 아니라는 것입니다. 이런 상황에서 우리에게 한 명이라도 숫자라는 범주를 뛰어넘을 수 있는 뛰어난 장수나 무사가 있다면 좋겠다는 생각에서 말씀드렸던 것입니다."

"허허, 그렇다고 국가가 무림의 세가가 될 수는 없지 않겠는가! 어찌 무림세가가 나라를 통치한단 말인가? 우승상은 그것을 왜 생각하지 못하는가? 나라는 무림의 세가하고는 엄연히 다르다는 것을 우승상도 잘 알고 있지 않은가!"

'음… 폐하의 말씀을 들으니 지금 무슨 말들이 오가는지 알겠구먼. 어찌 우승상은 그런 말 같지도 않은 말을 해서 이 좋은 자리를 망치고 있는 것인지……'

황제의 말과 우승상의 말을 들으면서 차츰 주변에 있던 사람들도 하나둘씩 돌아가고 있는 상황을 파악할 수 있었다. 그러면서 그들도 왜 황제가 그렇게 역정을 낸 것인지 알게 되었고, 그에 수긍을 하게 되었다.

"폐하, 당연히 무림과 국가하고는 다릅니다. 소신도 그러한 것을 잘 알고 있습니다. 그러나 만약 나라의 모든 병사들이 무림의 세가처럼 일당백(一當百)의 무공을 지닌다면 어떻겠습니까? 더구나 그들을 지도하고 이끌 수 있는 고수가 있다면 더욱 어떻겠습니까? 저는 그 점을 아뢰고 있는 것입니다. 우리에겐 그렇게 할 수 있을 정도의 힘을 지니고 있습니다."

"음… 그렇긴 하지만……."

"예, 폐하. 그렇습니다. 우리에겐 그 힘이 있습니다. 그러나 아쉬운 것은 더 이상 모을 수 있는 병사가 없다는 것입니다. 그것은 지금 있는 병사들이 우리의 전부라는 말과 같습니다. 또한 더욱더 심각한 것은 지금까지 체계적인 훈련을 받은 병사들이 아니라는 데 있습니다. 그래서 소신은 그들에게 무림세가처럼 훈련을 시키자는 것입니다. 다만 소신이 아쉬워하는 것은 시간입니다. 병사들을 마음 놓고 훈련시킬 시간이 우리에겐 없다는 것입니다."

"음……."

"허, 그건 그렇지. 우승상의 말대로 그렇긴 하다만……."

"우승상의 말씀을 들으니 그렇긴 한 것 같습니다. 그러나……."

"원주(院主), 그러나가 아닙니다. 원주께서도 우승상께서 하시는 말씀의 중요성을 아시지 않습니까. 제가 아직 많은 부분에서 미흡하지만, 우승상께서 하시는 말씀을 들으니 금군(禁軍)을 책임지고 있는 저로서도 지금 우리가 처한 현실이 심각하다는 것을 느낄 수 있었습니다. 실제로 우리가 힘을 기르기 전에 명나라나 오이라트의 지반이린이 전쟁을 일으킨다면, 음… 이런 말씀을 폐하께서 계신 자리에서 드려서는 안 되는 것이지만, 휴… 우린 그 둘을 감당할 수 없을 것입니다."

"음……."

우승상의 발언에 황제뿐만 아니라 주변의 중신들 사이에서 의견들이 분분하게 일어나 어수선한 분위기를 만들고 있었다.

중신들이 자신들의 의견을 주위 사람들에게 말하면서 일어나는 소리에, 밖에서 경비를 서고 있던 경비병들과 음식들을 나누던 시녀들도 자신들이 맡고 있던 소임에서 손을 놓을 수밖에 없었다.

그러한 것은 황제도 마찬가지였다.

중신들의 의견을 규합해서 소란스럽고 어수선하게 변한 연회의 분위기를 바꿔야 한다는 것도 잊은 듯, 황제는 마냥 자신의 자리에 앉아서 변하는 분위기를 바라볼 뿐이었다.

"흠흠, 여러 중신들은 모두 조용히 해주십시오. 아직 제 말이 다 끝난 것이 아닙니다. 어찌 폐하께서 계신 자리에 이리 소란을 일으키는 것입니까. 어서 자중해 주십시오."

"이런. 자자, 우승상의 말씀을 모두 경청한 후에 말을 해도 늦지 않을 것이니 모두 자신들의 자리에 앉읍시다. 폐하께서 계신 자리입니다."

"허허, 그렇군. 자, 모두 자리에 앉으시지요."

"예, 그렇게 하는 것이 좋겠습니다. 음……."

우승상은 자신의 의견에 중신들이 동요를 하고 황제의 반응도 처음과는 많이 달라진 것 같아 보이자, 이때다 싶었는지 목청을 높여 어수선한 분위기를 잠재우고는 황제의 앞에 허리를 숙이며 자리했다.

그에 어수선했던 분위기는 삽시간에 정리가 되고, 연회석은 바늘 떨어지는 소리도 들릴 정도로 적막감이 감돌았다. 마치 누군가 기침이라도 하면 큰일이 날 것 같은 엄숙함이 중신들 사이에 자리했던 것이다.

"음… 감사합니다."

우승상은 조용해진 좌중을 다시 한 번 둘러본 후 입가에 만족해하는 듯한 미소가 살짝 걸렸다. 그러나 허리를 깊이 숙이고 있었기에 우승상의 입가에 걸린 미소는 아무도 보지 못했다.

“예, 폐하. 소신의 말이 너무 길어진 것 같습니다. 하지만 폐하께서도 그 점에 대해서는 소신의 말에 동의를 하시리라 생각하고 있습니다. 뿐만 아니라 여러 중신들도 그렇다고 생각합니다. 그래서 소신이 마지막으로 폐하께 무례함을 무릅쓰고 주청(奏請)드리는 것의 요지는, 음… 힘을 기르자는 것입니다.”

“음… 힘이라… 우승상, 꼭 그렇게까지 하면서 우리가 힘을 길러야만 하는가? 정말로 다른 방법은 없는 것인가? 짐은 일국의 황제라네. 그것도 대제국의 황제지. 그런데도 짐이 우승상의 말을 받아들여야만 한다는 것인가? 어찌해야만 하는 것인지 다시 한 번 말해 보게.”

황제는 우승상의 말에 어느 정도는 수긍을 할 수밖에 없었다. 아무리 생각에 생각을 해보아도 우승상 염상백의 말이 사실이기 때문이었다. 그러나 너무나도 큰 사안이기에 신중한 처리가 요구되는 일이었다. 한순간에 결정을 내릴 수 없는 일인 것이다. 그에 황제는 다시 한 번 우승상에게 질문을 던질 수밖에 없었다. 아니, 실은 우승상에게 질문을 하는 것이 아니라 자신에게 하고 있는 것이었다.

“음… 폐하, 안타까운 일이지만 소신이 지금 당장 답변해 드릴 수 있는 것은 이것뿐입니다. 그러나 이것만은 말씀드릴 수 있습니다. 현재 우리 병사들의 수는 삼십만 정도입니다. 그러나 명나라 병사들의 수는 거의 백만에 이르고 오이라트의 병사들도 우리와 비슷합니다.”

“음…….”

“허, 음…….”

“그래서 소신은 이런 최악의 상황을 벗어날 수 있는 대안으로 병사들의 질을 향상시키는 방법밖에 없다는 생각이었습니다. 그래서 우리가 가지고 있는 것들을 총동원해서 무사들을 조련하자는 것입니다. 아니, 어중간한 무사들보다는 한 명이라도 최절정의 고수를 키우자는 것입니다. 우리가 지니고 있는 힘은 엄청납니다. 그러나 그 힘은 당장 나라를 지키는 것에는 별로 소용이 없습니다. 이에 소신은 어렵다고 생각되는 일에 시간과 힘을 낭비하지 말고 최대한으로 쓸 수 있는 곳에 사용했으면 좋다는 것을 말씀드리는 것입니다. 한 나라 대 나라로서 백성들을 지키고 전쟁을 일으켜 싸운다는 것은 쉬운 일이 아닙니다. 그렇지만 생각을 조금만 돌리신다면 쉬운 길도 많습니다. 그 예로써 우선 중원의 무림 세력을 손에 넣으신 후 명황실을 도모하시는 것도 좋을 것입니다. 어차피 주원장도 그렇게 해서 우리를 중원에서 내몰았으니 말입니다. 이것이 제가 드릴 수 있는 최선의 방법입니다. 음… 소신, 이제 제가 드릴 수 있는 것을 모두 말씀드렸습니다."

"무림을 먼저 친다? 음……."

우승상은 자신이 처음 하려고 했던 말을 모두 마친 후 자신의 자리로 돌아가지 않고 서 있던 자리에 그대로 서 있었다.

황제도 그러한 우승상의 행동에 아무런 말을 하지 않고, 마지막으로 우승상이 했던 말을 조용히 두 눈을 감은 상태에서 되짚어보고 있었다.

그렇게 반 각이 흘러갔다. 황제도, 우승상도, 얘기를 듣고 있던 중신들도 모두 침묵의 시간을 보낸 것이다.

"음… 동평장사(同平章事), 좌승상, 추밀원주(樞密院主)는 우승상의 말에 어떤 생각들을 가지고 있는가. 짐을 생각하지 말고 사심없는 답변들을 해주게. 우선 동평장사 토리스타르 숙부(叔父)께서 먼저 말씀해 보시지요."

황제는 고심을 한 끝에 자신의 독단으로 결정하는 것보다는 중신들의 의견을 수렴한 후 결정을 내리는 것이 좋겠다는 결론에 도달했다.

그에 황제는 모든 정사를 집행하는 중서성(中書省)의 수장인 동평장사에게 시선을 주었다.

황제의 시선을 받은 동평장사 토리스타르는 현 황제인 부니야시리의 숙부였다.

지금까지 얼굴을 한 번도 본 적이 없지만 할아버지 토구스 테무르 대한이 같은 황족이었던 에스텔에게 살해를 당한 후 황제는 많은 어려움을 겪어야만 했다. 당시 어린 황제는 아무것도 모르고 에스델의 부하들로부터 위협을 받았는데, 그런 황제를 어려움을 무릅쓰고 사지에서 구한 것이 동평장사 토리스타르였다.

비록 지금은 몸이 쇠하고 지친 상태에서 간신히 신하의 위치에 있다고는 하지만, 토리스타르는 황제에겐 아버지와 다름없는 사람이었다.

"음… 폐하, 소신도 우승상의 말을 들으면서 생각해 보았습니다. 그러나 생각만 해보았다는 것이지, 쉽게 결론을 내릴 사안이 아니라는 말씀을 드릴 수밖에 없을 것 같습니다."

"그렇군요. 음… 무엇이라도 좋습니다. 그러니 생각하신 것이라도 우선 말씀해 보십시오. 경청하겠습니다."

"허허, 경청은 무슨… 폐하, 그렇다면 한말씀 드리겠습니다. 음… 소신은 다른 것은 잘 모릅니다. 제가 바라는 것은 단 하나, 하루라도 빨리 폐하께서 마음 놓고 이 나라를 다스려 주셨으면 하는 바람입니다. 소신이 그러한 것을 생각할 때, 허허… 폐하께서 한 번쯤은 우승상의 말에 귀를 기울이시는 것도 좋을 듯합니다. 다만 아쉬운 것이 있다면, 먼저 우승상이 말한 것처럼 우리에겐 그리 넉넉한 시간이 없다는 것입니다. 그래서 저는 우승상에게 그 시간을 벌 수 있는, 아니, 상쇄시킬 수 있는 구체적인 방안이 있는지 물어보고 싶습니다. 만약 그러한 것이 있다면, 음… 폐하겐 죄송한 말이나 우린 우승상의 의견을 따르는 것이 좋다고 생각합니다."

"음… 그렇게 생각하셨습니까?"

"허허, 폐하… 우리 타타르 부족이 있어야 나라가 있는 것입니다. 또한 나라가 있어야 폐하께서 있을 수 있는 것이지요. 음… 그리고 좀 더 나아가 나라가 있어야 태조 성길사한님의 피를 이어받은 우리 타타르 부족이 있는 것이지요. 소신은 이점을 폐하께 말씀드리고 싶습니다."

"그렇습니다. 폐하, 소신도 동평장사님의 말씀에 동의합니다. 비록 우리가 중원의 무학(武學)을 배척하고 있지만, 사실 그동안 소신은 우리를 중원에서 물러나게 만든 것은 주원장이 아니라 무림의 세력들이라 생각하고 있었습니다. 아니, 얼마 되지 않는 소수의 고수들 때문이라고 생각했습니다."

"음… 소수의 고수들이라……."

"예, 소신이 듣기로 당시 우리에겐 라마교의 라마승들이 있어 중원 무림을 경시하는 경향이 많았다고 들었습니다. 그러나 순제께서 계실 때, 라마승들도 몇 명의 중원고수들을 상대할 수 없어 쫓기듯 모두 서장으로 돌아가 버리자, 우린 그들을 상대할 수 있는 고수가 없어 매번 큰 전투에서 많은 장수와 병사들이 죽어갔다고 했습니다. 이러한 사실을 볼 때, 소신은 우리가 가지고 있는 것들을 팔아 병사들의 수를 늘리는 것도 중요하지만, 오히려 훈련되지 않은 병사들의 수를 늘리는 것보다는 지금의 병사들 중에서 뛰어난 인재를 가려 무공고수로 키우는 것이 좋을지도 모른다는 생각이 들었습니다. 그리고 마지막으로 우승상

이 한 말처럼 중원무림을 먼저 손에 넣은 후에 거꾸로 명황실을 몰아
내는 것도 좋은 방법이 아닐까 생각합니다."

"허허, 좌승상도 그렇게 생각하는가? 음… 그렇다면 추밀원주의 생
각도 우승상이나 좌승상처럼 그렇게 생각하는가?"

황제는 좌승상의 말을 모두 들은 후에 고개를 추밀원주가 있는 방향
으로 돌렸다.

"음… 폐하, 소신의 생각은 조금 다르옵니다."

"응? 다르다? 그럼 원주의 생각은 어떠한가? 어서 말해 보라."

"예, 소신은 우승상이나 좌승상의 말처럼 생각하고 있지 않습니다.
아무리 뛰어난 고수라고 해도 어차피 그들도 뼈와 살로 이루어진 인간
이라 생각합니다. 즉, 그들이 아무리 뛰어나다고 해도 인간인 이상 한
명이 여러 명을 당할 수는 없다는 것입니다. 그러한 마당에 언제 키워
지며 또 나타날지 모르는 고수를 기다리느니, 소신은 확실한 방법이 좋
겠다는 생각입니다."

"허, 그럼 원주의 의중은 병사들의 수를 늘이자는 것이구먼. 그런
가?"

"예, 폐하. 어차피 그들도 잘만 훈련시키면 뛰어난 병사가 될 것이
아니겠습니까? 이 점, 널리 헤아려 주십시오."

"음……."

황제는 추밀원주의 말을 끝으로 생각에 들어갔다.

이젠 황제 스스로가 결정을 내려야만 하는 것이다. 그건 아무도 해
줄 수 없는 것이기에 더욱 고민하지 않을 수 없었다.

황제는 이런 순간만 되면 고독감을 느꼈다. 한순간의 결정에 따라
앞으로 나라와 부족의 앞날이 결정되는 것이기에 황제로서 무거운 책

임감이 느껴졌던 것이다.

'음… 나는 어떠한 결정을 내려야만 하는가? 도대체 어떻게 하면 되는 것인가? 과연 당장의 실을 보더라도 우승상이나 좌승상의 말대로 무림 쪽으로 먼저 눈을 돌리는 것이 나은 방법인가, 아니면 추밀원주의 말대로 당장 득을 보는 것이 좋다는 말인가? 아…….'

"우승상, 내가 하나만 더 물어보겠다. 만에 하나 우리가 무림 쪽을 먼저 도모한다면 명나라를 치는 데 승산이 얼마나 있다고 보는가?"

황제는 고심에 고심을 한 끝에 마지막으로 우승상에게 결정을 내릴 수 있는 확답을 듣고 싶었다.

"예, 현재 우리가 아무리 힘을 기른다고 해도 직접 명나라를 도모한다는 것은 어불성설(語不成說)이라 생각합니다. 체 이 할도 안 될 것입니다. 그러나 만약 우리가 무림을 얻는다면 그 가능성은 육 할 이상일 것입니다. 그러나 그렇게 되기까지는 시간적으로나 물질적인 투자를 해야만 할 것입니다."

"물질적인 투자라……."

"예, 우선적으로 우리가 지닌 힘을 모두 쏟아 붓는다고 해도 그 가능성은 그리 높지 않습니다. 그 정도로는 우리 타타르 국을 방어하는 데는 충분할지 모르지만 중원무림을 도모하는 데는 힘들다는 것이 소신의 생각입니다. 그건 소신이 중원무림의 힘을 잘 알기에 말씀드릴 수 있는 것입니다. 그러나 만약, 만약에 서안(西安)에 있다는 진시황(秦始皇)의 능묘(陵墓)를 찾아 그곳의 유물을 얻을 수 있다면 상황은 우리에게 상당히 유리해질 것입니다."

"진시황의 유물? 우승상, 짐이 알기론 진시황의 능묘는 항우(項羽)에 의해 모두 사라진 것으로 알고 있는데 그것이 아니라는 말인가?"

"예, 세간엔 그렇게 소문이 돌고 있지만 그렇지 않사옵니다. 소신도 얼마 전에야 그러한 것을 알 수 있었습니다. 그래서 소신이 무리를 하면서까지 무림에 눈을 돌린 것이옵니다. 만약 진시황의 능묘에 있는 많은 무공기서들과 영약들을 얻을 수 있다면, 또한 그것을 다시 무림고수로 키울 우리 병사들에게 준다면 우리 타타르 국의 탄탄한 미래를 만드는 데 상당한 시일을 앞당기실 수 있을 것이옵니다."

"음… 허허, 우승상의 말대로 그렇게 된다면 얼마나 좋겠는가? 그러나 그러한 것이 없다고 해도 우리 타타르 국의 앞날은 어둡지만은 않다는 생각이 드는구면. 폐하, 우승상의 말을 들어보니 어느 정도 신빙성이 있다고 생각합니다."

"숙부께서도 그렇게 생각하신다면, 음… 좋습니다. 이번엔 우승상의 말대로 그렇게 하겠습니다. 그러나 그전에 우승상은 하루라도 빨리 진시황의 유물을 찾아야만 할 것이다. 무슨 말인지 알겠는가?"

"폐하, 성은(聖恩)이 망극하옵니다. 소신, 신명을 다 받들어 이 일에 임하겠습니다."

'이 염상백, 정말로 신명을 다해 이 일을 성사시키겠습니다. 그래서 어려움에 처한 이 나라를 구하겠습니다. 그러니 안심하십시오.'

"폐하, 성은이 망극하옵니다."

황제의 칙령이 내려진 후 우승상을 비롯한 중신들은 모두 자리에서 일어나 황제에게 예를 올렸다.

이제 황제의 명이 내려졌으니 앞으로는 최선을 다해 수행하는 일만 남은 것이다. 그것이 신하된 도리로써 황제를 모시는 것이라 생각하기에, 중신들은 앞으로 각자가 할 수 있는 최선의 방법으로 황제의 칙령을 받은 우승상을 도와주는 일에 모두 나설 것이다.

　우선 앞으로의 일에 대해 회의를 주제하고, 회의에서 나온 안건을 가지고 일사천리로 일이 진행될 것이다.

　이러한 사실을 알고 있는 우승상은 마음이 한결 가볍게 느껴졌다. 아니, 당장은 가볍게 느껴지고 있었지만, 얼마 후엔 그러한 것들이 모두 부담으로 다가올 것이란 사실을 잘 알고 있었다. 그러나 후회는 없었다. 우승상의 선친도 그렇고 자신도 최선을 다할 뿐이기 때문이다. 그 다음이 성공을 하느냐 실패를 하느냐 따지는 것이라 생각하는 염상백이었다.

　'진시황의 능묘라… 지금 내가 내린 결정이 잘한 것인지 못한 것인지는 따지지 않겠네. 그러나 최선을 다해 우리 타타르 국을 지켜주게나…….'

　황제는 처연한 눈빛을 애써 감추며 우승상의 뒷모습을 바라보았다. 아직 허리를 숙이고 있기에 직접 얼굴을 볼 수는 없지만, 우승상이 자신의 마음을 헤아려 주어 좋은 결과를 이루어주었으면 하는 바람이었다.

　현재는 그것만이 나라를 살릴 수 있는 유일한 수단이었기에 황제의 마음은 더욱 애틋했다.

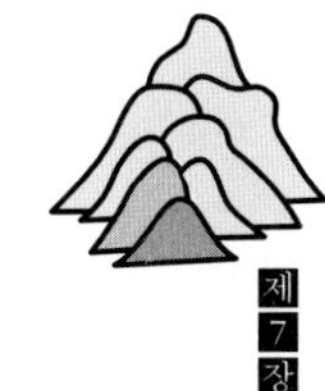

제 7 장

패른은 세월이 흐르면 잊혀지고, 위엄은 역사에 오래도록 기록될 것이다.

 패륜은 세월에 잊혀지고,
위업은 역사에 기록될 것이다.

어느덧 거리를 오가는 사람들의 옷이 많이 얇고 가벼워졌다.

날씨가 따뜻해서 좋았던 감정은 사라진 지 오래되었고, 지금은 옆 사람이 살짝 닿아도 짜증이 일 정도의 더위가 기승을 부리고 있었다.

그것은 일행이 북상을 하지 않고 남쪽으로, 남쪽의 금릉을 향해 움직이고 있어 더욱 그러했다.

박 장군 일행은 제남에서 현운 장문인이 이끄는 장백검파 사람들과 헤어진 후, 정식으로 조선의 사신 복장을 갖추어 입었다. 그러한 것이 잘 들어맞았는지 산적들이나 무림의 세력들과 아무런 마찰 없이 무사히 금릉 근처까지 도착할 수 있었다.

비록 제남에서 금릉까지 오는 데 걸린 시일은 얼마 되지 않았지만, 호열에겐 중원을 알 수 있는 좋은 경험의 시간이 되었다.

사신의 복장을 하고 있다고는 하지만 워낙 모르는 곳이 중원이기에,

장백검파와 같은 확실한 경호무사들이 없다는 것이 부담으로 작용하였
는지 필요한 곳이 아니면 그냥 지나치기 일쑤였다. 그만큼 일행들은
무엇인가에 쫓기는 듯한 남행을 했다.

호열은 그런 박 장군의 처사에 불만을 가졌지만 크게 신경 쓰지 않
기로 했다. 또한 얼마 전부터 마차 밖으로 나가기도 싫었다.

냉소, 멸시, 폭언…….

중원인, 엄밀히 말하자면 명나라 한인(漢人)들의 차가운 냉대의 시선
때문이었다.

타 민족을 배타하는 경향이 너무도 강했기에 그러한 것인지, 아니면
원나라에게 많은 시달림을 받고 난 후라서 그런지 호열은 그 문제에
대해서는 크게 생각하지 않았다.

다만 일행들이 지나갈 때면 처음엔 호기심에서 바라보다 차츰 경멸
의 시선으로 바뀌는 것은 물론, 일행들이 모멸감을 느낄 정도의 폭언을
서슴없이 일삼는 것을 호열은 여러 번 경험했던 것이다.

박 장군을 비롯한 그 일행들은 조선이 명나라보다 소국인 데서 오는
힘의 열세를 생각해서인지 겉으론 크게 개의치 않는 것 같았지만, 그러
한 모습을 바라보는 호열은 속이 뒤집어지는 것을 간신히 참고 있었다.

그러나 그것도 한두 번의 일이라면 모르겠지만, 가는 곳마다 그런
일이 비일비재하면서 호열은 한 번쯤은 심도있게 생각해야만 할 문제
일 것 같다는 생각이 들었다.

호열이 이 문제에 과민반응을 보이는 것에는 그만한 이유가 있었다.
박 장군과 일행들은 이 순간만 꾹 참고 지나가면 그만이라고 생각할
수도 있겠지만, 앞으로 중원에서 뿌리내리고 살아야만 하는 호열에게
는 큰 문제였던 것이다. 하지만 아무리 생각해 보아도 꽉 막힌 가슴을

확 트이게 할 만한 생각이 떠오르지 않고 있었다.

당면한 문제를 해결할 수 있는 해결책은 간단했다. 조선의 국력이 명나라에서 쉽게 무시할 수 없을 정도로 강성해지면 되는 것이다.

그러나 그 문제는 호열이 나서서 어찌해 볼 수 없는 것이었기에 지금으로썬 어서 빨리 이 일을 마무리하고 자신의 자리를 잡았으면 하는 것이 현재 호열의 생각이었다.

"허허, 정말 대단한 경관입니다. 장군께서는 어찌 보십니까?"

"음… 대단하긴 합니다만, 허… 그러나 난 중원인들에게 별로 좋은 감정이 일지 않는구려. 어서 빨리 일을 마무리 짓고 조선으로 무사히 돌아갔으면 하는 것이 솔직한 심정이오."

"음……."

박 장군으로부터 모든 전권을 이어받은 등극사 하륜은 왜 박 장군이 이런 말을 하는지 알고 있었기에 쉽게 말을 이어 나갈 수 없었다.

그것은 옆에서 조용히 앉아 듣고 있던 한기 또한 마찬가지였다.

아버지가 갔었던 길.

아버지가 힘들게 이룩해 놓은 것을 직접 몸으로 체험할 수 있다는 기대감에 한기는 쉽게 여행할 수 없는 허약한 몸으로 주변에서 만류하는 것을 어렵게 성사시켜 대국이라 일컫는 중원 땅을 밟은 것이다. 그런데 가는 곳마다 소국에서 온 사신이라는 멸시와 차가운 냉대에 중원 땅을 밟기 전의 뜨거웠던 가슴의 열정이 이젠 차갑게 식어 있었다.

"참, 하륜 공, 이제 금릉에 도착했으니 앞으로 어떻게 할 것인가 상의해 보는 것이 좋지 않겠습니까? 임 대협의 거취는 저번에 말했던 방향대로 진행하면 될 것이고, 언제쯤 서신을 넣었으면 좋겠습니까?"

"음… 허허, 장군. 그런 것을 제게 물어보아도 지금으로썬 어떻게 할 방법이 없습니다. 하지만 이미 황실에선 우리가 도착했다는 것을 알고 있을 것입니다. 그러니 미리 우리가 연락을 취하는 것도 좋은 생각이지만, 저는 황궁에서 들어오라는 사신의 연락이 올 때까지 기다리는 것도 좋은 방법이라 생각합니다. 어떻게 생각하시는지요?"

"허허, 하륜 공께서도 많이 섭섭했었나 봅니다."

"음… 아니라고는 말씀드릴 수가 없군요. 제 생각으론 우리가 중원인들에게 그런 냉대를 받을 상황이 아니라고 생각합니다. 비록 우리가 외교 정치를 잘못해서 이런 일이 일어난 것이지만, 만약 이제라도 생각을 달리한다면 이런 상황이 일어나지 않아도 되지 않을까 생각하게 되었습니다."

"응? 하륜 공, 그것이 무슨 의미입니까?"

"예, 이곳에서 이런 말을 한다는 것도 우스운 일이지만, 제 생각은 이렇습니다. 우리 조선은 이미 완전하게 나라의 기틀을 마련했습니다. 그러나 명나라는 아직도 내외가 어수선한 상황입니다. 비록 조선과 명나라의 군세는 상당한 차이가 있지만, 완전하게 자리를 잡은 우리 조선이 아직 자리 잡지 못한 명나라에게 굽실거리는 것보다는 차라리 원나라를 밀어주면 어떨까 하는 생각을 했었습니다. 허허, 좀 황당한 얘기였지요?"

"음… 하륜 공 같은 사람이 그런 생각을 할 정도였다니 실로 놀랍습니다. 사실 나도 그런 생각을 해보지 않은 것은 아니지만, 그건 차후에 조정에 돌아가서 논의해야 할 것이란 생각에 조용히 있었는데… 허허, 공께서 먼저 말씀을 꺼내실 줄이야."

"장군께서도 그런 생각을 가지고 계셨습니까? 하긴 저 같은 문관이 그런 생각을 했는데 대장부이신 장군께서 하지 않으셨다면 말이 안 되는 일이지요. 암, 그렇지요. 허허허……."

"허허, 대장부는 무슨… 그나저나 그 문제는 차후에 의논하기로 하고 오늘은 이만 하는 것이 좋겠습니다. 또한 다른 문제에 관해 공과 얘기를 나눌 것도 있지 않습니까?"

"그렇지요. 하지만 이번에 그 문제까지 우리가 해결할 수 있을 것이라고는 생각하지 않습니다. 그저 최선을 다해 전하께 충심을 다한다는 생각뿐입니다."

"허허, 그렇긴 하지만… 음……. 참, 임 대협은 무엇을 그리 보고 있는가? 뭐 볼 것이라도 있는가?"

박 장군은 무거운 논제를 차후로 미뤄놓은 후 창밖을 내다보고 있던 호열에게 시선을 주었다.

"옛? 아… 하하하, 건물들이 너무 화려하기에 보고 있었습니다. 역시 황도는 황도인가 봅니다. 쉽게 눈을 떼기 힘들어서 그냥 보고 있었습니다."

"허허, 그런가? 어디, 음… 확실히 건물들이 우리 조선과 많은 차이를 보이고 있구먼. 참, 한기, 자네가 중원의 지리에 많은 관심을 보였다고 했었지? 금릉에 대해서도 잘 아는가?"

"하하, 잘 안다고 하기보다는 알려고 노력하고 있습니다. 음… 요즘 생각하고 있는 것이 있는데, 이번에 조선에 돌아가는 대로 보고 들은 것을 기록해 보려고 합니다. 어릴 때 선친께 들었던 것과 서책으로 보았던 것을 토대로 한다면 후학(後學)들에게 좋지 않을까 합니다."

"허허, 그런가? 그래, 그것도 좋은 생각이지. 자네의 말대로 앞으로 중원에 들어갈 사람이 있다면 많은 도움이 될 것이네. 그래, 한번 잘 써보게. 그나저나 당장 금릉에 대해 알고 싶은데 자네가 한번 설명을 해주겠는가?"

박 장군은 한기의 말을 들으면서 고개를 끄덕였다.

확실히 중원의 지리에 대해 자세히 기록되어 있는 서책이 있었다면 많은 도움이 되었을 것이란 생각이 들었던 것이다.

"예, 음… 금릉은 중원의 역사와 문화를 한눈에 알 수 있게 해주는 산 경험장이라 할 수 있을 것입니다. 흔히들 금릉을 육조의 고도(古都)라고 하는데 동오(東吳), 동진(東晋), 남북조시대 송(宋), 제(齊), 양(梁), 진(陳)의 고도였기 때문입니다. 거기다 명나라의 태조가 이곳에 도읍을 정하지 않았습니까."

"아… 그런가? 허허, 그렇지. 정말 그렇구먼."

"예, 하지만 선친께 듣자 하니 금릉의 날씨는 우리들에겐 그리 좋지 않다고 했습니다."

"응? 그것이 무슨 소리인가? 문열공께서?"

"예, 선친께서 예전에 이곳에 다녀가신 적이 있으시지 않습니까? 그때의 일을 말씀하시면서 제게 해주신 말씀이 있었는데, 금릉의 여름은 우리들로서는 참기 어려울 정도로 덥다고 하였었습니다. 무한(無漢)과 함께 중경(中經)과 더불어 중원의 삼대 더운 지역으로 꼽힌다고 하셨습니다."

"아… 확실히 덥긴 덥지. 허허, 그렇군. 그리고 또 다른 것은 없는가?"

"예, 저도 그 정도만 알고 있습니다. 아직 견문이 미천하여……."

"허허, 미천하긴, 이렇게 나이만 먹은 나보다 훨씬 나은데……."

"감사합니다."

"허허허, 역시 문열공의 자제라 다르긴 다르구먼. 그렇지 않습니까?"

"그러게 말입니다. 허허허……."

박 장군과 하륜은 한기의 총명함과 겸손함에 흐뭇함을 감추지 못했다.

어느덧 일행들은 금릉성장(金陵城墙)의 안으로 들어서고 있었다.

금릉성장의 명태조 주원장이 황제로 등극하면서 쌓기 시작해 십육 년 전에 완성한 것으로 높이 사 장(丈)에 둘레가 만 장이 넘었다. 또한 성벽을 쌓는 데 쓰인 벽돌은 중원 전역에서 만들 정도로 방대한 공사였으며, 더욱이 각각의 벽돌에는 벽돌 제조공의 이름과 만들어진 날짜가 새겨져 있어 당시 그 공과를 따졌다고 한다.

'정말 하나도 좋게 생각해 줄 만한 것이 없는 녀석들이네. 하긴 처음부터 그런 놈들이 살고 있는 중원에 자리를 잡겠다고 생각한 내 잘못일지도…….'

호열은 한기로부터 그러한 것을 들으면서 명태조 주원장이 얼마나 철두철미한 사람이었는지 알 수 있었다.

비록 중원인들을 많이 만나본 것은 아니지만, 나중에 상황이 어떻게 될지 모르는 것이기에 중원인들의 철두철미함을 알게 되었다는 것만으로도 중요한 것을 알게 되었다는 생각이 들었다.

어떻게 보면 확실하게 하자는 측면에서 좋은 면일지 모르지만, 중원인들에 대해 조금씩 반감이 생기기 시작한 호열은 그리 좋게만 보이지 않았다.

하륜의 명에 따라 일행은 황궁과 가까운 자리에 위치한 객점에 자리를 마련했다. 그러나 일행들은 피로에 지친 몸을 쉬지도 못하고 다시 짐을 싸야만 했다. 확실히 하륜의 말대로 황궁에선 박 장군 일행들이 온 사실을 알고 있었던 것이다.

객점에 도착해 막 짐을 풀고 쉬려 하는데, 어느새 황궁에서 일행들을 마중하기 위해 사람들이 온 것이었다.

호열뿐만 아니라 다른 사람들도 처음엔 어리둥절했으나, 상황이 어떻게 된 것인지 알게 되자 한숨이 절로 나왔다.

이미 황궁에선 박 장군 일행과 하륜 공이 제남에서 만나기 전부터 조선에서 사신이 온다는 것을 알고 있었다는 것을 직감했던 것이다. 또한 일행들이 장강을 건너면서부터 철저한 감시의 눈길을 주고 있었기에, 일행이 객점에 도착하자마자 황궁에서 사람을 보내 마중 아닌 마중을 나오게 된 것이다.

박 장군을 비롯한 모든 일행은 어쩔 수 없이 객점에 풀어놓았던 짐들을 다시 정리한 후, 황궁의 사자를 따라 황제가 있는 황궁으로 들어가게 되었다.

마차가 서서히 움직이기 시작하자 호열은 일이 쉽게 되는 것 같아 가벼운 마음으로 주변을 둘러보는 여유를 보였지만, 정작 박 장군을 비롯한 하륜과 한기의 얼굴은 석상처럼 굳어 있었다.

'응? 왜 모두들 얼굴이 굳어 있는 거지? 하루라도 빨리 들어가게 된 것이 나쁜 일인가? 허 참, 알다가도 모르겠군. 뭐, 내가 알아서 뭐 하냐. 난 그저 가만히 있다가 나오면 되는데……'

호열은 다른 사람들이 무엇을 생각하든 자신은 자신의 일만 하면 된다고 생각했다.

또한 그렇게밖에 할 수 없었기에 황궁에 들어갈 때까지 편안한 마음으로 창밖의 정경을 둘러볼 뿐이었다.

온 세상이 모두 황금빛으로 물들은 것처럼 실내의 모든 장식품들이 금빛 물결로 진열되어 있는 곳.

하다못해 건물을 떠받들고 있는 기둥에까지 황금으로 칠을 한 것인지 아니면 원래부터 그런 모양을 하고 있는 것을 세워놓은 것인지, 휘황찬란한 금룡(金龍)이 살아 꿈틀거리는 것처럼 생명력이 느껴지는 그림들이 박혀 있었다.

그러나 가장 눈에 띄는 것은…

백여 명이 넉넉하게 앉아 함께 담소를 나누며 자리할 수 있는 대청엔 무슨 일인지 사람들이 양쪽으로 열을 맞추어 자리하고 있었다.

그리고 그보다 높은 단상엔 금빛으로 수놓은 천이 가로막고 있어 자세히는 볼 수 없지만, 이곳의 주인으로 보이는 사람이 뒤쪽에 몇 사람을 대동하고 편안한 자세로 앉아 있었다.

"만세, 만세, 만만세……."

"만세… 만세… 만만세……."

적막감이 감돌던 실내에 한순간 도열해 있던 사람들의 목소리가 울려 퍼지자 그 사람들의 목소리가 대청을 감돌며 여기저기에서 메아리쳤다.

대청을 울리던 메아리가 모두 가라앉은 후 신비인을 감추어주던 금빛 천이 서서히 올려지면서 조금씩 그 모습을 나타냈다.

신비인은 전신에 금빛 용들이 휘감고 있는 옷을 걸치고 있었으며, 머리엔 또한 황금빛으로 세상을 밝게 비추어줄 것만 같은 관(冠)이 올려져 있었다.

두 눈은 마치 세상을 굽어보고 있는 금룡의 눈처럼 부리부리했으며, 굳게 다문 입술이 한 번 열리면 세상을 호령하고도 남을 정도로 굳은 의지가 보였다.

“만세, 만세, 만만세… 폐하, 만세…….”

폐하.

사람들에게 극진한 존경과 공포를 함께 지니게 하는 신비인. 그는 현재 명나라를 다스리는 최고 권력자인 황제였다.

영락제, 바로 영락제인 것이다.

또한 누구의 목청이 더 큰지 내기라도 하는 것처럼 소리를 높이는 사람들은 금빛 천을 몸에 감싸고 머리엔 오사모(烏紗帽)를 쓴 중신들이었다.

영락제의 모습이 모두 나타나자 누가 먼저라고 할 수 없을 정도로 동시에 메아리가 또다시 울려 퍼졌다. 영락제는 마치 일상의 생활인 것마냥 그러한 모습을 제지하지 않고 끝날 때까지 두고 볼 뿐이었다.

그렇게 일 다경의 시간이 경과하자 조금씩 메아리가 잦아들었다.

“폐하, 조선의 사신들이 도착했사옵니다.”

“음… 조선의 사신이라…….”

“예, 일전에 도찰원첨도어사(都察院僉都御史) 유대길(兪大吉)을 보내 폐하의 등극을 알렸으니 당연한 것이옵니다.”

“그래. 음… 내각대학사(內閣大學士)는 어떻게 보는가?”

영락제는 단상 밑에 도열해 있던 중신들 중 학자풍의 모습을 보이고 있는 사람을 쳐다보았다.

“소신, 내각대학사 양회(楊會) 아뢰옵니다.”

내각사대학사 양회는 한림원(翰林院) 출신으로 영락제가 제위에 오르는 데 크게 공헌을 하였던 공신으로, 모든 환관(宦官)의 수장인 태감(太監) 정화(鄭和)와 함께 황제의 지낭(智囊)이었다. 비록 그 품계(品階)는 정오품으로 낮으나, 황제의 측근에서 고문의 역할과 모든 대소사의 문서들을 취급하기 때문에 상당한 영향력을 행사하고 있었다.

"말하라."

"예, 폐하. 사실 동이족의 나라인 조선은 우리가 그리 크게 생각할 정도로 큰 나라가 아니옵니다. 또한 몽골족이나 거란족과 같은 호전적인 나라도 아니옵니다. 하지만 폐하께서 주목하셔야 할 것은 조선을 세운 동이족이 한 번도 외세에 굽힘이 없었던 민족이라는 것이옵니다."

"음……."

"그 예로 거란족이 일으켰던 금나라나 몽골족이 세운 원나라도 그들을 완전히 굴복시키지 못했다는 것이옵니다. 또한 멀리 본다면 당나라나 수나라가 무너지는 계기가 된 것도 그들을 굴복시키려다 실패한 것에 기인한다고 할 수도 있사옵니다. 그래서 무엇보다 소신이 지금 가장 중요하게 생각하고 있는 것은 그들이 원나라의 편에 서지 않도록 하여야 한다는 것이옵니다."

"음… 대학사, 조선을 세운 동이족이 아무리 그런 역사를 가지고 있다고 해도 우리가 그들을 두려워할 필요가 있다고는 생각하지 않는데… 대학사는 그것에 대한 것은 어떻게 생각하는가?"

"예, 폐하… 지금은 그렇사옵니다. 그러나 만약 소신이 우려하는 대로 원나라와 밀약이 오간다면 상황은 좋지 않습니다. 일찍이 역사적으로 동이족이 세웠던 나라 중에 고구려라는 나라가 있었사옵니다. 그리고 그 나라의 한 황제는 동이족의 호의적인 민족 성격을 호전적으로 바꾸어놓은 적이 있었는데, 그 당시 북방의 영토는 모두 동이족의 세력에 놓였던 적도 있었사옵니다. 그러한 것을 볼 때, 지금 원나라가 두 개로 분열되어 있다고는 하지만 조선이 그중 한곳과 밀약을 맺고 다시 통일이 된다면, 그 후엔 우리에게 커다란 문제로 나타날 것이옵니다. 이에 소신은 그들을 받아들여야 한다고 생각하옵니다."

"음······."

영락제는 내각대학사 양회의 말을 들으면서 고심하지 않을 수 없었다.

아직 나라의 기틀이 완전하게 잡히지 않은 상태에서 그와 같은 일이 일어난다면 실로 심각한 문제가 아닐 수 없었기 때문이다.

중신들은 황제의 고심에 방해가 되지 않도록 하기 위해 숨도 쉽게 내뱉을 수 없었다.

"대학사, 그렇다면 그들이 온 목적이 무엇이라 생각하는가?"

"예, 우선 첫 번째로 소국이 대국에 대한 예의로 오는 것이 주목적이 아닐까 하옵니다. 그리고 정보에 따르면 작년에 조선도 새로운 국왕이 등극했다 하옵니다. 아마 그 문제로 폐하께 고명인장을 받으러 온 것일 것이옵니다. 그리고 두 번째로는 우리의 정세를 살펴보고자 하는 목적도 다분히 있을 것이옵니다."

내각대학사 양회는 이미 황제의 질문을 예상하고 있었기에 막힘없이 답변을 고할 수 있었다.

항상 철두철미하게 준비를 하고 일을 진행하는 성격의 소유자답게 황제가 생각할 수 있는 여지를 남겨둠과 동시에 앞으로 진행되어질 방향이 어떨 것인가에 대한 예상이 깔린 깔끔한 답변을 한 것이다.

"음… 그렇겠구먼. 그렇다면 우리가 취할 수 있는 방법은 무엇인가?"

"예, 병법으로 말하자면 양동 작전(陽動作戰)이옵니다. 먼저 그들이 다른 마음을 가지지 못하도록 우리의 힘을 보여준 후, 그 다음에 의기

소침한 그들에게 우리의 너그러움으로 회유하면 될 것이라 사료되옵니다."

"허허, 양동 작전이라… 그것도 좋겠군. 그렇다면 그에 따르는 방법은?"

영락제는 최소한의 질문으로 최대한의 답변을 요구했다. 이미 대학사의 성격을 잘 알고 있었기에 그에 따르는 제반 상황이 그의 머리 속에 그려져 있다는 것을 잘 알고 있었기 때문이다.

"예, 폐하. 소신의 생각으론 그들의 요구를 들어주는 조건으로 대련을 신청했으면 하옵니다."

"응? 대련이라 했는가? 음……."

영락제는 생각하지 못한 대학사 양회의 말에 호기심이 일어났다.

영락제의 생각으론 조선의 사신들을 병사들이 군사 훈련을 하는 연무장으로 대동하여 군세를 과시한 후에 그들을 회유하자는 말이 양회의 입에서 나올 줄 알았던 것이다.

영락제는 호기심이 일었지만 대학사 양회의 다음 말이 기대가 되었기에 조용히 기다렸다.

"예, 폐하의 주위엔 금의위(錦衣衛) 손화령(孫樺嶺) 도독(都督)과 같은 절정의 무림고수가 있습니다. 또한 그 휘하에도 많은 고수들이 있사옵니다. 소신의 생각으론 금의위 무사들 중 한 명이 조선의 무사와 대련을 한다고 해도 충분할 것이라 사료되옵니다. 그런 후에 폐하께서 너그러운 마음으로 그들의 요구 사항을 들어준다면, 그들은 조선에 돌아간다고 해도 크게 다른 마음을 먹지는 못할 것이라 사료되옵니다."

"음… 대학사, 만약 조선에서 온 무사의 실력이 좋아 우리가 패하는 일이 발생한다면?"

"옛? 그건… 폐하, 그 문제에 대해선 소신도 생각해 보지 않았사옵니다. 앞으로 그 문제에 대해 논의를 한 후 다시 아뢰겠습니다."

"그래, 그 문제는 대학사가 알아서 처리를 하도록 하고… 그리고 다음은?"

영락제는 조선에서 온 사신들의 일을 크게 생각하고 있지 않았기에 모든 전권을 대학사에게 일임했다.

"예, 소신 손화령 아뢰옵니다. 폐하의 명에 따라 전국에 금의위 위사들을 풀어 조사해 본 결과, 음… 당시 화재에도 불구하고 살아서 무사히 황궁을 빠져나간 것으로 보입니다."

"그런가? 음… 허허, 역시… 아버님의 철두철미하신 배려가 그 아이를 살렸구먼. 그래, 계속 보고하라."

"옛, 현재 수집된 내용을 종합해 보면, 당시 화재에서 살아난 그는 우리의 눈을 피해 중원을 빠져나가 운남 쪽으로 향한 것 같사옵니다. 아직 정확한 정보를 얻지 못해서 말씀드릴 수 없지만, 운남 쪽으로 향하면서 무림 세력과 접촉을 했다는 보고도 있었습니다. 이상입니다."

"음… 무림 세력이라, 정말 골치가 아프군. 그래, 손 도독은 앞으로도 그 문제에 각별히 신경을 쓰도록 하라. 단, 짐의 조카인 윤문(允炆)의 행방을 찾으면 따로 행동하지 말고 짐에게 즉시 알리도록. 내 비록 당시엔 어쩔 수 없이 조카를 몰아내고 이 용좌에 앉았지만, 지금에 와서까지 그렇게 할 필요는 없다는 생각이다. 알겠는가?"

"옛, 명심하겠습니다."

명나라의 독보적 공포의 기관인 금의위는 황제의 직속으로 모든 신하들의 감시와 처벌을 독립적으로 할 수 있는 곳이었다.

비록 환관들이 주류를 이루고 있는 동창(東廠)이 있다고는 하지만 그곳과는 엄연히 다른 기관인 것이다.

금의위의 수장으로 있는 손 도독은 조용히 황제에게 예를 취한 후 중신들의 시선을 무시한 체 대청의 뒤쪽으로 모습을 감추었다.

그러한 손 도독의 행동은 오래전 태조 때부터 행해지던 것으로, 선황의 윤허(允許)를 받은 것이기에 영락제는 물론 중신들도 함부로 입에 올릴 수가 할 수가 없었다. 다만 현 황제인 영락제가 그것을 윤허하지 않으면 되는 문제였지만, 정통성이 인정되지 않고 힘으로 권좌에 오른 현 상황에서 그런 것까지 불허를 한다면 중신들 사이에서 말들이 많을 것이기에 내버려 두고 있는 상황이었다.

또한 황제의 직속이란 것을 생각할 때 다른 중신들과 다른 차별성을 두어도 좋다는 생각이 크게 한몫하고 있었다. 그만큼 믿고 있는 것이겠지만.

"그래, 또한 그 문제는 오군도독부(五軍都督府) 조영근(曹榮劤) 대도독이 도와주도록 하라."

"옛, 폐하의 명을 받들어 손 도독을 옆에서 지원하겠습니다."

"음… 참, 장염(長廉) 제독(提督)은 어떻게 되었는가?"

영락제는 명나라의 전 군력을 책임지고 있는 조 대도독에게 측면 지원을 당부한 후, 모든 행정을 관장하고 있는 육부상서(六部尙書)의 장염 제독에게 눈길을 돌렸다.

"예, 장염 아뢰옵니다. 폐하의 명에 따라 이미 대운하(大運河)의 공사에 필요한 조사는 모두 마쳤습니다. 그러나 조사를 해본 결과 회통하(淮通河)를 중심으로 시행될 이 공사에 상당한 시일이 걸릴 것이 예상되옵니다."

"음… 얼마나 걸릴 것으로 보고 있는가?"

“예, 그것이… 소신이 최선을 다해 십 년 안에 마치겠습니다.”

육부의 모든 행사를 책임지고 있는 장염은 영락제의 조용한 물음에 식은땀을 흘려야만 했다.

대운하 공사는 영락제가 등극한 후 시행하는 큰 공사들 중 선결 처리되어야 하는 중요한 사업이었다.

대운하가 완공되면 부유한 강남의 경제가 낙후된 강북으로 쉽게 확산이 되면서 더 나아가 중원 전역의 경제에 큰 도움이 될 수 있었다. 어린 조카를 몰아내고 황제에 즉위하면서 민심을 잃었던 영락제로서는 민심을 다시 얻을 수 있다는 기대가 컸다.

장염뿐만 아니라 대청에 있는 모든 중신들도 황제의 그러한 의도를 잘 알기에 혼신의 힘을 다해 보필하려고 노력 중이었다.

“그래, 장 제독은 최대한 서둘도록 하라. 음… 산재한 일들은 많이 있지만 짐이 피곤하니 오늘은 이만 물러가도록.”

“예, 폐하. 만세, 만세, 만만세…….”

“만세… 만세… 만만세…….”

대청에 있던 중신들이 메아리 소리와 함께 모두 물러간 후 정적만이 감돌고 있음에도 불구하고 영락제는 용좌에 앉아 일어설 기미를 보이지 않았다.

그렇게 모두들 사라지고 나서도 일각이 흘러서야 영락제는 조용히 용좌에서 일어서며 한곳을 주시했다.

“흠, 도연(道衍) 대사. 이제 모두 물러갔으니 그만 나오는 것이 어떠하오?”

“허허, 제가 세상천지를 굽어보는 폐하의 눈과 귀를 어찌 감당하겠습니까. 미륵타불(彌勒陀佛)…….”

　조용하던 실내엔 어디서 나타났는지 모르는 괴승이 나타나 있었다. 전신엔 회색 승복을 걸쳐 입어 무거운 분위기를 자아내고 있지만, 괴승의 얼굴은 온화하기 그지없는 미륵불의 형상을 하고 있었다.

　"허, 대사는 항상 그대로이구려. 변하질 않아……."

　"고승이 변하면 그것이 고승이겠습니까? 허허허……."

　"하하하, 그렇지. 음… 그나저나 대사가 말했던 것이 이루어졌구려."

　"음… 아, 폐하께서 연왕(燕王)으로 계실 때를 말씀하시는 것이군요. 허허, 그때 소승이 폐하의 머리에 하얀 모자를 씌우겠다고 했었지요. 미륵타불……."

　"그랬었지. 짐은 당시 그것이 무슨 말인지 몰랐다가 집에 가서야 그 뜻을 알게 되었는데 당시 얼마나 놀랐었는지. 허허, 짐은 당시 왕(王)의 신분이었는데 그런 짐의 머리에 백(白) 색의 모자를 올려준다고 했었으니 대사는 짐을 황(皇)으로 만들어준다고 호언을 한 것이 아니겠는가? 음… 그건 역적으로 몰릴 수 있는 말이었는데, 대사는 왜 그런 말을 짐에게 한 것이었는가?"

　"허허, 그 당시 폐하를 보고서 저도 모르게 그런 생각이 들었습니다. 아마도 폐하의 머리에 하얀 모자가 얹어진다면 잘 어울릴 것 같아 보였었나 봅니다."

　"하하하, 음… 대사, 그나저나 방효유(方孝孺)를 짐이 어떻게 했으면 좋겠는가?"

　"음… 일찍이 소승이 폐하께서 금릉을 도모하실 때 이런 말씀을 드린 적이 있을 겁니다. 금릉이 함락되어도 방효유는 결코 항복하지 않을 것이라고요. 그러나 그를 죽여서는 절대 안 된다고 했었습니다. 그를 죽이면 천하학문의 씨가 마르게 될 것이라고요. 기억하십니까?"

"음… 그랬었지. 기억하네. 대사는 짐이 금릉으로 떠나기 전에 그와 같은 말을 남겼었지. 그 당시 짐의 군세는 오히려 열세에 있었기에 대사가 왜 그런 말을 하는지 몰랐지만, 짐이 황궁에 들어와 방효유를 잡은 후에야 대사의 신통함을 다시 한 번 알게 되었지."

영락제는 괴승의 말에 과거의 일들을 하나하나 생각해 보고는 쓴웃음을 지었다.

직접 군사들을 이끌고 조카를 몰아냈으니 세상의 손가락질을 받아도 할 말이 없지만, 당시로써는 영락제도 어쩔 수 없었기에 세간에서 무엇이라 말을 하든, 또 후에 역사가 어떻게 기록되어지든 묵묵히 있을 뿐이다.

"허허, 아직도 그 일을 생각하고 계십니까? 폐하, 건문제의 일은 어쩔 수 없는 일이옵니다."

"음…….."

"그러나 음… 그러나 소승이 더욱 안타깝게 생각하는 것은 그런 것이 아니옵니다. 건문제의 일은 폐하의 세상을 여는 데 불가피한 일이었습니다. 어쩔 수 없는 일이었다는 말씀입니다. 그러나 방효유의 일은……."

"……."

영락제는 조용히 도연의 말을 듣고만 있었다. 지금 도연이 무엇을 말하려고 하는지 알고 있었지만 일부러 제지를 가하진 않았다.

"그런 불충한 일만 없었다면 피할 수도 있던 일이었는데, 음… 대쪽 같은 성품인 것은 일찍이 알고 있었지만 대세에 순응할 줄 아는 인물로 보았었는데 너무나 안타깝습니다. 현재로써는 불가피하게도 천하

에 이름난 송렴 대학사의 직전제자를 죽일 수밖에 없게 되었다는 것이
옵니다."

"음… 그렇게 되었지. 짐이 대사가 말한 대로 어떻게 하든 살려서
내 측근에 두려고 했었네. 그래서 직접 즉위의 조칙(詔則)에 기초를 하
라고 명을 내렸는데, 감히 그런 짐의 뜻을 거부하고 연적(燕賊)이 황제
의 자리를 찬탈했다라고 대서특필까지 했네. 짐이 그런 소리를 들으면
서까지 그 방효유라는 자를 살려주어야만 하는가?"

"허허, 이미 이 나라는 폐하의 나라가 되었는데 소승이 무엇이라 말
씀드리겠습니까. 그러나 소승이 한말씀 드리자면, 방효유을 죽이신 후
엔 후학의 육성에 보다 많은 신경을 쓰셔야만 한다는 것이옵니다. 아
마 더욱 힘이 드실 것이옵니다."

도연 대사는 이미 영락제가 방효유에 대한 결정을 확고하게 내렸다
는 것을 알 수 있었다.

방효유의 성격과 영락제의 성정을 이미 알고 있었기에 처음부터 잘
되지 않을 것이란 것을 알고 있었다. 하지만 최대한 노력한다면 살릴
수 있지 않을까 생각하고 있었는데, 이미 물은 엎질러져 버린 후였다.

"음… 대사가 우려하는 것이 무엇인지 잘 알고 있네. 짐도 그렇게
될 것이라고 생각했지. 하지만 일벌백계로 방효유를 다스리지 않으면
안 되게 되었네. 어쩔 수 없는 일이 되어버렸어. 그래서 짐은 방효유에
대해 그 일족들과 함께 책형(磔刑)을 명할 것이네."

"폐하, 책형이라 하심은? 음… 진정 다른 방법은 없사옵니까? 그것
은 너무 심하신 처사가 아닌지……."

"짐은 솔직히 조금도 과하다는 생각이 들지 않네. 방효유는 모든 대
신들이 보고 있는 가운데서 짐을 능멸하는 말을 서슴없이 했네. 그러

한 것을 감안할 때 그 일족만으로 끝내는 것이 오히려 가볍다고 할 수
있지."

"음… 허허, 이미 폐하께서 그와 같은 결단을 내리셨는데 소승이 어
찌 다른 말을 하겠사옵니까. 그럼 그렇게 하시옵소서."

'아… 안타까운 일이 아닐 수 없구나. 세상은 지금 인재를 필요로
하는데, 어찌 하늘은 그런 인재를 데리고 간다는 말인가…….'

도연은 방효유에 대한 형벌이 내려질 것이란 것은 알고 있었지만,
그것이 책형일 줄은 생각하지 못했었다. 그러나 안타깝게도 도연이 어
찌할 수 없는 일이었으니…….

"음… 그나저나 대사가 짐을 찾아온 목적이 그것 하나 때문인가?"

"허허, 어찌 이 미천한 중생이 폐하를 알현하는 데 목적이 있겠사옵
니까. 딱히 말한다면 그저 폐하의 용안을 뵐 목적이라고 할 수 있겠지
요."

"하하하… 내 대사의 입담엔 못 당하겠구먼. 그래, 정말 못 당하겠
어. 하하하."

"허허허, 음… 폐하, 소승이 폐하를 이렇게 찾아뵌 것은 다름이 아니
라 무림의 일 때문이옵니다."

영락제의 웃음이 가라앉자 도연 대사는 영락제를 직시하며 무겁게
말문을 열었다.

"응? 음… 무림의 일이라. 대사, 일찍이 무림과 황궁은 서로의 영역
을 침범하지 않는다고 했네. 비록 짐의 마음엔 들지 않지만 어쩔 수 없
는 것이지. 선황제이신 아버님이 후대의 황제들에게 내린 엄명과도 같
은 것으로 국법에 정하신 것이니까. 그런데 대사는 왜 짐에게 그런 말
을 하는 것인가?"

"음… 예, 소승이 중원의 이곳저곳을 돌아보고, 또한 무림을 살펴보면서 느낀 것은 상당했사옵니다."

"상당했다? 대사, 무엇을 말하려고 하는 것인가?"

영락제는 도연의 의도가 무엇인지 알고 싶어졌다.

황실과 무림은 엄연히 별개의 세계였다. 그런데 도연은 영락제에게 무림에 관한 얘기를 하고 있는 것이다.

"예, 실은 중원을 돌아다니다 보면 무림에 관한 것을 듣지 않을 수 없습니다. 그것은 소승도 마찬가지이옵니다. 그런데 그중 소승의 관심을 끈 것은 소림에서 열린다는 군웅대회인데, 원나라의 핍박으로 그동안 열리지 못하다가 근 이백 년 만에 열리는 것이라 하옵니다."

"이백 년이라… 짐이 알기론 태조께서 황상의 자리에 계실 때도 몇 번인가 있었던 것으로 알고 있는데?"

"예, 실상은 그러하지만 그것은 소림을 위시한 구대문파에 해당하는 것입니다. 하지만 이번의 모임은 중원의 모든 문파와 세가, 일반 무림인들까지 모두 참석하는 큰 자리라 하옵니다."

"그래? 음… 무림인들이 모여서 무엇을 한다는 것인가? 기껏 서로의 무위를 논하자고 모이는 것은 아닐 것인데……."

"허허, 그렇겠지요. 그에 소승이 알아본 바에 의하면 그들은 하나의 맹(盟)을 결성하려는 움직임을 보이고 있었사옵니다. 우선은 흩어져 있는 정파의 세력을 나름대로 규합해 보자는 좋은 취지인 것 같았지만, 그것이 후엔 어떠한 성격으로 변할 것인지에 대해서는 폐하께서도 고심해 보시는 것이 좋을 것 같아 이렇게 아뢰는 것이옵니다."

"음……."

"폐하께서도 아시지 않습니까. 실상 힘이란 흩어져 있으면 크게 신경을 쓰지 않아도 되는 것이지만, 한번 뭉쳐진 힘은 어디로 튈지 모르는 것이옵니다. 특히 폐하께서도 힘을 가진 무리의 성격을 직접 경험해 보시지 않으셨습니까. 더구나 그들은 일반 백성들이 아니라 무림인들이옵니다. 비록 절정의 고수는 많지 않다고 하지만, 그들의 뭉친 힘이라면 폐하께서도 함부로 어찌하실 수 없을 정도의 힘이옵니다."

도연은 차마 현 황제인 영락제의 앞에서 입에 담아서는 안 되는 말을 꺼냈기에 조용히 고개를 숙여 죄를 청했다.

하지만 도연의 말을 들은 영락제는 평소 생각해 보지 않았던 문제였기에 머리가 일순간 공허해진 상황이었다.

도연은 영락제가 생각을 정리할 수 있게 조용히 기다렸다.

"음… 대사의 말을 들으니 짐이 한없이 초라해지는 것 같구먼. 하지만 짐에게는 금의위 손 도독이 있네. 또한 그가 이끄는 금의위는 무림의 여느 세력과 힘을 겨루어도 크게 밀리지 않을 것이라 생각하는데……."

"허허, 그건 그럴 것이옵니다. 그러나 폐하, 그건 어디까지나 일반 무사들이 있는 곳에 해당되는 말씀이옵니다. 만약 절정의 고수들이 있는 곳이라면 그들은 상대가 되지 않습니다. 비록 황실의 최고수인 손 도독도, 실상 무림에 나간다면 크게 이름을 얻을 수 없을 정도로 무림엔 기인(奇人)들과 고수들이 많이 있사옵니다."

"허……."

도연의 말을 들은 영락제는 순간 할 말을 잊어버렸다. 평소 실언을 하지 않는 도연이었기에 그 충격은 더욱 컸다.

"음… 그렇다면 짐이 어떻게 했으면 좋겠는가? 짐에게 찾아와 그와 같은 말을 할 정도면 필히 대사에겐 그에 상응하는 답도 있을 것이라 생각하는데."

"허허, 역시 폐하시옵니다. 음… 폐하, 소승은 이번에 폐하께서 용단을 내리시어 지금의 일반 군사들과 차별이 되는 군대를 양성하시는 것이 어떠할까 하옵니다."

"……."

"비록 지금의 금의위의 위사들처럼 어느 정도 무공을 할 줄 아는 병사들이 있어 일반 병사들과 다르다고는 하지만, 소승의 짧은 생각으론 폐하의 휘하에 무림의 고수들과 일장을 겨룰 수 있는 군대가 하나쯤은 있었으면 하는 생각이옵니다."

"음……."

영락제는 도연의 말을 끝까지 침묵으로 일관하며 듣고 있을 뿐이었다.

도연은 말을 하면서도 영락제의 의중이 어떠한지 알고 싶어 바라보았으나, 영락제의 표정은 별 변화를 일으키지 않고 있었다.

'역시 황제는 황제로구나… 내 일찍이 폐하를 알현하면서 느꼈던 제황의 기상과 위엄이 하나도 변하시지 않으셨구나. 하나 아쉬운 것이라면 너무 성정이 과하시다는 것인데, 그것만 좀 아우르셨으면 좋겠는데……'

도연은 영락제의 모습을 보면서 아쉬운 마음을 금할 수가 없었다.

"폐하, 이 참에 폐하의 휘하에 젊은 인재들을 등용하여 보심이 어떻겠습니까? 영리하고 기백이 출중한 인재들이라면, 소승이 생각하건대 폐하께서 조금만 심혈을 기울이신다면 만족할 만한 성과가 있을 것이라 사료되옵니다."

"음… 그 문제에 대해선 한번 생각해 보아야 할 것 같네. 확실히 대사의 말에 일리가 있어. 한번 동창에 일러 쓸 만한 인재가 있는지 알아보도록 하겠네."

"폐하, 꼭 동창을 이용하셔야만 하는 것이옵니까? 소승은……."

"대사, 짐을 잘 알고 있지 않은가. 사실 짐은 대신들을 모두 믿지 않네. 또한 짐이 조카의 자리를 찬탈해 이 자리에 앉아 있지 않은가. 이런 짐에게 천하의 백성들이 외면을 하는 것은 당연한 일이지."

"음… 그것은 그렇지 않사옵니다. 소승의 생각으론……."

"그만, 짐의 말을 끝까지 듣게. 짐이 선황의 엄명에도 불구하고 환관을 등용하는 이유는 간단하네. 짐의 믿음이 대신들보다 환관들에게 더 있다고 보면 될 것이야. 그들은 환관이 되면서 남성을 잃었지. 그러나 그들은 권력을 얻었네. 그 권력은 또한 짐으로부터 나오는 것이고. 그것이 무엇을 말하는 것이겠는가. 그들은 짐이 그들을 믿고 등용하는 만큼 충성을 다한다는 거야. 대신들처럼 뒤에서 역적 모의나 하는 것이 아니고. 알겠는가?"

"음… 알겠사옵니다. 허허, 소승이 너무나 아둔하여 폐하께서 지금 얼마나 고독해하시는지 모르고 있었습니다. 소승의 생각이 너무나 짧았사옵니다."

'허허, 설마 폐하께서 절대자의 고독감에 싸여 계실 줄이야…….'

도연은 영락제가 왜 환관들을 등용하는지 그 진의를 확실히 알 수 있었다. 너무나도 씁쓸했다.

절대자의 고독감.

천하 모든 만물의 삶과 죽음을 결정할 수 있는 황제의 자리, 그 자리가 영락제에게 절대의 권력과 함께 헤어 나올 수 없는 수렁과 같은 고독을 안겨준 것이다.

"그래, 음… 짐의 말이 너무 과했나 보군. 이해하게. 허허, 요즘은 나도 모르게 자주 상념에 빠지게 되네."

"아니옵니다. 음… 그나저나 실종되신 둘째 태자(太子)께선……."

"동창과 지방의 관리들을 모두 동원해서 수소문하고 있지만 아직 이렇다 할 만한 정보가 없네. 그 아이에게 아무런 일이 없어야 할 텐데……."

"허허, 너무 심려치 마십시오. 소승이 일전에 고명(高明) 태자의 용안을 보아서 알지만, 태자께선 천수를 다 누리실 상이옵니다."

"그랬으면 오죽 좋겠는가. 짐이 너무 무심했어. 상황이 급해 금릉으로 진격하는 것에만 신경을 쓰다 보니 뒤를 생각하지 못했지. 휴… 그것이 이렇게 짐의 가슴을 짓누르는 천추의 한이 될 줄이야. 음……."

일국의 황제라는 신분임에도 불구하고, 또한 절대자의 고독을 느끼고 있음에도 불구하고 지금 영락제는 여느 부모들과 마찬가지로 자식을 잃은 슬픔에 목이 말라 있었다.

그러나 흐트러진 모습을 보이는 것도 잠시, 영락제가 제황으로서의 본모습으로 돌아오는 데는 그리 많은 시간이 걸리지 않았다.

도연은 그러한 모습을 옆에서 지켜보면서 고개를 끄덕였다.

'역시 제황의 그릇은 따로 있다는 말인가…….'

"이런, 잠시 딴생각을 했네."

"아닙니다. 허허… 그나저나 고치(高熾) 황태자께서는 잘 계신지요?"

"허허, 그 아이야 항상 내 마음을 흡족하게 해주고 있지. 지금은 동궁(東宮)에서 나오지 않고 서책에 파묻혀 있다고 하네."

"허허허, 정말 영재(英才)이십니다."

"허허허… 음, 이러고 있을 것이 아니라 우리 잠시 밖으로 나가도록 하는 것이 어떠한가?"

"예, 그렇게 하시지요."

"참, 그리고 아까 대사가 말한 것은 그렇게 하도록 하지. 어차피 짐의 옆에 그런 든든한 젊은이들이 있다는 것도 좋은 것이니까. 그럼 어디 다른 곳으로 가서 곡차나 한잔할까……."

"허허, 그러하시지요. 정말 오랜만에 폐하와 곡차를 하겠군요."

"그럼 우리 밖으로 나가도록 하지."

"예, 그렇게 하지요."

영락제와 도연은 걸어가면서도 오랜 지기를 만난 것처럼 서로 담소를 나누었다. 주변에 시녀와 환관들이 있어 보는 눈이 많았지만, 둘은 그러한 것엔 전혀 신경 쓰지 않고 서로의 담소에 흠뻑 빠져들었다.

영락제는 도연을 만남으로써 오랜만에 어깨가 홀가분하다는 느낌이 들었다. 막혔던 가슴이 조금은 뚫리는 것처럼 상쾌함마저 들 정도였다.

영락제와 도연이 서로 마주 자리한 정원을 오가는 신하들은 오랜만에 웃음을 보이는 황제를 볼 수 있었다.

'그래… 나의 패륜은 세월이 흐르면 잊혀지겠지만, 나의 위업은 역사에 오래도록 기록될 것이다.'

영락제는 도연과 담소를 나누면서도 앞으로의 대업을 구상하고 있었다.

제 8 장

황제가 계획하는 일

◆ 제8장　황제가 계획하는 일

　꼬장꼬장해 보이는 환관의 안내에 의해 황궁에 들어온 일행들은 주변을 둘러보면서 눈을 어디에 둘지 몰랐다. 생전 처음 보는 기화이초(奇花異草)들이 사방에 즐비했고, 선녀와 같은 시녀들이 사방에 널려 있었던 것이다.

　그러나 일행들의 구경은 그리 오래가지 않아 끝이 났다. 앞으로 며칠 동안 머물러야 할 곳에 도착한 것이다.

　호열은 오랜만에 가슴에 쿵쾅거리는 방망이질 소리가 나는 것뿐만 아니라, 볼은 화끈거리고 두 눈은 충혈되어 얼굴을 들 수가 없었다. 정말 오랜만에 선녀와 같은 여인들을 보아서 그런지 좀처럼 분탕질을 치는 마음이 진정되지 않았다.

　'휴… 어떻게 저리도 아름다울 수 있다는 말인가? 저렇게 아름다운 여인들은 내 생전 처음 보는구나. 그나저나 저런 여인들이 모두 황제의 시녀들이라니, 그렇다면 저들이 모두 황제의 여인들이란 말인가?
아, 어찌…….'

호열은 한기로부터 황궁에 있는 모든 여인들이 황제의 여인들이란
말을 듣자 가슴이 찢어지는 것처럼 아려왔다.

그러나 호열은 한기의 말을 잘못 이해하고 있었다. 아니, 어찌 보면
제대로 이해하고 있다 볼 수 있었지만.

한기가 말한 것은 시녀들이 모두 황궁의 시녀들이란 것이었다. 그러
나 호열이 그 말을 듣고 생각하는 것은 달랐다. 여인들이 모두 황제의
시녀들이란 소리로 들은 것이다.

황궁의 시녀. 황제의 시녀.

어찌 보면 같은 말일 수도 있고, 또 달리 생각하면 완전히 다른 말일
수도 있다. 아직 황실의 법도나 예의 등은 물론, 제반 상황을 알지 못
하는 호열로서는 당연히 이해하기 힘든 부분이었다.

"자, 여기가 당신들이 머물 곳이오. 저쪽은 하인들, 저쪽은 호위군사
들이 머물고, 저쪽엔 당신들이 머물도록 하시오. 그리고 폐하께서 곧
당신들을 부르실 것이니 이곳에서 크게 벗어나지 말고 대기하고 있으
시오. 그럼 이만."

환관은 안하무인 격으로 박 장군과 하륜을 향해 명령조로 말했다.

비록 몇몇 사람만이 그 말을 알아들을 수 있었지만, 환관의 행동과
어투로 미루어 알아듣지 못하는 사람들도 환관의 행동을 짐작할 수 있
었다.

또한 환관의 말을 알아듣는 사람들은 환관의 모욕에 몸을 부들부들
떨면서도 함부로 행동할 수 없어 주먹만 꾹 쥐며 숨을 고를 뿐이었다.

그러한 것은 호열도 마찬가지였다. 지금 일행을 안내한 사람의 지위

를 알지 못하지만, 그래도 일국의 장군과 대신한테 너무한다는 생각이 들었던 것이다.

또한 생긴 것도 꼬장꼬장하게 생겨 처음부터 마음에 들지 않았는데, 쇠를 가는 것보다 더욱 듣기 거북한 소리가 환관의 입을 통해 말을 할 때마다 튀어나오자 호열은 인상을 찡그렸다.

'정말 이해할 수 없는 것이 사람의 목소리네. 어찌 저렇게 징그러운 소리가 나올 수 있다는 말인가? 만약 이곳에 있는 여인들이 이런 소리를 낸다면? 음… 아니겠지. 아닐 거야……'

호열은 환관의 말에는 신경 쓰지 않고 황궁에서 본 여인들을 생각하다가 고개를 흔들었다.

환관은 그러한 호열의 모습을 보며 이상한 생각이 들었으나 개의치 않고 몸을 돌렸다.

환관이 일행들에게 당부를 한 후 물러가자, 일행들을 안내하며 환관과 함께 따라오던 병사들도 언제 사라졌는지 모두 보이지 않았다.

하륜은 멀뚱멀뚱 서 있는 사람들에게 환관이 말했던 곳으로 가서 쉬라고 한 후, 그동안의 여정이 힘에 부쳤는지 처진 어깨를 하며 박 장군과 함께 앞으로 머물 곳으로 자리를 옮겼다.

호열은 하륜의 모습을 보며 멀뚱멀뚱 눈만 굴리고 있다가, 일행들 모두 각자의 자리로 사라져 버리자 하륜과 비슷한 모습으로 걸음을 옮겼다. 앞으로의 문제가 처음 박 장군의 제의를 받아들일 때보다 더욱 심각할지 모른다는 생각이 들었던 것이다.

'휴… 내가 어쩌다 이런 지경이 되었는지……'

호열이 방문을 열고 안으로 들어가니, 이미 그곳엔 방 중앙에 위치한 탁자에 박 장군과 하륜을 위시한 몇몇 사람들이 자리하고 있었다.

　무엇인가 머리를 맞대고 고민을 하고 있었는지, 호열은 방 안으로 들어서면서도 어두운 분위기를 느낄 수 있었다.

　황궁에 있는 곳이라 일반 객점에서 말하는 객실이라고 하긴 뭐하지만, 이곳은 여느 곳하고는 다른 구조를 가지고 있었다. 중앙에 모일 수 있는 곳을 두고, 그 주위로 몇 개의 방이 자리하고 있었던 것이다.

　당연히 그 방들 중에 호열이 머물 곳도 있었다.

　“허허, 임 대협도 이리 와서 앉게나. 임 대협이 직접적으로 행동하지 않는다고 해도 앞으로 우리들이 어떻게 행동할 것인지는 알아야 하지 않겠는가.”

　“그렇지요. 그럼 잠시 앉겠습니다.”

　하륜의 말에 따라 호열은 불편하지만 자리에 동석하기로 했다.

　호열은 어차피 자신은 있어도 그만 없어도 그만인 자리라는 생각을 하였지만, 그래도 앞으로 무슨 일이 벌어질지 몰랐기에 들어두면 좋겠다는 생각이 들었던 것이다.

　“이렇게 임 대협도 함께 자리했으니 하던 얘기를 계속 하겠습니다. 음… 장군, 장군께서도 보셨지만 우리를 안내한 환관의 태도나 돌아가는 주변 상황을 볼 때 많은 어려움이 있을 것 같습니다. 또한 아직 이곳엔 정총(鄭摠)을 비롯한 십여 인이 감금되어 있습니다. 아직까지 문사(文辭)를 트집 잡고 죄명을 조작하여 부당한 명령으로 조정에 공부(孔俯) 등 삼 인의 압송을 요구하고 있는 실정입니다.”

　“음…….”

　“허, 이것 참. 정말 너무합니다. 아무리 우리가 상국(上國)으로 받든다고 하지만 이건 아닙니다. 소신의 생각으론 명나라의 진의가 의심스럽습니다.”

그동안 가만히 있던 박 부장은 탁자를 손으로 치면서 분통을 터뜨렸다. 비록 이곳이 나는 새도 가둔다는 황궁이라고 하지만 아무도 그것을 제지하는 사람은 없었다.

"음… 그렇다면 공의 의견은 무엇인가? 앞으로 우리가 어떻게 행동하는 것이 좋다고 생각하는 것이오?"

"글쎄요…….'

하륜은 박 장군의 질문에 아무런 말을 할 수가 없었다. 아니, 박 장군이 아니라 이곳에 있는 그 누구의 질문에도 확답할 자신이 없었다.

"공이 아무 말 없으니 그럼 내가 한마디 하겠네. 괜찮은가?"

"허허, 예… 장군께서 생각하시는 것이 계시다면 말씀해 보십시오. 경청하겠습니다."

박 장군은 하륜의 입에서 가슴을 속 시원하게 해줄 말이 나왔으면 했는데 그렇지 않자 약간의 신경질이 났다.

그러한 것을 겉으로 드러내지 않으려고 하였으나, 역시 직설적인 성격의 소유자인지라 어쩔 수 없이 어투가 투박하게 변했다.

하륜은 그런 박 장군의 어투에서 심정이 불편하다는 내심을 읽을 수 있었다. 그러나 조용히 박 장군의 다음 말을 기다렸다.

"음… 조금 내 생각이 과하더라도 이해하게. 내 성격이 좀 그래 놔서. 허흠, 그럼 말하겠네. 난, 아니, 내 생각으론 지금 이대로는 아니라고 보네. 아무리 우리가 명나라를 상국으로 떠받들고 있다고는 하지만, 우리가 계속 겁약(怯弱)한 모습을 보여준다면 앞으로 우리 조정에 납득하기 어려운 명령을 계속 내려 복종을 강요할 것이 분명하네. 그래서 난 이 참에 우리가 황제를 알현하면서 명나라의 부당한 처사를 주청드렸으면 하네. 어떠한가?"

"허… 장군의 생각에도 일리가 있지만, 무엇보다 제 생각으론 현실을 직시했으면 합니다. 만약 우리가 그러한 것을 주청드린 후에 고명(誥命)과 인장(印章)을 받아가지 못한다면 아니한 것만 못할 것입니다. 그것은 전하의 명을 소홀히 한 것과 같다고 생각합니다."

"음……."

박 장군은 하륜의 말을 들은 후에야 자신들의 처지를 알 수 있었다. 분명히 말하자면 이곳에 온 목적을 분명하게 되새기는 계기가 된 것이다.

"제 생각은 이렇습니다. 아직 우리는 이곳에 온 목적을 달성하지 못했습니다. 아니, 아직 황제를 알현하지 못했으니 그것은 당연한 것이지요. 그래서 저는 먼저 일의 전후를 살펴 행동했으면 합니다."

"무엇이 먼저고 무엇이 후라는 것인가?"

'그러게. 무엇이 먼저라는 말이야? 거참…….'

만약 박 장군이 먼저 말문을 열지 않았다면 옆에서 듣고 있던 호열의 입을 통해 똑같은 말이 나올 뻔했다.

박 장군은 하륜의 말을 들으면서 하륜이 무엇을 말하려고 하는지 짐작이 되었다. 그러나 아까운 인재이며 충신들이 감금되어 있는 곳에 들어와 있다고 생각하니 좀처럼 감정이 억제되지 않고 있었다.

또한 그동안 생각하고 있었던 문제를 다시 생각하니, 더욱 명나라에 대한 부화가 일어 견딜 수가 없었다.

하륜도 박 장군의 내심을 알고 있었기에, 박 장군의 변한 어투에 크게 신경 쓰지 않았다.

아니, 어쩌면 앞으로의 문제를 책임져야만 하는 입장이 아니라면 하륜의 입에서 박 장군보다 더한 말이 나올지 모르는 일이었다.

"허허, 당연히 전하의 명이 우선이지요. 우선 고명과 인장을 받은 다음에 장군의 말처럼 그와 같은 주청을 드린다면 좋지 않을까 합니다. 어떠십니까? 그러니 조금 분을 삭이시는 것이 어떻겠습니까?"

"음… 그것도 좋은 생각이오. 내 잠시 결례를 했소이다. 허허……."

박 장군은 하륜의 말에서 자신이 순간 결례를 하고 있었다는 것을 알 수 있었다.

우선 일행의 통솔자는 박 장군이 아니라 하륜이었다. 비록 그 품계는 서로 같다고는 하나, 현재 사신으로서의 박 장군은 하륜이 무사히 일을 마친 후 돌아갈 수 있도록 안전의 책임을 맡았을 뿐이다.

"아닙니다. 저도 이해합니다. 저도 만약 전하의 엄명을 받들지 않는 처지였다면 장군과 같았을 것입니다."

"허허, 이렇게 이해를 해주니 고맙구려. 음… 그렇다면 앞으로의 일은 공의 생각대로 하도록 합시다."

"허허, 감사합니다. 음… 그럼 앞으로의 일을 행함에 있어 우리의 행동을 정했으니 이만 자리에서 일어들나는 것이 좋겠습니다."

"음… 그렇게 합시다."

"모두들 피곤할 것이니 오늘은 푹 쉬도록. 장군께서도 지친 몸을 푸시는 것이 좋을 듯싶습니다."

"허허, 예… 그럼 이만."

"……."

모두들 자리를 털고 일어나 각자의 방으로 들어간 후에도 호열은 멍하니 자신의 자리에 앉아 있었다.

'뭐야? 내가 왜 이 자리에 앉아 있었던 거지? 또 박 장군이나 하륜 공은 별로 중요한 얘기를 하는 것도 아니면서 왜 날 여기 앉게 한 거

야? 에이……'

호열은 속으로 투덜거리며 자리에서 일어나 다른 사람들과 마찬가지로 배정받은 방으로 들어갔다. 하지만 방에 들어가서도 투덜거리는 것은 한동안 계속되었다.

그렇게 하루가 지나갔다.

방에 들어 피곤한 몸을 뉘어서 그런지 아침엔 모두들 얼굴이 많이 좋아졌다. 여정의 피로가 많이 가신 것이다.

일행들은 모두 황제가 부르면 바로 알현할 수 있도록 아침부터 사전에 준비를 한 후 어제의 환관을 기다렸다. 아니, 꼭 어제의 환관이 아니더라도 황제의 지시를 전달하러 오는 사람을 기다렸다.

그러나 오지 않았다. 아침부터 기다렸는데도 아무도 오지 않은 것이다.

그것은 그 다음날도 마찬가지였다.

박 장군과 하륜을 비롯한 그 누구도 입을 열지 않았다. 아니, 입을 열지 못했다. 누군가 입을 연다면 무슨 큰일이라도 날 것만 같았기 때문이다.

일행들이 그렇게 기다리고 기다리던 황제의 칙령을 받은 것은 그 다음날이었다.

황궁에 들어와 정확히 나흘째 되는 날 저녁때 기별이 온 것이다.

"허, 드디어 내일 황제를 알현하게 되는구먼. 내 이토록 황궁의 담이 높을 줄 몰랐소이다."

"허허, 하지만 어쩌겠습니까. 음… 그나저나 내일 누가 함께 들어가시겠습니까? 인원은 다섯으로 되어 있는데……."

환관이 가지고 온 황제의 칙령에는 내일 황제를 알현할 수 있는 인원을 다섯으로 정해놓았다. 이미 예상은 하고 있어 어느 정도 정해진 사항이지만, 인원이 정해져 있기에 다시 한 번 짚고 넘어가자는 취지에서 말을 꺼낸 것이다.

"글쎄요. 음… 먼저 하륜 공은 들어가야 할 것이고, 한기와 이 사관이 함께 동행하는 것이 좋겠군. 그 다음은……."

"장군께서도 동행하시지요. 그렇게 하는 것이 좋겠습니다. 장군께선 명나라에도 그 명성이 크게 알려지신 명장이 아니십니까."

"음… 허허, 공께서 그렇게 말씀한다면, 그럼 다음 사람은 임 대협이 되겠구려. 임 대협도 함께 들어가세."

"예? 저도 함께 말입니까?"

호열은 혹시 자신이 잘못 들은 것이 아닌지 하는 생각에 다시 물어보았다. 그러나 박 장군은 호열의 물음에 대한 대답을 고개를 끄덕이는 것으로 대신했다.

아니, 박 장군이 고개를 끄덕이는 것이 호열에겐 가슴에 망치질을 하는 것처럼 느껴졌다.

'아니, 내가 왜 따라가야 하는 거지? 어차피 그런 자리엔 내가 없어도 되잖아? 또 내가 황제를 만나야 할 필요도 없고.'

"허허, 임 대협, 무엇을 그리 생각하는가?"

"옛? 아니 전……."

"허허, 그렇게 깊이 생각하지 않아도 되네. 내가 황제를 알현하는 자리에 굳이 임 대협을 대동하려고 하는 것은 다른 이유가 있어서 그러네. 내가 왜 위험을 감수하면서까지 임 대협을 대동하겠는가?"

"예, 그렇기는 하지만……."

호열은 박 장군이 하는 말을 이해하면서도 굳이 자신이 가야만 하는 것에 대한 확실한 답변을 듣고 싶었다.

아직 황제를 만나면 어떻게 처신해야 하고 또 어떻게 행동해야 하는가에 대한 것들은 고사하고, 하다못해 중신들을 만났을 때 대처해야 하는 것 등등 이렇다 할 예절들에 대해서도 들은 것이 없었기에 더욱 확실한 대답을 듣고 싶은 마음이 드는 것인지 몰랐다.

"허허, 알았네. 원 사람 하고는… 일전에도 말했지만 지금의 황제는 문보다는 무를 좋아한다고 하네. 또한 듣자 하니 황제의 주변엔 무공 고수도 많이 있다고 하더구먼. 그러나 그런 것들은 모두 제쳐 두고라도 내가 굳이 이런 말을 하는 것은 다름이 아니라 난 우리 조선, 아니, 우리 민족에도 명나라의 무사들을 능가하는 사람이 있다는 것을 보여주고 싶은 것이네. 그동안 말은 하지 않았지만 중원인들, 특히 중원의 무사들은 우리 무사들을 대수롭게 생각하지 않고 있었네. 아예 무시를 했지. 난 그런 그들에게 일침을 가하고 싶은 것이네. 음… 내 뜻 알겠는가?"

"음… 하지만 전 그런 고수가 아닙니다. 장군께선 잘못 아시고……."

"허허, 왜 그러는가. 임 대협의 실력은 이미 현운 장문인이 증명해 주지 않았는가?"

"아니, 그것은… 휴, 알겠습니다. 그럼 그렇게 하겠습니다."

"허허, 진작에 그런 말을 했으면 이 늙은이 가슴이 타지 않았을 것이 아닌가. 허허허……."

"그러게 말입니다. 허허허……."

박 장군은 호열의 확답을 들어 기분이 한결 좋아졌다.

그동안 말을 하진 않았지만, 박 장군의 가슴은 시꺼멓게 타 들어갔다는 말이 허언이 아닐 정도로 호열에 대해 걱정을 하고 있었다.

　처음 호열에게 황제를 만나러 가는 자리에 동석을 부탁할 땐, 호열이 어떤 반응을 보일 것인가 많이 고심했던 것이다.

　아니나 다를까. 호열은 박 장군이 예상했던 행동을 보였다. 그러나 호열도 민족이란 말이 나오자 달라진 반응을 보였던 것이다.

　'역시 임 대협도 우리 민족이었어. 허허…….'

　"저, 그런데 한 가지 여쭙겠습니다."

　"응? 무엇인가? 알고 싶을 것이 있으면 어서 물어보게."

　"예, 장군께서 저를 대동하시는 이유가 우리 무사들의 힘을 보여주기 위함이라 들었습니다. 그런데 제가 간다고 그들이 장군의 의도대로 그런 생각을 할까요?"

　"응? 그건… 그렇지. 음… 내가 현운 장문인에게 듣기론 무공을 익힌 사람들은 자신이 의도하면 몸 밖으로 기운을 내보낼 수 있다고 했네. 또한 느낄 수도 있다고 들었고. 난 그들이 임 대협의 기운을 충분히 느낄 수 있을 것으로 보네. 어떠한가?"

　"그건 휴… 그럴지도 모르겠지요."

　'참나, 미치겠군. 그럼 일부러 기운을 쓰라는 말이잖아? 내가 이 정도니 알아서 기라는 것인데… 그게 통할까? 휴… 어쩔 수 없지. 그냥 따라갈 밖에…….'

　"자, 이제 내일 일들에 대해 모두 얘기를 했으니 오늘은 푹 자는 것이 좋겠습니다. 생각을 정리할 것도 있고 하니 전 이만 일어나겠습니다."

　박 장군과 호열의 대화를 들으면서 예정된 순서로 진행이 되어지자, 하륜은 내일 황제를 알현하게 될 때의 일들을 정리할 생각으로 먼저 자리에서 일어났다.

"허허, 그럼 그렇게 하시게. 나도 그럼 이만 일어날까. 자, 임 대협도 그럼 편히 쉬게."

"예, 모두들 편히 쉬십시오."

날이 밝았다. 원하지 않던 날이 밝은 것이다.

호열은 밤새도록 한잠도 자지 못했다. 워낙 중대한 사안인지라 좀처럼 잠을 청해도 눈이 감기지 않았던 것이다.

그러나 그런 것은 다른 사람들도 마찬가지였다.

박 장군과 박 부장, 그리고 밑의 무장들은 혹시나 있을 사태에 대해 준비를 하느라 잠을 이루지 못했고, 하륜을 필두로 한기와 이 사관은 황제에게 주청을 올릴 것에 대하여 상의하느라 밤을 지샌 것이다.

누구에게나 다 똑같은 밤이었지만, 한 사람은 어떻게 하면 무사히 빠져나갈 수 있을까 하는 것에 대해 고민을 했고, 또 다른 사람들은 어떻게든 일을 성사시켜야 한다는 생각으로 최선을 다해 보낸 시간이었다.

정오. 사월의 중순을 사흘이나 넘긴 날의 정오가 되었다.

하륜을 비롯한 다섯 명은 황제의 칙령을 받은 환관의 안내에 따라 집정천(執政天)으로 향했다.

박 부장을 비롯해서 뒤에 남은 일행들은 떠나가는 사람들을 보며 답답한 마음이 가시질 않았다. 하지만 지금은 기다릴 수밖에 없었으니.

이미 예상을 하고 있었지만, 집정천에 처음 들어서면서 다섯 명은 그 위용에 놀람을 감출 수가 없었다. 건물의 화려함이 어디까지인지 알게 해주는 것들에 의해 눈이 부실 정도였던 것이다.

　그러나 무엇보다 호열과 다른 사람들을 더욱 놀라게 만든 것은 집정천을 가득 메우고 있는 대신들 때문이었다.

　호열은 넓은 대청을 가득 메우고 있는 대신들을 힐끔 쳐다본 후에 커다란 간이 콩알만해지는 것을 느꼈다.

　'뭐야? 무슨 사람들이 이렇게 많아? 이거 꼭 잘못을 고하러 온 것처럼 다리가 떨리네.'

　넓은 대청을 가로지르는 비단 길이 있었는데, 대신들은 그 길의 좌우로 갈라져서 자리를 하고 있었다.

　호열이 보기에 비단 길의 길이는 적어도 삼십 장은 되어 보였다. 또한 비단 길의 끝에는 황금빛 천으로 되어 있는 휘장이 걸려 있어 그 뒤쪽에 사람이 자리를 하고 있다는 것을 어렴풋이 알 수 있었다.

　일행들을 안내하던 환관은 비단이 처음 시작하는 부분에서 멈추어 섰다.

　당연히 하륜을 비롯한 다른 사람들도 그 뒤에 멈추어야만 했다.

　"만세, 만세, 만만세… 폐하, 조선에서 온 사신들이 들었사옵니다."

　"폐하… 조선에서 온 사신들이 들었다 하옵니다……."

　"폐하… 조선에서……."

　환관의 찢어지는 목소리가 울려 퍼지며 대청의 이곳저곳에 메아리마냥 울려 퍼졌다. 하지만 그 목소리가 하나가 아니란 것은 알 수 있었다.

　처음엔 일행들을 안내한 환관의 목소리였다면, 뒤에 들린 목소리는 비단 길 중간중간에 위치하여 있는 환관들의 목소리였던 것이다.

　그렇게 다섯 명의 환관이 모두 고한 후에야 메아리는 멈추었다.

　'허, 정말 넓긴 넓은가 보군. 그나저나 저런 인간이 또 있었네? 어떻

게 저런 녀석이 하나도 아닌 여러 명이 있을 수가 있지? 이곳을 나가면 물어봐야겠네. 음…….'

호열은 환관에 대해 관심을 가지게 되었다. 아직 환관이 무엇인지 모르기에 그러한 호기심을 가지게 된 것이다.

"자, 안으로 드시지요."

'응? 뭐야, 이 녀석. 이곳엔 자신보다 높은 사람들이 있으니 존대를 하겠다는 것인가?

환관은 일행들을 대하면서 처음으로 존대를 사용했다.

지금 존대를 사용한다는 것은 처음부터 그랬어야 한다는 것이었다. 하지만 일행은 누구 하나 환관에게 화를 낼 수 없었다.

하륜을 선두로 하여 박 장군과 이 사관이 그 뒤를 따랐고, 호열과 한 기가 그 뒤를 따랐다. 이 사관의 두 손에는 조선의 왕이 전하여 올리는 괘가 들어 있었다.

휘장의 오 장 앞.

비단 길 옆으로 칼을 허리에 찬 무장이 도열해 있는 곳.

하륜은 바로 그들 앞에 섰다. 그 뒤를 따라 나머지 사람들도 멈추어 섰다.

호열은 비단 길을 걸어가며 많은 것들이 떠올랐다 사라지고, 또 떠올랐다 사라지는 것을 반복하며 머리 속을 어지럽게 했다. 하지만 그러면서 호열은 자신도 모르게 처음 집정천에 들어서며 가졌던 불안감이나 떨림은 신기루처럼 사라져 버렸다.

"만세, 만세, 만만세……."

"만세, 만세, 만만세……."

하륜이 먼저 황제를 향해 허리와 무릎을 숙이며 부르짖자, 그 뒤를 따라 박 장군과 이 사관을 필두로 하륜이 했던 것을 그대로 따라했다.

그것은 호열도 마찬가지였다. 비록 혼자 다른 생각을 하고 있다가 얼떨결에 따라서 한 것이지만, 황제에게 고개를 숙이는 데는 촌각의 시각 차이도 나지 않았다.

"폐하, 이것은 저희 전하께서 올리는 것이옵니다. 받아주십시오."

하륜은 이 사관이 들고 있던 괘를 받아 들어 휘장의 밖에 있던 환관에게 넘겨주었다.

"읽어보아라."

"예, 폐하."

영락제는 환관이 하륜으로부터 괘를 건네받자, 직접 받아 읽지 않고 환관에게 대신 읽게 했다.

"조선의 국왕으로서 대국의 황제로 연왕(燕王) 폐하께서 등극하신 것을 진심으로 감축드립니다. 그리고 너그러운 마음으로 보아주셨으면 감읍하겠습니다. 아직 저희 조선은 폐하로부터 고명과 인장을 받지 못해 영락이라는 연호를 쓰지 못하여, 본의 아니게 폐하께 불경을 저지르게 되었습니다. 이에 폐하께서 하례와 같은 성은을 주시어 조선의 국왕으로서 대국을 충심을 다해 섬길 수 있는 길을 열어주시길 바랍니다. 또한 사신을 통해 천삼(天蔘)을 몇 뿌리 성심을 다해 보내 드리니…… 청하여 바라오니 부디 만수무강하옵소서……."

"음……."

"폐하, 이상이옵니다."

"알았다."

하륜과 박 장군을 비롯해 이 사관과 한기는 고개를 푹 숙이고 영락제의 하명을 기다렸다.

‘뭐야? 이게 정말 괘의 내용이란 말이야? 어찌 일국의 국왕이 이런 내용의 전서를 보낼 수 있다는 거지? 어떻게… 이건 말도 안 돼. 음…….’

호열은 환관이 말도 안 되는 내용을 읽은 것이 아닐까 하는 생각이 들었다. 그에 살며시 박 장군과 하륜의 얼굴 표정을 살펴보려고 했다. 그러나 가장 뒤쪽에 있는 관계로 둘의 얼굴을 볼 수가 없었다.

‘휴…….’

호열은 괘의 내용을 들으면서 한숨만 나왔다. 그러나 그것을 밖으로 표출할 정도로 어리석지는 않았다. 하지만 불편한 심기는 좀처럼 가라앉지 않았다.

“그대들의 국왕이 전하는 말은 잘 들었다. 그에 짐이 잠시 그대들의 문제를 대신들과 상의하여 결정을 한 연후에 통보하여 줄 것이니 이만 물러가라.”

“예, 그럼 그렇게 하겠습니다.”

“만세, 만세, 만만세!”

하륜은 영락제의 하명을 받고 자리에서 일어나자, 그 뒤를 이어 눈치를 살피던 호열을 위시하여 모두 자리에서 일어났다. 그리고는 영락제의 하명에 감사한다는 듯이 하륜은 목청을 높여 소리 질렀다.

일행들은 뒷걸음으로 대청을 천천히 빠져나갔다.

호열의 속마음은 빨리 나가고 싶었지만, 차마 황제에게 등을 보일 수가 없어 하륜과 다른 사람들이 하는 것처럼 그렇게 할 수밖에 없었다.

‘미치겠군. 도대체 내가 왜 이런 자리에 와야만 하는 거야? 백성들이나 대관들이나 이젠 중원인들하고는 말도 하기 싫구나.’

　　대청을 다 빠져나와서야 호열은 불편한 심기를 가득 담은 얼굴로 박 장군과 하륜의 얼굴을 쳐다보았다. 그러나 차마 속에 담아두고 있던 말을 밖으로 표출할 수가 없었다.

　　박 장군은 말할 것도 없고, 하륜을 비롯한 다른 사람들의 얼굴도 그리 좋지만은 않았던 것이다.

　　'휴… 그래, 내가 이런데 저들은 얼마나 상심하고 있을까. 내가 괜한 말로 저들에게 상처를 줄 필요는 없겠지. 음……'

　　"자, 하륜 공, 임 대협. 우린 이만 갑시다."

　　박 장군은 불편한 심기를 애써 가라앉히며 머물고 있던 곳으로 발걸음을 옮겼다.

　　박 장군이 먼저 앞장서자 다른 사람들도 달리 할 말이 없기에 조용히 따랐다.

　　일행들은 도착하자마자 누가 먼저라고 할 것 없이 황제를 알현했던 일에 대해 고심을 하기 시작했다. 앞으로 어떻게 될 것인가에 대해 숙의를 하였던 것이다.

　　하지만 달리 뾰족한 해답이 나오지 않았다. 그저 답답한 마음에 죄 없는 탁자만 두드릴 뿐이었다.

　　회의를 시작한 지 한 시진 후, 이곳의 담당이어서 자주 보는 것인지 어쩐지는 모르겠지만 보기 싫은 환관이 황제의 하명을 받고 통보하러 왔다.

　　"흠, 잘 들으시오. 황제 폐하께선 그대들 국왕의 요청을 아무런 조건 없이 수락하고 싶어하시었소. 하지만 대신들의 요청과 반대 의견이 있는 관계로, 마음은 아프지만 어쩔 수 없이 하나의 조건을 하명하셨소."

　　"지금 조건이라 하셨는가?"

“그렇소. 내 분명 조건이라고 했소.”

“음…….”

박 장군의 물음에 환관은 마치 그런 박 장군을 비웃는 것과 같은 표정으로 쳐다보았다.

“이…….”

평소 박 장군을 존경하고 있던 조 무장은 더 이상 환관의 무례를 보고 있을 수가 없었다. 아무리 참으려고 했지만, 손이 조 무장의 이성을 따르지 않고 감성을 따라 움직인 것이다.

조 무장의 손에 의해 검이 반쯤 나왔을 때 박 장군이 제지를 하지 않았다면 환관은 오늘 보는 태양이 마지막이 되었을 것이다.

“헛, 흠흠. 어디서 폐하의 하명을 전달하러 온 사람에게…….”

“무, 무엇이! 이…….”

“주 무장, 그만 하라. 그대는 어서 폐하의 하명만 말하고 물러가라. 더 이상은 나도 그대의 얼굴을 계속 보고 있으면 참을 수 없을 것 같다.”

박 장군은 환관의 비아냥거림을 더 이상 보고 있을 수만은 없었다. 아니, 지금 당장 황제를 기만했다는 오명으로 죽는다고 해도 참을 수가 없었다.

박 장군과 조 무장의 기세에 눌렸는지, 아니면 황제를 모신다는 평소의 자부심에 금이라도 갔는지 그동안 기세등등하던 환관의 손이 잔떨림을 일으키고 있었다.

“음… 여하튼 폐하의 하명은 이렇다. 잘 듣도록. 내일 그대들의 무사들 중 한 명이 우리 무장과 자웅을 겨뤄 이긴다면 그대들 국왕의 요청을 들어주신다는 것이다. 이것은 대신들과 상의를 한 끝에 내린 결정으로 그대들은 준비를 하라는 것이다. 그럼 내일 보자."

"뭐, 뭐라고? 어, 이보……."

"음……."

환관은 자기가 할 말만을 해버리고는 뒤도 돌아보지 않고 나가 버렸다.

하륜은 예상하지 못한 황제의 통고에 할 말을 잊어버렸으며, 박 장군은 절로 한숨이 나왔다.

환관이 나간 후로 사람들은 한동안 침묵만으로 일관했다. 누구 하나 쉽게 말을 꺼내지 못하고 있는 것이다.

"음… 공은 이번의 일을 어떻게 생각하는가?"

"글쎄요. 사실 오늘의 일은 예상해 보지 못한 것이라서… 그러나 그들이 무슨 생각으로 그런 결정을 내렸는지는 알 것 같습니다."

하륜은 탁자에 앉아 있는 사람들을 천천히 둘러보다가 마지막으로 호열이 있는 곳으로 고개를 돌렸다. 사람들 또한 하륜의 행동을 보고 있었기에 고개가 저절로 한쪽을 향했다.

한쪽에 앉아서 사람들이 논의하는 것을 한쪽 귀로 듣고 한쪽으로 흘려보내고 있던 호열은, 갑자기 사람들이 자신을 쳐다보자 무슨 일인지 알지 못하겠단 얼굴로 하륜과 박 장군을 바라보았다.

다른 사람들은 오늘의 일에 대해 논의를 하고 있었는데, 호열은 어떻게 하면 무사히 황궁을 나갈 수 있을까 하는 방법에 대한 심층있는 생각을 하고 있었던 것이다.

"왜? 혹시 무슨 일이라도……."

호열은 순간 자신이 무슨 잘못을 하지 않았나 하는 생각이 들었다. 그러나 오늘 아무런 잘못이나 이상한 행동을 하지 않았다는 것을 알기

에 눈만 동그랗게 뜨고 하륜과 박 장군의 얼굴을 번갈아 쳐다볼 뿐이
었다.

"하륜 공, 임 대협은 무엇 때문에……."

하륜의 행동에 의해 자신도 모르게 같은 방향을 바라보게 된 박 장
군.

박 장군은 왜 하륜이 호열을 쳐다보는 것인지 알고 싶었다. 그건 다
른 사람들도 마찬가지였다.

"허허허… 아마도 제 생각이 맞는다면 우린 어렵지 않게 전하의 명
을 수행할 수 있을 것입니다."

"응? 공, 그것이 무슨 말인지……."

"허허허……."

"이보시게. 그렇게 혼자 웃지만 말고 어서 말해 보게. 좋은 생각이
있으면 같이 알고, 또 같이 웃으면 좋지 않은가."

"예, 알겠습니다. 허허, 음……."

하륜은 박 장군의 청에 어쩔 수 없이 웃음을 멈추어야만 했다. 하루
내내 가슴을 묵직하게 짓누르고 있던 것이 없어진 것 같은, 그런 시원
함을 다 만끽하지 못하고 허전하게 중도에 끝낸 것이다. 하지만 속은
시원했다.

"제가 생각하기엔, 아마도 황제는 우리에게 회초리와 당근을 주려고
하는 것 같습니다."

"응? 회초리와 당근이라니? 이보게, 그것이 무슨 말인가? 어서 자세
히 말씀 좀 해보게."

"허허, 알겠습니다. 음… 제가 왜 회초리와 당근을 언급했냐 하면
이렇습니다. 우선 회초리란 우리에게 통보했던 무사들의 대련에 있습

니다. 그것은 아마도 무사의 강함을 보여주려는 뜻도 있겠지만, 그것보다 자국의 군세를 보여주려고 하는 것으로 생각됩니다."

"자국의 군세라, 음… 그렇게 생각할 수도 있겠군. 그렇다면 당근은?"

"예, 아마도 당근은 회유책이겠지요. 우리 무사가 자신들이 내보낸 무사를 이길 수 없다고 단정했을 것입니다. 그건 어쩌면 당연한 결과일지 모르지요. 아마도 저들이 내보내려는 무장은 무공을 익힌 고수일 것이니까요……."

"무공의 고수? 음……."

박 장군은 하륜의 말을 듣고 깜짝 놀라 자리에서 일어났다. 너무도 놀라운 말을 하륜의 입을 통해 들은 것이다.

박 장군과 탁자에 앉아 있던 다른 사람들은 하륜의 얘기를 들으면서 모두 고개를 끄덕였다. 하륜의 말에 일리가 있었던 것이다.

그러나 지금까지 하륜이 한 얘기는 웃은 것하고는 아무런 상관이 없는 것이었다. 얘기의 내용으론 웃을 일이 아니라 울어야만 하는 내용이었기 때문이다. 그런데 하륜은 아직도 얼굴에 웃음기가 감돌고 있으니…….

"그러나 제가 웃은 것은 그들이 생각하는 당근 때문입니다. 바로 회유책이지요."

"응? 그것이 무슨 말인가? 회유책이 뭘?"

박 장군은 하륜의 말을 들으면서도 뭐가 어떻게 돌아가는지 이해할 수가 없었다. 아니, 도통 이해가 가지 않았다.

그것은 다른 사람들도 마찬가지였다.

아니, 단 두 사람. 한기와 이 사관은 달랐다.

두 사람만은 하륜의 얘기가 진행될수록 어두웠던 얼굴이 점점 밝아지고 있었다. 마치 하륜의 얼굴처럼 희미하게 웃음기가 감돌기 시작한 것이다.

"응? 이 사관, 자네는 지금 하륜 공이 무슨 말을 하고 있는지 알고 있는가? 허… 한기, 자네도? 음……."

"허허, 제가 다 말씀드리겠습니다. 그러니 잠시 자리에 앉으시지요."

"허허, 이런… 알겠네."

박 장군이 다시 제자리에 앉자 하륜은 다시 이야기를 시작했다.

"아까도 말씀드렸지만, 지금 명나라는 고도의 회유책을 쓰려고 하는 것 같습니다. 그 이유는……."

박 장군은 하륜이 다시 이야기를 시작하자 귀를 기울였다. 또한 이번엔 중간에 말을 자르지 않고 끝까지 듣기로 했다.

"다름이 아니라 확신 때문일 것입니다. 확신, 그들에 대한 확신이겠지요. 자신들의 무사가 우리의 무사보다 월등하다는… 아마 그들은 내일 승리를 장담하고 있을 것입니다."

'그렇겠지. 그건 하륜 공의 말이 맞을 것 같은데, 하지만 왜 이런 말을…….'

"하지만 제가 말하려고 하는 것은 이것입니다. 그들은 내일 우리가 진다고 해도 오늘 주청을 올렸던 것은 들어줄 것이란 것이지요."

'응? 그것이 무슨?

박 장군을 비롯한 다른 사람들은 모호한 하륜의 말에 고개를 갸웃거렸다.

하륜은 그러한 모습을 보면서 만면에 웃음이 번졌지만 하던 말을 끊지 않고 이어 나갔다.

"그들은 먼저 자신들의 우월성을 내세운 후, 그 다음으로 황제의 인자함을 보여주자는 것입니다. 아주 그럴듯하게 말이지요."

"음… 공의 말이 맞는다면, 그렇다면 내일 우리가 지더라도 조선의 고명과 인장은 받을 수 있다는 말인가?"

"예, 그렇습니다."

"아, 그래서 공이 그렇게 웃었던 것이구려. 허허허… 정말 그렇군. 웃을 만도 해. 허허허."

"아… 정말입니다. 정말 등극사 하륜 공께서 말씀하신 대로 일이 진행된다면 웃을 만도 합니다. 하하하."

"예, 그렇습니다. 이제 한시름 덜은 것 같습니다. 하하하."

'아, 그렇구나. 정말 그럴 수도 있구나. 그럼 난 무사히 이곳을 나갈 수 있다는 것이네. 하하하……'

하륜의 말이 끝나자 언제 얼굴에 주름을 짓고 있었느냐는 듯이 모두의 얼굴엔 웃음이 찾아들었다. 그동안의 고민이 한순간에 사라진 것이다.

고민이 사라진 것은 호열도 마찬가지였다. 그동안의 걱정거리가 사라지자 날아갈 것 같은 상쾌한 기분이 들었다.

'참나, 그럼 내가 지금까지 하지 않아도 될 고민을 했다는 건가? 큭, 뭐 어떠냐. 무사히 나갈 수 있으면 되는 거지.'

"허허, 그러나 제가 웃은 진정한 이유는 다른 것입니다."

"허허허… 응? 다른 이유라니? 그럼 또 다른 이유라도 있다는 말인가?"

"예… 허허허, 있지요. 있고말고요. 그건 바로 임 대협 때문입니다."

“응? 임 대협 때문이라고? 허허, 자세히 말씀 좀 해주시게. 이거 도통 알 수가 있어야지.”

“저 때문이라고요? 그게 무슨 말씀인지…….”

호열은 물론, 돌아가는 상황을 계속 지켜보던 다른 사람들도 하륜이 무슨 의도를 가지고 얘기를 하는지 알 수가 없었다.

“예, 우리에게는 저들이 모르고 있는 것이 있습니다. 바로 임 대협이지요. 얼마 전에 장군께선 제게 임 대협에 대해 말씀해 주신 것이 있었지요.”

“응? 음… 내가 임 대협에 대해 말해 준… 아, 허허허… 그렇구먼. 얘기가 그렇게 되는 것이구먼. 허허허.”

“예, 장군께서 해주신 말씀이 맞는다면 얘기는 끝난 것이 아니겠습니까. 그러니 제가 웃는 것이지요. 허허허.”

“장군, 하륜 공, 도대체 무슨 말씀을 하시는 겁니까? 왜 저를 보면서 웃으시는지 모르겠습니다. 말씀을 해주십시오.”

호열은 점점 미궁에 빠져들었다. 하륜의 얘기에 점점 자신이 중심으로 빠져들어 가는 기분이었다.

궁금하기는 얘기를 듣고 있는 다른 사람들도 마찬가지였다. 다만 궁금함을 들어내 나서지 못하고 조용히 기다릴 뿐이었다. 직접 물어보고 싶어도 지금은 가만히 있는 것이 좋다고 생각이 들었던 것이다.

“자, 임 대협, 그럼 내 얘기를 끝까지 들어보게. 음… 그래, 이렇게 설명을 하면 좋겠구먼. 황제와 중신들은 내일 있을 대련에서 승리에 대한 확신을 가지고 있지. 당연히 무공의 고수가 나올 테니까. 그러나 내가 임 대협에 대해서 들은 얘기론, 임 대협도 무공의 고수라도 들었네. 그것도 현운 장문인이 인정할 정도의 고수라고 말이지. 그렇게 되

면 어떻게 될까? 내일 대련이 말이야. 임 대협은 어떻게 될 것 같은
가?"

"옛? 그, 그것이……."

'뭐야? 그럼 내일 내가 나가서 싸우란 말이야?'

"허허, 임 대협도 대강은 내가 하는 말이 무슨 뜻인지 알겠구먼. 그
렇지 않은가?"

"음… 예, 대강은……."

'제기랄, 역시 따라오질 말았어야 하는 것인데…….'

호열은 후회했다. 왜 자신이 이 자리에 있는 것인지, 왜 내일 싸우지
않으면 안 되는지…….

한마디로 이 자리에 있다는 것 자체가 마음에 들지 않았고, 그래서
더욱 후회가 되었다.

"분명 내일은 볼 만할 거야. 황제를 비롯한 대신들의 인상이 어떻게
변할까? 허허허, 난 생각만 해도 기분이 좋구먼. 우리에게 이런 일이
있을 줄 알고 하늘이 나와 임 대협을 만나게 해준 것 같네. 그렇지 않
은가? 허허허……."

"예… 그런 것 같습니다. 하. 하. 하……."

호열은 박 장군의 호쾌한 웃음에 어쩔 수 없이 따라 웃을 수밖에 없
었다. 그러나 마음은 계속 밀려드는 짜증에 몸서리를 쳐야만 했다.

"역시, 하륜 공이야. 음… 그럼 내일을 기다려 볼까?"

"자, 그럼 오늘은 그만 하고 즐거운 마음으로 내일을 기다려 보세나.
아마도 내일은 내 평생 잊지 못할 날이 될 걸세."

"그러게 말입니다, 형님. 하하하……."

"자, 그럼 오늘은 편히 자게들. 나는 이만 내 방으로 가야겠네. 공도

오늘은 두 발을 쭉 펴고 주무시게.”

“예, 그럼 편히 주무십시오. 임 대협, 그럼 내일 봅시다.”

“옛? 예, 내일 뵙겠습니다. 음…….”

‘그래, 정말 내일은 내 평생 잊지 못할 날이 되겠지. 암… 어떻게 황제가 계획하는 일에 내가 초를 치는 역할을 맞게 된 것인지. 이건, 휴… 모르겠다.’

모두 즐거운 마음으로 각자의 방으로 들어갔다.

탁자에 홀로 남은 호열은 힘없이 자리에서 일어났다. 앞으로 어찌 행동해야 할지 고민이 되었다. 되도록 내일 있을 대련을 피할 수 있으면 피하고 싶은 심정이었다.

‘이거… 내가 꼭 여기에 있어야만 하는 것일까? 아무래도 기분이 좋지 않아. 이 참에 그냥 황궁을 빠져나갈까? 어의공이면 간단하잖아. 음… 휴, 내가 지금 무슨 생각을 하는 것인지. 아무래도 안 되겠다. 오늘은 그냥 자야겠다. 도망은 갈 수 없지. 암…….’

더 이상 좋은 생각은 떠오르지 않았다. 아무리 머리를 쥐어짜도 내일 대련을 피할 수 있는 방법은 없었던 것이다. 그에 더 이상은 자리에 있고 싶지 않아 방으로 들어갔다.

‘그래, 오늘은 푹 쉬자. 내일 어떻게 될지 모르니까. 설마 죽기야 하겠어? 평생 도망 다니는 거면 몰라도…….’

황궁의 최고수?

 황궁의 최고수?

참새의 짹짹거리는 소리가 들렸다. 누군가의 귀에 듣고 싶지 않은 소리가 들리고 있는 것이다.

아침엔 스스로 눈을 뜰 수 없었던 호열이었다. 평소엔 그랬다. 그러나 오늘 아침은 그렇지 않았다. 누가 깨우지 않아도 스스로 일어난 것이다.

다른 사람들이 어떻게 생각을 하든 호열은 처음으로 스스로의 의지에 의해 아침을 맞은 것이다. 아무도 깨워주는 사람 없이……

아마도 운영이 이런 호열의 모습을 보았다면, 필시 자신의 노력이 헛되지 않았다는 생각이 들어 눈물을 흘렸을 것이다.

"허허, 일어났는가? 오늘은 일찍 일어났구먼. 그래, 잠은 잘 잤고?"

'휴… 자기는 뭘 자. 밤새 한숨도 못 잤구만.'

호열은 박 장군의 웃는 얼굴을 보자 절로 한숨이 나왔다.

"예, 푹 잤습니다. 장군께서도 잘 주무셨습니까?"

"허허, 나야 잘 잤지. 자, 어서 아침이나 드세나……."

"예, 음……."

아침을 먹는 둥 마는 둥 일찍 자리에서 일어난 호열은 밖으로 나와 먼 하늘을 바라보았다. 아침 햇살이 눈부시도록 아름다웠다.

'아… 아침은 아침이구나. 음… 그나저나 오늘을 어떻게 넘길까? 아무 일 없이 잘 넘어가야 할 텐데…….'

모두들 아침 일찍 황제의 명을 받은 환관이 올 줄 알고 기다렸다. 그러나 환관이 온 것은 점심을 먹고 난 오후였다. 미시정(未時正)이 다 지날 때 온 것이다.

일행들은 이미 기다리고 있었기에 환관이 오자마자 안내하는 곳으로 따라갔다. 그러나 많은 인원이 움직인 것은 아니었다.

박 장군과 하륜 공을 비롯해 이 사관과 한기가 환관의 뒤를 따랐고, 박 부장과 조 무장, 그리고 윤 무장이 그 뒤를 바짝 따라갔다.

하지만 호열은 조금 뒤에서 어기적어기적거리며 발걸음을 떼고 있었다. 마치 도살장에 끌려가는 황소마냥…….

'휴… 이젠 어쩔 수 없구나. 그나저나 내가 잘할 수 있을까? 난 한 번도 남과 싸운 적이 없는데… 차라리 이럴 때 운영이 녀석이 있었으면 얼마나 좋을까. 그럼 나도 저들처럼 마음 편하게 따라갔을 텐데…….'

호열은 헤어지기 싫어하던 운영을 억지로 떼어내고 온 것이 그렇게 후회될 수가 없었다. 하지만 지금 후회해 봐야 늦었다는 것을 잘 알기에 한숨만 쉼없이 나올 뿐이었다.

"음… 그나저나 아직 그대의 이름도 모르는 것 같구먼. 우리가 어떻게 부르면 되겠는가?"

환관은 하륜의 말에 걸음을 멈추고 고개를 돌렸다.

"나 말이오? 난 방유(房柳)라고 하오. 접객실의 내관을 맡고 있소. 이제 그런 쓸데없는 말은 그만 하고 어서 따라오시오."

스스로를 방유라고 밝힌 환관은 싸늘하기 그지없는 말로 일축을 가한 후, 하륜의 말은 듣지도 않은 채 걸음을 옮겼다. 하륜은 말할 것도 없고, 주변에 있던 사람들은 그런 환관을 노려보았지만 어쩔 수 없이 따라갈 수밖에 없었다.

환관의 뒤를 따라 일행이 도착한 곳은 어제 갔었던 집정천에서 멀리 떨어져 있는 연무장이었다.

연무장.

처음 연무장에 도착한 일행들은 엄청난 규모에 입을 다물지 못했다.

일반적으로 생각할 수 있는 연무장일 것이라 생각하고 환관의 뒤를 따라가던 일행들은 할 말을 잊어버린 것이다. 연무장이 아니라 꼭 넓은 초원에 온 것 같았기 때문이다.

그러나 멀리 집정천의 처마가 보이고 있었으며, 그 주위로도 많은 건물들이 보였기에 일행들은 황궁에서 병사들을 훈련시킬 때 사용하는 연무장이란 사실을 믿을 수밖에 없었다.

하지만 일행이 연무장을 향해 걸으면서 놀란 것은 이것만이 아니었다. 황궁 안에는 이런 정도의 연무장이 두 개가 더 있었던 것이다. 모두 세 개, 아니, 정확히 말을 하자면 다섯 개였다. 그러나 일반적으로 연무장이 세 개라고 하는 것은 그만한 이유가 있었다. 그 이유 중 가장 큰 것은 바로 연무장의 규모에 있었다.

세 개의 연무장은 다른 두 개의 연무장에 비해 그 규모나 넓이 면에서 많은 차이가 있었다. 연무장의 한쪽 끝에서 다른 쪽 끝까지의 거리가 거의 천 장이나 되었던 것이다. 다시 말해서 황궁 안에 병사들에게 기마(騎馬) 훈련까지 시킬 수 있는 연무장이 세 개가 있다는 것이다.

연무장은 일반적으로 병사들의 무술 수련이나 병법과 같은 전술 훈련을 시킬 목적으로 만든 훈련장이라 할 수 있다. 그러나 황궁 안에 엄청난 규모의 연무장이 세 개나 있어야 할 필요가 있을까 하는 의문이 들기도 하였지만, 황궁 안에 항상 머물고 있는 병사들의 수가 거의 오만을 넘기 때문에 세 개의 연무장도 병사들을 훈련시키는 데 모자란다는 말이 환관의 입에서 나오자 더 이상 할 말이 없었다.

일행들이 연무장의 한쪽 중앙에 마련되어 있는 단상에 거의 도착할 때쯤, 어디서 들려오는 것인지 모를 함성이 들려오기 시작했다.

두두두두… 두두두두…….

"와~ 이얏! 와~!"

'응? 무슨 소리지?'

"음… 이보게, 이건 무슨 소리… 아……."

"아……."

호열을 필두로 하여 일행들은 사방에서 들려오는 함성이 무엇인지 궁금하여 소리가 들려오는 진원지를 바라보니, 연무장의 양끝에서 지축을 울리는 말발굽 소리와 병사들의 함성이 한데 어우러져 점점 연무장의 중앙으로 돌진을 하고 있었던 것이다.

무려 오천에 이르는 병사들이 말을 타고 양끝에서 달려오는지라, 절로 그 당찬 기세에 기가 질려 입이 다물어지지 않았다.

"자, 다 왔소. 황제 폐하께선 조금 후에 나오실 것이오."

"음… 알았네."

　박 장군과 하륜을 비롯한 다른 사람들이 환관의 얘기에 고개도 돌리지 않고 대답을 했다. 평소라면 뭐라고 한마디 할 수도 있는 일이었으나, 환관은 이미 그러한 것을 예상이라도 하고 있었던 것처럼 크게 신경 쓰지 않고 있었다.

　오늘처럼 실전과 같은 대규모의 기마 훈련은 자주 있는 일이 아니었다.

　환관의 눈과 귀도 자꾸만 병사들이 훈련하는 곳으로 돌아갔지만, 얼른 자신의 실수를 깨닫고는 일부러 무신경한 모습을 보이려고 노력하는 중이었다.

　지금의 군사 훈련은 내각대학사 양회의 부탁을 받아 오군도독부의 조 대도독의 명으로 이루어진 것이었다.

　황궁의 모든 대소사에 환관들이 관여를 하고 있기에, 이번 훈련의 진정한 목적이 무엇인지 방 환관은 알고 있었다. 그에 일행들의 모습을 보면서 비웃듯 입술이 점점 위로 말아 올라갔다.

　'그러면 그렇지. 너희 같은 소국에서 이런 장관을 보기나 했겠냐.'

　상황은 점점 긴박감이 넘치고 있었다. 병사들은 서로 말머리를 맞대고 창과 칼을 휘두르며 실전을 연상시키는 훈련을 하고 있었다.

　아마 환관이 훈련이란 말을 하지 않았다면 황궁에서 전쟁이 일어난 것으로 착각할 정도로 서로의 피가 튀는 싸움을 하고 있었다.

　박 장군은 그런 모습을 보면서 고개를 끄덕였다.

　'음… 연습은 실전처럼, 실전은 연습처럼 하라는 말이 바로 이런 것을 두고 하는 것 같구나. 이러하니 원나라를 물러나게 했겠지……'

　박 장군은 박 장군대로, 하륜은 하륜대로 병사들의 훈련에서 받은 감명은 남달랐다.

“황제 폐하 납시오…….”

황제가 연무장으로 오고 있다는 것을 알리는 환관의 목소리가 울려 퍼졌다.

“그만! 폐하께서 납신다. 모두 열을 맞추도록.”

“황제 폐하께서 납시었다. 모두 대열을 정비하라!”

황제가 온다는 소리에 선두에 서서 병사들을 진두지휘하던 장군들과 장수들의 지휘 아래, 병사들은 언제 서로에게 창을 겨눴냐는 듯이 열을 맞추어 진영을 갖추어 섰다.

“음…….”

처음부터 병사들의 모습을 보고 있던 박 장군은 신음 소리를 애써 삼켜야만 했다.

연무장의 중앙에 미리 마련되어 있던 단상에 황제가 그 모습을 나타냈다. 그 뒤를 따라 대소신하들이 따랐다.

영락제가 용좌에 좌정을 하자, 그 모습을 지켜보고 있던 병사들의 입에서 누가 먼저라고 할 것 없이 우렁찬 함성을 질러댔다.

“와……!!”

“황제 폐하… 만세, 만세, 만만세……!”

“만세, 만세, 만만세……!”

병사들의 함성이 좀처럼 가라앉을 기미가 보이지 않자, 영락제는 친히 용좌에서 일어나 단상의 앞에 서며 오른손을 하늘로 향해 올렸다. 그러자 멎을 것 같지 않았던 병사들의 함성이 순식간에 멈추었다.

‘허, 저 사람이 황제인가 보구나. 어제는 경황이 없어 잘 보질 못했는데…….’

호열은 영락제를 보면서 자신의 운명이 너무도 가혹하다는 생각이 들었다. 어젠 잘 보질 못해서 별 생각이 없었지만, 오늘 영락제의 얼굴을 보니 앞이 깜깜해지는 것 같은 심정이 되었다.

'아이고, 이거 잘못하다간 이곳에서 뼈를 묻어야 하는 거 아니야? 에구, 내 팔자야……'

호열이 영락제의 얼굴을 보고 처음 가진 느낌은 완고함과 맹호를 닮은 듯한 호랑이의 인상이었다. 특히 눈, 눈이 마치 먹이를 노려보고 있는 호랑이의 눈 같았던 것이다.

"짐은 그대들이 자랑스럽다. 또한 그대들이 짐의 군대라는 것이 이렇게 든든할 수가 없다. 짐은 그대들 같은 병사들이 있었기에 이 나라의 앞날에 대해 걱정하지 않는다. 그리고 이 나라가 만세에 길이 영존(永存)할 것이라 믿는다."

"와… 폐하, 만세… 만세, 만세, 만만세……!"

영락제의 연설이 끝나자 처음보다 더 우렁찬 함성이 이곳저곳에서 울려 퍼졌다. 이번엔 영락제도 병사들을 진정시키지 않았다.

그렇게 울려 퍼지던 병사들의 함성이 잦아든 것은 일각이 지나면서부터였다.

영락제는 다시 용좌에 앉아 전면의 장군들을 바라보았다. 그런 후 무슨 의미를 가지고 행동한 것인지는 모르겠지만, 용좌의 오른쪽에 위치해 있던 조 대도독을 향해 고개를 끄덕였다.

조 대도독은 영락제가 무슨 뜻으로 고개를 끄덕인 것인지 알고 있는 것처럼 깊이 허리를 숙여 보인 후 단상의 앞에 섰다.

"잘 들어라. 오늘은 황제 폐하께서 조선에서 온 무사의 무예를 친히 가늠하려고 행차하신 것이다. 그러니 너희들도 황제 폐하의 뜻을 받들어 조선 무사의 무예를 보고 배울 만한 것이 있는지 최선을 다해 살펴

보도록 하라. 알겠나?”

“옛, 알겠습니다.”

조 대도독의 일장 연설에 병사들은 황제의 성은에 감사를 함과 동시에 연무장의 중심을 비워두고 그 주변에 질서정연하게 정렬했다.

넓은 연무장의 중심에 또 다른 연무장이 생긴 것이다. 인의 장막에 의해서.

조 대도독이 들어간 후, 이번엔 방 환관과 비슷하게 생긴 환관이 단상으로 걸어나왔다. 하지만 이번에 나온 환관은 상당히 고위 직에 있어 보였다.

“조선에서 온 사신들은 황제 폐하의 하명을 받들어 앞으로 나와라.”

‘음… 이제 시작인가? 휴…….’

호열의 속마음이 어떻게 되든 상황은 점점 물 흘러가듯 진행되고 있었다.

하륜이 선두에 서며 황제가 있는 곳으로 발걸음을 옮겼다. 하륜의 발걸음은 황제와의 거리가 오 장에 이르러 멈추어 섰는데, 그것은 단상 앞에 황금색의 갑옷을 걸친 병사들에 의해서였다.

‘참나, 이곳이 황궁 아니라고 할까 봐 아무나 금색이구나. 황제도 금색이고 대신들도 금색인데, 이번엔 군졸들까지 금색이네. 허…….’

호열이 어떤 생각을 하든 하륜과·일행들은 금의위 위사들의 안내에 따라 미리 마련되어 있던 곳으로 가서 자리를 했다.

“이제 모두 자리를 잡았으므로 황제 폐하의 하명에 따라 대련을 시작하겠다. 조선에선 대련에 임할 무사를 내보내도록 하라.”

환관의 입에서 대련할 사람을 내보내라고 했을 때, 호열의 심정은 올 것이 왔구나 하는 심정이었다.

"허허, 임 대협, 이제 임 대협이 나서야 할 것 같구먼."

"그렇지. 그나저나 임 대협, 황제의 무사라고 해서 사정 봐주지 말게. 아무리 저들 중에 무공고수가 있다고 해도 임 대협만은 못하겠지만, 그래도 호랑이가 사냥할 때처럼 최선을 다해주게."

"형님, 임 대협께선 잘하실 것입니다. 현운 장문인과 같은 절정의 고수가 인정하신 분 아닙니까."

"그렇습니다. 임 대협께선 정 소협의 형님이십니다. 그때 정 소협의 신위를 직접 보셨지 않습니까?"

"임 대협, 저는 다른 것은 몰라도 우리 조선이, 아니, 우리 동이족이 한족보다 밑에 있지 않다는 것을 보여주셨으면 합니다. 저는 임 대협이라면 하실 수 있을 것이라 믿습니다."

"그렇게 되면 좋겠지만, 저도 칼을 잡은 무사로서 임 대협께 한마디만 할까 합니다. 아무리 상대가 하찮다고 하더라도 수치는 주지 말아주십시오. 그것이 무사에 대한 예우입니다."

호열이 나갈 때가 되자 하륜과 박 장군을 비롯해서 일행들은 한 사람씩 당부 아닌 당부를 했다.

모두들 호열이 쉽게 이길 것으로 생각하고 하는 말이었지만, 그런 말들을 듣는 호열은 짜증만 밀려왔다.

'휴… 이들은 내가 이길 것으로 아예 확신을 하고 있구나. 내가 무슨 천신(天神)이라도 되는 줄 알고 있나? 나도 잘 모르는데 어떻게 이들은 내가 황제의 무사와 싸워 쉽게 이길 수 있다고 자신하는 거지? 음……'

"손 도독은 저들 중에서 누가 나올 것이라 생각하는가?"

영락제는 환관이 단상 앞으로 나가 진행하는 모습을 뒤에서 지켜보고 있었다. 그러다가 조선의 사신들이 정해진 자리에 가는 것을 보고는 오늘 누가 대련에 출전할 것인지 생각해 보았다.

영락제는 조금 전까지만 해도 오늘의 일에 대해서 크게 신경 쓰지 않고 있었다. 피로에 지친 몸에 조금이나마 활력을 줄 수 있는 재미있는 놀이 정도로 생각했던 것이다.

영락제의 생각대로라면 오늘 조선의 사신들은 몸이 굳어 있거나 긴장감에 휩싸여 있어야만 하는 것이다. 아니, 더 나아가 침울함이 감돌고 있어야 정상이었다. 그러나 조선의 사신들 모습은 그러한 것하고는 거리가 멀었다. 침울한 분위기는 고사하고 오히려 고개를 뻣뻣이 들고 자신감이 넘치는 당당한 모습으로 걸어가는 걸음을 옮기고 있었던 것이다.

그에 영락제는 알고 싶었다. 조선의 사신들이 자신감 넘치는 모습을 할 수 있게 만든 원인이 무엇인지, 그것이 궁금했던 것이다. 하지만 원인은 간단했다.

자신감의 원인, 그것은 대련이었다.

대련.

대련에 이길 수 있다는 자신감이란 생각이 들었다. 오늘의 대련에 자신이 없으면 저런 당당한 얼굴을 할 수 없다는 생각이 들었던 것이다.

하지만 영락제는 과연 조선의 무사들 중 누가 있어 오늘의 승리를 장담하는지 알 수가 없었다. 그에 이런저런 생각을 하다가 황궁의 최고 고수인 손 도독에게 물어본 것이었다.

손 도독도 황제의 하명이 있어서가 아니라고 해도 의구심을 가지고 있었다. 아무리 보아도 대련에 나올 수 있는 무사들은 네 명밖에 없었다. 그중엔 노장이 한 명 끼어 있는 것으로 보아 나머지 세 명은 호위 무장으로 보였다. 또한 현재 수중에 칼을 차고 있는 무장은 그들 세 명 뿐이었다.

"폐하, 제 생각으론 세 무장들 중 가운데 있는 무장 같습니다. 아무리 봐도 경험이 모자라는 젊은 무장보다는 노련한 무장이 나을 것이라 보옵니다."

"응? 음… 조 대도독은 그렇게 보았는가?"

영락제가 손 도독에게 하는 말을 옆에서 들은 조 대도독도 호기심에 조선의 무장들을 바라보다가 내린 결론이었다.

"예, 아무래도……."

"음……."

영락제는 아직 손 도독의 말을 듣지 못했기에 고개를 손 도독으로 향했다.

"폐하, 저는 젊은 무장들 중에서 한 명이 나오지 않을까 하옵니다. 특히 왼쪽에 서 있는 무장은 제가 보기에도 실력이 있어 보입니다."

"하하하, 그렇게 보았는가? 짐도 그렇게 보았다. 그럼… 어디 누가 나오나 지켜볼까……."

영락제는 자신의 생각과 황실 최고수의 생각이 일치를 보자 절로 호쾌한 웃음이 나왔다.

자신이 원하는 대답을 듣고 싶어하던 사람에게 들었기에 편안한 마음을 되찾을 수 있었고, 그에 다시 느긋하게 지켜볼 수 있게 되었다.

"저기 나오는구먼. 어디… 응?"

"어? 이게……."

“음…….”

영락제를 비롯한 손 도독과 조 대도독은 조선의 사신 쪽에서 대련에 임할 무장이 걸어나오는 것이 보이자 이목을 집중했다. 그러나 생각하지 못했던 이상한 젊은이가 터벅터벅 걸어나오자 어이가 없었다.

“허, 이미 포기를 하고 있었나? 짐이 보기에 저 젊은이는 무공을 익히지 않은 것 같은데, 손 도독은 어떻게 보는가?”

“음… 예, 소신도 그렇게 보았습니다. 소신도 왜 저 젊은이가 나오는지는…….”

“하하, 뭐 알아서 내보냈겠지. 그나저나 우리 쪽에선 누가 나가는가? 어서 보고 싶구먼.”

“예, 저희 쪽에선 금의위 부영반 중에 한 명이 나갈 것이옵니다. 아무래도 어느 정도는 예우를 갖추는 것이 좋을 것 같아서 소신이 내린 결정이옵니다.”

“음… 그래, 그렇게 하는 것도 좋겠지. 그럼 어디 볼까…….”

영락제는 손 도독의 말을 들으면서 고개는 이미 연무장으로 향하고 있었다.

‘내가 미쳤지. 미치지 않고서야 이렇게 나갈 수가 없지. 암, 저 자리가 어떤 자리인데 내가 이렇게 가고 있는 것인지. 휴… 오늘이 내 제삿날인가 보구나.’

대련, 싸움, 칼…….

호열과는 지금까지 어울리지 않는 말들이었다. 그러나 지금은 셋을 모두 충족시키는 자리로 걸어가고 있었다.

수중엔 박 장군의 애검(愛劍)인 백랑검(白狼劍)이 들려 있었으며, 머리는 빨간 천으로 정결하게 정리가 되어 있었다. 하지만 그렇게 사나이다운 당당한 기개가 넘치는 모습은 아니었다. 다만 머리를 묶은 적색의 천이 효험을 가지고 있는지, 평소와는 다르게 전체적으로 분위기가 있어 보였다.

호열이 앞으로 걸어나오는 것과 동시에 명나라 쪽에서도 전신에는 금빛의 갑옷을 걸치고 있는 한 명의 사나이가 걸어나오고 있었다.

'헉, 난 이제 죽었다. 뭐 저런 인간이 나오고 지랄이야. 대충 나와 맞을 것 같은 녀석이 나오면 안 되나? 에구, 아버지… 오늘 아마도 아버지 얼굴을 보게 될 것 같습니다. 휴…….'

금갑(金甲)을 걸친 사나이는 누구나 딱 보아도 대단한 무사라고 생각될 정도로 체구가 어마어마했다. 또한 부리부리한 눈매에 흑곰을 연상시키는 얼굴을 하고 있는지라, 보는 이로 하여금 한 수 접고 들어가게 만들고 있었다.

"허, 저 사람이 누구인지 몰라도 오늘 제삿날이구먼. 그 무섭다는 금의위 경고(慶羔) 부영반이 나오다니."

"그러게, 오늘 재미있는 구경을 하게 생겼구먼."

'응? 저 자식들이 지금 불난 집에 부채질하나? 정말 중원 녀석들은 하나같이 저렇다니까. 이럴 땐 좀 불쌍하게 봐야 하는 것 아닌가? 그걸 재미있는 구경이라고 말하다니…….'

호열의 솔직한 심정으론, 지금이라도 어의공으로 멀리 도망쳤으면 하는 생각이었다. 그러나 차마 갈 수가 없었다. 아무것도 모르고 승리를 장담하며 믿어주는 사람들이 있었기 때문이다.

"자, 이제 시작하라."

드디어 환관의 찢어지는 목소리가 연무장에 울려 퍼졌다.

'휴… 이제 시작인가? 어쩔 수 없구나. 살아서만 나가자.'

“황제 폐하⋯ 만세, 만세, 만만세⋯⋯!”

“폐하, 만⋯ 세⋯⋯!”

처음부터 달려들 줄 알았던 경 부영반이 영락제를 향해 허리를 숙이자, 긴장하고 있던 호열도 얼떨결에 영락제를 향해 허리를 숙였다.

‘제길, 여긴 툭하면 폐하, 만세야. 그나저나 어서 한 대만 맞고 누워야 할 텐데⋯⋯.’

호열은 상대가 기습을 한다면 어떻게든 충격을 덜 받을 만한 부위에 한 대만 맞아주고 뻗었으면 하는 생각이었다. 그러나 상대는 어떻게 된 일인지 기습은 고사하고 장승마냥 제자리에 떡하니 버티고 서서 움직일 줄 몰랐다.

‘제길, 도대체 왜 안 덤비는 거야? 으이그⋯⋯.’

“난 금의위 부영반을 맡고 있는 경고라고 한다. 그대는 누구인가?”

“음⋯ 난 임호열이라 한다.”

“임호열이라⋯ 그것 말고, 조선에서의 지위는 무엇인가?”

경고는 호열에게 물어보는 것이 아니라 자신의 물음에 답을 하라는 명령조의 어투로 말하고 있었다. 그러나 잔뜩 긴장을 하고 있는 호열은 그것이 명령조인지 물어보는 것인지 구분을 할 수 있는 상황이 아니었다.

“음⋯ 그냥 호위무사다.”

“뭐? 호위무사? 음⋯⋯.”

경고는 호열의 말에 어이가 없었다. 기껏 대련 상대로 나온 무사가 호위무사라고 하자 전신에 들어갔던 힘이 쭉 빠지는 것 같았다.

‘기껏 내가 상대할 무사가 저런 녀석이란 말인가? 싸움은커녕 개새끼 한 마리도 못 죽일 녀석이 아닌가. 음⋯⋯.’

그러나 그것도 잠시, 경고는 상대가 자신을 무시하고 있다는 생각이
들었다. 그에 경고의 전신엔 전보다 더욱 강한 힘이 솟구쳤다.

“난 상대가 약하다고 사정을 봐주지 않는다. 준비하도록.”

‘이런, 이거 내가 상대를 잘못 만나도 단단히 잘못 만났구나. 뭐 저
런 곰 같은 녀석이 다 있어? 그냥 빨리 와서 한 대만 때려주면 끝나는
일을. 그래, 준비하고 있으니까 빨리 오기나 해라.’

호열은 경고가 오기만을 기다렸다.

“자, 간다.”

“응? 이제 오나? 어? 뭐, 뭐야?”

경고는 호열과의 거리를 순식간에 좁혀왔다. 그러나 거리를 좁히면
서 그냥 온 것이 아니라, 언제 뽑았는지 수중에 있던 칼을 휘둘러 호열
의 머리를 향해 내려치고 있었다.

“하앗, 이거나 받아라!”

‘헉, 주먹이 아니잖아? 이런, 제기랄…….’

휙…….

“헉, 뭐야? 어디로? 이런…….”

호열은 경고가 휘두르는 칼이 무지막지하게 들어오자 한 대 맞아준
다는 처음의 생각이 잘못되었다는 것을 알고는 어의섬을 사용하여 순
식간에 오 장이나 뒤로 물러났다.

“아… 어떻게 인간이 저 정도로 빠르게 움직일 수가 있다는 말인가?
음…….”

“헉, 고, 고수… 무, 무림의 고수인 것 같습니다.”

영락제는 고수라는 손 도독의 말을 듣자 고개를 끄덕였다.

“그렇구먼, 그래서 저들이 자신감 넘치는 얼굴을 하고 있었구먼.

음……."

상황은 이상하게 전개가 되고 있었다.

한 번 칼을 휘두른 경고 부영반은 말할 것도 없고, 호열이 한 방에 쓰러질 것이라 믿어 의심치 않았던 사람들은 누구 하나 입을 여는 사람이 없었다.

'어라? 이거 내가 괜히 무서워했나? 저 녀석의 얼굴을 보니 내가 대단한 것을 한 모양이네. 하긴…….'

"음… 내가 사람을 잘못 보았다는 것을 인정하겠다. 그럼 다시 한 번 해보자."

"그렇게 하지. 당신 마음대로 해… 이런, 제기랄."

경고는 호열이 말을 하고 있음에도 불구하고 또다시 돌진해 들어왔다. 아직 말을 끝맺지 못한 호열은 상대가 이런 식으로 나올 줄은 몰랐기에 어이가 없었다. 하지만 그냥 보고만 있을 수는 없었기에 또다시 뒤로 물러났다.

그러나 이번엔 경고도 예상하고 있었기에 호열이 뒤로 물러날 기미가 보이자 있는 힘껏 자리를 박차며, 호열이 물러날 만한 위치로 생각되는 지점을 향해 칼을 휘둘렀다.

"예상하고 있었다. 어디, 이번에도 한번 피해봐라."

"헉, 어? 이, 이런."

"응? 뭐야? 또 사라졌잖아. 어디지? 헉, 저, 저런 미친……."

"헉! 미, 미친놈. 저런……."

"자, 잡아라! 저놈을 잡아라! 폐하께서 위험하시다!"

경고의 행동을 예상하지 못했기에 생각하지 못한 위험을 맞게 된 호열은 자신도 모르게 다시 어의공을 사용하게 되었다.

그러나 잘못 사용했다. 이번엔 정말 잘못 사용한 것이다.

'헉! 내가 어떻게? 내가 어떻게 여기에……'

호열이 나타난 곳, 그곳은 바로 영락제의 앞이었다. 정확히 말해 영락제가 앉아 있는 용좌에 손을 뻗으면 잡을 수 있는 거리였던 것이다.

"저, 저, 저……"

"헉, 이, 이런……"

"이, 임 대협이 왜?"

호열의 신기와 같은 경공에 고무되어 있던 일행들, 그러나 호열의 갑작스러운 행동에 입이 다물어지지 않았다.

호열의 행동은 잘못하면 자신들을 극형에 처할 수 있는 것은 물론, 어쩌면 전쟁이 일어날 수도 있는 심각한 상황이 벌어진 것이다.

"이놈… 어서 무릎을 꿇어라!"

"폐하, 소신들의 뒤로……"

중신들과 환관들은 호열이 단상에 그 모습을 나타낸 순간, 너무나 놀란 나머지 꿀 먹은 벙어리마냥 눈만 끔뻑이며 서 있었다. 그러나 상황이 심상치 않다고 느꼈는지, 어느새 황제의 뒤로 돌아가서 호열을 향해 고함을 치기 시작하는 것이다.

"그만 하라."

"폐, 폐하. 하지만……"

"모두 그만 하고 각자의 자리에 돌아가도록 해라. 음……"

'빌어먹을, 난 이제 죽었다. 내가 지금 무슨 짓을 한 거야? 휴… 그 때 그 도인은 내가 죽음도 빗겨갈 신인이라고 했는데… 그래, 이렇게 죽으나 저렇게 죽으나 이미 저질러진 일이니……'

호열은 자신의 실수를 깨달았다. 그러나 이미 돌이킬 수 없는 상황이 되어버렸다는 것을 잘 알기에 마음은 오히려 담담해지는 것이었다.

당황하여 어쩔 줄 모르는 얼굴이 아니라, 일면 호열의 얼굴엔 당당함마저 배어 나오고 있었다.

영락제는 엉거주춤한 자세로 서 있는 호열을 바라보았다.

처음에 생각했던 것들이 모두 틀어진 것에 대한 불쾌함과 호열의 불충한 행동에 불과 같은 진노를 담은 호통을 쳐야 하건만, 영락제는 그러한 것보다 오히려 호열에게 관심을 가지게 된 것이다.

호열은 영락제가 중신들을 물리고는 자신을 쳐다보자 몸을 어떻게 해야 할지, 눈은 어디다가 두어야 할지 몰라 주변을 둘러보았다. 그러나 아무 데도 쉽게 눈을 두지 못해 어쩔 수 없이 하늘을 향해 눈길을 주었다.

그러나 호열의 이러한 모습은 다른 사람들에겐 불충 중의 불충으로 보였다. 황제가 바라보는데 저 죽었습니다 하고 고개를 숙이지는 못할망정, 호열은 뻣뻣이 고개를 쳐들고 있었기 때문이다.

"이런 쳐죽일 놈이 있나. 어서 오체투지(五體投止)하지 못하겠느냐!!"

'응? 오체투지?'

"이, 이……."

"태감(太監)은 그만 하라. 음……."

조선의 사신 일행이나 대신들과 중신들, 연무장에 대기하고 있던 만여 명의 병사들과 황제의 안전을 책임져야 하는 금의위의 위사들.

그들은 서로 다른 긴장감으로 전신을 떨고 있었다. 하지만 황제의 명이 있어 함부로 움직일 수 없었기에 분노에 몸만 떨 뿐이었다.

그렇게 호열의 예상치 못한 행동으로 긴장감 넘치는 시간이 흐르고 있었다.

"너의 이름이 무엇이냐?"

기다림과 고요함, 그리고 긴장감의 끝.

영락제의 음성이 모든 사람들의 긴장감을 일시에 해갈시켜 줬다.

"제 이름은 임호열이라 하옵니다."

평정심, 호열은 영락제의 물음에 한 치의 떨림도 없이 대답을 했다.

이미 죽음을 예견하고 있기에 가능한 일이었다.

"임호열이라… 허허, 너와 같은 고수가 조선에 있었다니 놀랍기 그지없구나. 음… 짐도 너의 의중을 알았으니 그만 제자리로 가도록 해라. 그리고 너와 상대할 만한 고수를 내보낼 것이니 이번엔 정식으로 겨루어보도록 하라."

"폐, 폐하, 어찌 그런…….'

"옛?"

'뭐야? 그럼 나 산 거야? 이, 이거… 휴, 정말 십년감수했네. 그나저나 이번엔 정식으로 겨루라니? 난 그렇게 하고 있는데…….'

영락제의 뜻밖의 말에 호열뿐만 아니라 주변의 다른 사람들도 어안이 벙벙했다. 참수를 해도 시원치 않을 판에 다시 겨루라니, 사람들은 영락제의 의중을 몰라 고개를 갸웃거릴 뿐 아무 말도 하지 못했다.

"뭘 하고 있느냐. 어서 자리로 가지 못하고!"

"옛? 예, 알겠습니다. 그, 그럼…….'

호열은 영락제의 추상과 같은 명령에 더 이상 제자리에 서 있지 못하고 처음 대련을 하러 나왔던 자리로 순식간에 이동했다.

"허, 다시 보아도 모르겠군. 음… 자, 그럼 우리 쪽에선 누가 나갈까? 손 도독, 자네가 나가서 상대를 해보도록 하라. 최선을 다해야 할 거야."

"알겠습니다. 소신, 폐하의 명을 받자와 최선을 다하겠습니다."

"아, 그렇구나……."

"음……."

"허허, 그럼 그렇지……."

영락제의 말을 들은 후에야 대신들과 중신들은 영락제의 의도를 어느 정도 눈치 챌 수 있었다.

호열의 엉뚱한 행동을 영락제와 대신들은 조선의 무사를 깔보고 있는 자신들에 대한 일종의 경고라 생각한 것이다. 그렇게 나름대로 결론을 내자 사람들은 저마다 고개가 끄덕여졌다.

무인의 자존심, 아무리 소국이라고 하더라도 무인이란 생각이 들자 고개가 절로 끄덕여진 것이다. 대국이랍시고 상대도 되지 않는 자를 내보내 위세 떨지 말고, 제대로 된 상대를 내보내 정식으로 겨루어보고 싶다는 의사 표현을 행동으로 보인 것이라 생각한 것이다.

손 도독이 황제의 명을 받들어 단상을 천천히 내려가자, 검과 칼을 손에 쥐어 들고 있던 병사들은 다시 제자리로 돌아가 정렬을 했다. 또한 조선의 사신들도 이마에 흐르는 식은땀을 소매로 닦으며 자신의 자리에 앉을 수 있었다.

"허허, 역시 임 대협이야. 내 일찍이 임 대협의 높은 기상을 알고 있었지만 저 정도일 줄이야……."

"그러게 말입니다. 허허허."

"형님 말씀이 맞습니다. 우리가 용정에서 임 대협을 만난 건 천운이었습니다."

"그렇지. 허허……."

"장군, 그보다 같은 무사로서 더욱 놀라운 것은 임 대협의 실력입니다. 현운 장문인의 언질과 정 소협의 신기를 보았지만 쉽게 믿음이 가지 않았는데, 오늘 직접 제 눈으로 보니 놀랍기 그지없습니다."

"허허허."

박 장군과 하륜은 호열의 일이 잘 마무리된 것 같아 여간 기분이 좋지 않았다. 또한 처음보다 더욱 자신감이 솟구쳤다. 그것은 다른 사람들도 마찬가지였다. 불안감이 일시에 사라진 것이다.

"난 금의위 도독을 맡고 있는 손화령이라 한다. 그대의 실력은 잘 보았다. 비록 모시는 분은 다르다고 하나 같은 무사로서 미안하게 생각한다."

"음……."

'뭐, 미안할 것까진 없는데…….'

"아마 지금부터는 그대도 최선을 다해야 할 것이다. 난 황제 폐하를 보필하는 장수로서, 아니, 이 황궁에선 최고수로서 최선을 다할 것이다."

'응? 최고수? 황궁의 최고수? 이런, 제기랄! 왜? 왜 저런 놈이 나온 거지? 아니야, 이건 뭐가 잘못됐어. 잘못돼도 한참 잘못됐어…….'

호열은 손 도독의 입에서 황궁의 최고수라는 말이 나오자 어안이 벙벙했다.

아직까지 자신의 행동이 어떤 사태를 야기시켰는지 제대로 인식하지 못하고 있었던 것이다.

"자, 그럼 시작하자. 이번엔 피하지 말고 받아보도록."

손 도독은 천천히 자신의 애검을 손에 쥐었다.

"하앗, 간다."

“이, 이런…….”

손 도독의 몸놀림은 처음 경고 부영반의 몸놀림하고는 천지 차이였다. 신법을 사용해 바짝 다가와선 번개와 같이 사선으로 검을 그어왔던 것이다.

손 도독도 무공을 익힌 고수였다. 아무리 호열과의 거리라 오 장에 이른다고 하지만, 그런 거리는 눈 깜짝할 사이에 좁혀져 있었다.

호열은 어쩔 수 없이 뒤로 신형을 뽑아 올렸다. 그러나 손 도독은 이미 예상하고 있었듯이, 망설이지 않고 뒤를 바짝 따라오며 검극을 호열의 가슴에 밀어 넣었다.

‘어, 어의… 제기랄.’

호열은 뒤로 계속 밀리면서도 쉽게 어의공을 사용할 수 없었다. 아니, 어의공을 사용하고 싶지 않았다. 또 어떠한 사태가 일어날지 모른다는 생각에 어의공을 사용할 생각 자체를 접어버렸다. 그 대신 어의섬으로 위기를 간신히 모면하고 있었다.

그렇게 한 사람은 쫓고 한 사람은 도망가는 상황이 전개가 되었다.

일면 이런 상황이 계속 전개가 되면 지루한 감이 없진 않지만, 둘의 상황이 너무나 아슬아슬하게 물고 물리고 하는 관계로 지켜보는 사람들의 손엔 땀이 홍건히 배이고 있었다.

일 다경이 순식간에 지나갔다.

처음엔 호열이 막무가내로 밀리는 형국이었다. 그러나 점점 손 도독의 공세를 여유를 가지며 피하는 상황이 전개되고 있었다.

손 도독도 상황이 점점 자신에게 불리하게 되어간다는 것을 인식한 것인지, 검에선 처음과는 다르게 백색의 광채가 일렁이기 시작했다.

“검, 검기. 검기다!”

“아…….”

‘제기랄, 이거 정말 미치겠군. 내가 알고 있는 것이란 운영이 녀석의 유운검법뿐인데……. 에라, 모르겠다. 지금은 이거라도 해보자.’

호열은 여유를 찾으면서 손 도독의 검법을 유심히 바라보았다. 지금까지는 손에 들고 있는 검을 마주치지 못했었다. 정작 막을 방법이나 공격할 방법이 생각나지 않았던 것이다. 하지만 막상 부딪치려고 마음먹자, 손 도독의 검법에서 처음엔 보이지 않았던 허점들이 보이기 시작했다.

호열은 자신의 목으로 다가서는 검을 향해 유수섬전의 초식으로 백랑검을 마주쳐 갔다. 백색의 검강이 무시무시한 기운을 뿜고 있는데, 호열은 그저 막아야겠다는 생각만으로 검을 마주쳐 간 것이다.

쾅……!

“헛, 으음…….”

“응? 뭐지?”

검과 검이 부딪쳐서 생긴 굉음이라고는 생각할 수 없을 정도로 지축을 흔드는 소리가 사방에 메아리를 쳤다.

연무장엔 굉음의 여파로 먼지가 일렁거렸다. 하지만 두 사람의 모습을 감추기엔 턱없이 모자랐다.

자신의 자리에 우두커니 서 있는 호열과 오 장 정도 떨어진 곳에 가슴을 부여잡고 간신히 몸을 추스르고 있는 손 도독의 모습이 적나라하게 사람들의 시선에 잡힌 것이다.

“아…….”

“음…….”

영락제를 비롯한 많은 사람들은 상황이 뜻하지 않은 방향으로 끝난 것 같아 보이자 침울한 분위기에 휩싸였다.

어느 정도 몸을 추스른 손 도독은 자신의 검을 가슴 앞에 세웠다. 검극이 하늘로 향하게 하고는 호열의 눈을 바라보고 선 것이다.

'웅? 서, 설마……'

'어? 저 자세는? 그때 정 소협의 자세와……'

손 도독을 바라보던 조선의 사신들은 얼굴이 하얗게 질렸다. 얼마 전 운영이 취했던 자세를 다시 보게 된 것이다. 이기어검, 이기어검의 자세를…….

'이런, 설마 그 이기어검이라는 건가? 제기랄……'

호열은 눈앞이 깜깜했다. 직접 검을 부딪치는 것도 힘이 드는데 하늘을 날아다니는 이기어검이라면 상황은 더욱 불리하다는 생각이 든 것이다.

"그만… 둘 다 그만 하라."

"음……"

'웅? 왜?'

상황을 지켜보던 영락제가 싸움을 중지하라는 명을 내렸다. 아직 싸움이 끝날 때가 아니란 생각을 하고 있던 호열은 영락제가 왜 그러한 명령을 내린 것인지는 잘 모르겠지만, 상황은 아쉽게 종료가 된 것이다.

그런 것은 다른 사람들 역시 마찬가지였다. 아직 상황을 제대로 알지 못하는 병사들은 아쉬움을 감출 수 없었고, 그것은 대신들도 마찬가지였다. 다만 무공을 익힌 무장들만이 조용히 이마의 식은땀을 닦을 뿐이었다.

"하하하… 둘 다 짐의 앞으로 오라."

호열과 손 도독은 황제의 명에 따라 단상의 앞에 섰다.

"짐은 오늘 상당히 유쾌하다. 손 도독의 실력은 예나 지금이나 더욱 빛을 뿌리고 있으니 어찌 짐이 즐겁지 않겠는가. 또한 조선에서 온 무사의 무공 역시 짐의 짧은 안목을 넓혀주기엔 부족함이 없었다. 이에 짐은 둘에게 그 공을 치하한다."

"황제 폐하의 성은이 하례와 같사옵니다. 만세, 만세, 만만세……."

"옛? 예, 감사합니다. 만세, 만세, 만만세……."

"그리고 조선의 사신들은 이만 물러가라. 오늘은 짐이 피곤하니 차후의 일은 다음에 논의하겠다. 태감은 준비하도록."

"예, 폐하……."

황제의 측근 중의 측근인 정화(鄭和)는 영락제의 명을 받고는 바로 황제의 행차 준비를 지시했다.

정화에 의해 환궁 준비가 모두 갖추어지자 아무런 말 없이 어가(御駕)에 오른 영락제는 출발할 것을 지시했다. 하지만 아직까지 어안이 벙벙해 제자리에 서 있는 호열을 쳐다보는 것을 잊지 않았다.

무슨 의도를 가지고 바라본 것인지는 모르지만, 호열도 영락제의 시선을 느꼈는지 한동안 둘의 시선이 교차했다.

'허허, 정말 인물은 인물이구먼. 음…….'

영락제의 뒤를 따라 모든 대신들이 빠져나가고 난 후, 연무장을 가득 메우고 있던 병사들도 각 상관의 명에 따라 일사불란하게 사라져 갔다.

"허허허, 임 대협. 정말 잘하시었네. 정말 잘해주었어……."

"하하하, 저는 속이 다 후련합니다. 우리가 명나라의 높은 콧대를 꺾은 것이 아닙니까? 그렇지 않습니까, 형님, 하륜 공?"

“허허, 그렇긴 하지요. 음… 그러나 아까 황제의 눈빛이…….”

하륜은 영락제가 마지막으로 호열에게 보낸 눈빛이 마음에 걸렸다. 하지만 지금은 그런 문제에 신경 쓸 정신이 없었다. 아무도.

“허험, 저… 이제 머물고 계시는 곳으로 가야 하는데…….”

“응? 허허…….”

처음부터 재수가 없었던 환관, 자신을 방유라고 밝혔던 목이 뻣뻣하기 그지없었던 환관의 입에서 존대어가 나온 것이다. 순간 일행들은 갑작스러운 존대에 어이가 없었지만, 이것이 세상의 이치라는 것을 잘 알기에 그저 헛웃음만 나올 뿐 달리 할 말이 없었다.

음… 소인 임훈열, 폐하의 명에 따르겠습니다.

제10장

음… 소인 임호열, 폐하의 명에 따르겠습니다.

묵직한 분위기.

사방에 어둠이 깔려 있었지만 내실엔 대낮보다 더욱 환한 빛을 뿜고 있는 대청.

영락제를 필두로 오후에 대련에 참관하였던 대신들과 중신들은 무거운 얼굴로 마주하고 있었다. 오늘 일을 예상하지 못했기에 아직도 정신을 수습하지 못한 많은 대신들은 아무런 말 없이 황제의 불호령을 기다리고 있을 뿐이었다.

"내각대학사는 이 일을 어떻게 보는가?"

"허, 음……."

"음……."

드디어 호랑이의 포효(咆哮)보다 더욱 무서운 황제의 하명이 떨어졌다. 직접 황제의 명을 받은 내각대학사 양회는 물론, 다른 대신들도 신음을 간신히 참아야만 했다.

"소신을 죽여주시옵소서… 소신이 황제 폐하의 용안에 커다란 흠을 냈사옵니다……."

양회는 영락제의 하명이 떨어지자, 자신이 서 있던 곳에 오체투지를 하며 전신을 떨었다.

"음… 짐은 대학사에게 그런 말을 듣고자 한 것이 아니다. 오늘의 일을 어떻게 보았는가만 말하도록."

영락제의 간결하면서도 불호령이 담겨 있는 명령이 재차 양회에게 떨어졌다.

양회는 영락제의 하명에 자리에서 일어나 조용히 오늘의 일에 대해 생각을 정리했다. 영락제도 양회가 충분한 생각을 할 수 있도록 조용히 기다려 주었다.

"폐하, 소신이 폐하께 드릴 말씀은 별로 없사옵니다. 다만 소신의 생각이 너무나 짧았다는 것이옵니다."

"생각이 짧았다? 그래서?"

"예, 음… 첫째로 소신은 설마 조선의 무사들 중에 그런 고수가 있다는 생각은 하지 못했사옵니다. 또한 그런 무사가 있다고 해도 황궁 최고수인 손 도독과 평수를 이룰 수 있다고는 더욱 생각하지 못했사옵니다."

양회는 영락제에게 고하면서도 황궁의 최고수라는 말에 힘을 가했다. 정말로 생각해 보지 못한 일이기에 자신도 모르게 살 수 있는 방향을 모색하게 된 것이다. 황궁의 최고수와 겨루어 평수를 이룰 정도의 고수가 나올 줄은 아무도 몰랐을 것이기에.

"계속하라."

"옛? 예. 그, 그리고 둘째로는 그 무사가 너무나 대담하게 폐하께 무례를 저지를 정도의 사고를 가지고 있을 것이란 생각을 하지 못한 것이옵니다."

"허허, 그래. 그건 그렇다. 정말 기백이 넘치는 자였다."

"옛? 예… 그렇사옵니다."

"그래서? 그래서 대학사는 짐이 앞으로 어떻게 했으면 좋겠는가?"

'휴… 폐하께서도 오늘의 일이 어쩔 수 없었던 일이란 것을 알고 계시구나. 이렇게 된다면……'

영락제의 의중을 아직 완전하게 파악하지 못한 양회였지만, 아직 살아날 희망이 보이는 것 같아 그것을 잡기 위한 몸부림으로 끊임없이 머리를 굴려야 했다. 황제가 바라는 대답이 무엇인지 빨리 생각해 내야만 했기 때문이다.

"폐하, 폐하의 의중이 어디에 계신지 잘 모르지만, 소신의 생각으론 폐하께서는 물론 우리 대신들도 우선 조선이란 나라에 대해서 다시 한 번 생각해 보아야만 할 것 같습니다."

"음… 조선에 대해서 다시 한 번 먼저 생각하라……."

"예, 조선은 고려의 후신이옵니다. 또한 고려는 먼 옛날 고구려의 후예들이 세운 나라였습니다. 하지만 더욱더 깊이 생각하면 전신(戰神) 치우(蚩尤)를 떠올릴 수 있습니다."

"응? 지금 치우라고 했는가? 염제신농과 황제 시대 때의 그 악신 치우?"

"예, 사실 치우는 동이족의 황제였습니다. 이런 모든 것을 생각해 볼 때, 소신이 한마디로 다시 말씀드리자면 무예를 숭상하는 나라라는 것이옵니다. 그러나 다행인 것은 지금의 조선은 그런 부분에선 많이 퇴색하였습니다. 무예보다는 나라를 다스리는 데 문을 택한 것이옵니다. 소신은 여러 대신들이 이러한 모든 것들을 생각하고 난 다음에 오늘의 일을 생각하시는 것이 좋을 줄 아옵니다.”

“음…….”

“허, 그렇군. 치우라…….”

대학사의 긴 설명을 들은 후, 대신들은 물론 영락제는 한동안 각자의 생각에 잠겼다. 그러나 그런 사색의 시간은 오래가지 못했다.

“폐하… 소신이 너무나 미천하여 폐하의 깊으신 의중을 알 수는 없지만, 소신의 짧은 생각으론 그 조선의 무사를 등용하시는 것이…….”

양회는 아직 확실하게 영락제의 의중을 알 수 없었다. 하지만 어가에 오르며 호열을 향해 보여주었던 눈빛이 생각나는지라, 호열의 등용에 대해 언급을 하였다. 그러나 말을 하면서도 확실하지 않기에 희미하게 말끝을 흐리며 영락제의 눈치를 보았다.

“음… 조선의 무사를 등용하라?”

“폐하, 그것은 아니 될 말씀이옵니다. 어찌 그런 참형에 처할 작자를 등용하여 쓴다는 말씀이시옵니까.”

“그렇사옵니다. 그것은 가당치도 않은 일이옵니다. 대학사는 어찌 폐하의 앞에서 그런 망발을 내뱉는 것이오!”

“음…….”

대학사의 말을 듣고 있던 중신들은 하나같이 아니 될 말이라고 목청을 높였다. 그러나 대학사의 주청을 들은 영락제는 대신들이 무엇이라고 하든 얼굴에 희미하게나마 웃음기가 머물렀다.

양회는 영락제의 용안을 보아서야 자신의 짐작이 맞았다는 것을 알 수 있었다.

‘휴… 이제 살았구나. 정말 살았어……. 그나저나 정말로 폐하의 의중이 거기에 계실 줄이야…….’

“그만 하라. 짐은 왜 대학사가 그런 말을 한 것인지 그 이유를 알고 싶다. 어서 대학사는 짐에게 그런 말을 한 연유에 대해 고하라.”

“예, 소신이 폐하께 무례하게도 조선의 무사를 등용하시라 주청을 드리는 것에는 이유가 있사옵니다. 소신은 예전에 무림이란 곳에 대해서 들은 적이 있사옵니다. 또한 선황제이신 태조께서도 언급을 하신 일도 있었사옵니다. 그리고 폐하께서도 그 문제를 심각하게 생각하신 적이 있다는 것을 알고 있사옵니다.”

“음…….”

“비록 그들 모두 폐하의 백성들이오나, 그들은 폐하의 명과 나라의 국법이 아닌 자신들의 힘만을 믿고 검을 숭배하는 집단이라 하옵니다. 그런 얘기를 들었을 때, 사실 소신은 크나큰 걱정에 휩싸였습니다. 만약 그들이 단합을 하여 역적 모의라도 하면 어쩌나 말입니다. 그렇게 된다면 소신의 생각으론 그들을 쉽게 저지할 수 없다는 생각이 들었던 것입니다.”

한 번 기회를 잡은 양회는 두 번 다시 없을 기회를 놓치지 않았다. 또한 한 번 말문을 열기 시작하자 막힘이 없이 영락제의 마음을 여는 말들이 줄줄이 이어져 나왔다.

“그러한 차에 황궁 최고수인 손 도독과 자웅을 겨룬 고수가 나타난 것이옵니다. 그것도 그 옛날 전신 치우의 후예라고 할 수 있는 동이족에서 말입니다.”

“음…….”

“그러나 무엇보다 소신이 말하려고 하는 진짜 이유는 지금부터이옵니다. 사실 소신은 그 무사를 좋게 보지 않고 있사옵니다. 그러나 그를 이대로 돌려보낼 수는 더욱더 없는 일이옵니다.”

“응? 대학사, 그것은 무슨 말이냐? 그냥 돌려보낼 수가 없다니?”

영락제는 잘 나가던 양회가 이상한 말을 하자 의구심이 들었다.

영락제는 편하게 생각하고 있었다. 눈치 빠른 대학사가 호열의 무예가 높은 것을 크게 보아 등용하는 것이 어떻겠냐는 쪽으로 중론을 유도할 것이라 생각하고 있었기 때문이다. 그러나 보기 좋게 그런 의도를 빗겨 나간 것이다.

대신들도 대학사의 말을 듣고 있었지만 그 요지를 정확히 이해할 수가 없었다.

“예, 사실 소신은 그 무사를 별로 탐탁지 않게 생각하고 있사옵니다. 하지만 그것은 어디까지나 소신의 생각이고, 또한 공과 사는 엄연히 구별이 되는 것이기 때문입니다. 그에 소신은 그 무사가 조선으로 건너가서 강력한 군세를 키우게 되는 천추의 우를 범하는 것보다는, 차라리 폐하께서 그 무사를 등용하시는 것이 좋겠다는 것이옵니다.”

“아…….”

“그렇구나… 그 무사의 실력으로 볼 때, 그렇게 되고도 남겠구나…….”

조용히 대학사의 얘기를 듣고 있던 대신들은 너도 나도 할 것 없이 자신들의 무릎을 치며 크게 호응을 했다.

그런 대신들의 반응을 이미 예상하고 있었는지 대학사의 입가엔 미소가 졌다.

“예, 그리고 무엇보다 그 무사를 등용하심으로써 폐하께선 무림에 대한 근심을 어느 정도 더실 수 있지 않나 사료되옵니다.”

"허허, 대학사는 역시 대학사구먼. 정말 옳은 말이로다. 허허허…
참, 손 도독은 어떻게 보는가?"

"폐하, 어찌 소신이 염치없게 폐하께 드릴 말씀이 있겠사옵니까.
음… 그러나 그 무사에 대해선 대학사의 의견을 받아들여 깊이 생각하
시는 것이 좋다고 생각되옵니다. 사실, 음… 소신은 오늘 대련에 패했
사옵니다."

"헛, 음……."

"어찌 손 도독이……."

왜 영락제가 오후에 있었던 대련을 중도에 중지시켰는지에 대해 그
정확한 이유를 아직까지 모르고 있던 대신들, 그들은 손 도독의 침통한
말을 들은 후에야 확연히 알 수 있었다.

"음… 좋다. 짐은 오늘 참으로 유쾌하다. 손 도독이 패한 것은 안타
까운 일이나, 짐은 그 일로 말미암아 뛰어난 인재를 곁에 둘 수 있게
되었다. 비록 우리 중원인이 아니라 그것이 마음에 걸리기는 하지만,
앞으로 짐이 계획하는 일에 그를 등용할 것이다."

"폐하, 계획하는 일이라 하심은……."

영락제의 말을 듣고 있던 장 제독은 한 번도 언급하지 않았던 말이
나오자 입을 열지 않을 수 없었다. 그러한 것은 오군도독부의 조 대도
독도 마찬가지였다.

"하하하, 짐이 아직 말하지 않았었구먼. 사실 대학사의 말대로 짐은
요즘 들어 무림에 대해 생각하고 있었다. 황궁과 무림, 모두 잘 알겠지
만 무림이란 곳은 나라의 국법이 통하지 않는 곳이다. 그렇다고 짐의
백성들이 아니라는 말은 아니다. 그렇다면 무림이란 곳을 어떻게 생각
해야 하는 것일까? 짐은 그 문제에 대해 많은 고심을 했다. 그러한 차

에 황궁에도 무림인들과 같은 고수가 있다면 어떨까 하는 생각을 하게
된 것이다.”

“폐, 폐하. 그, 그렇다면 폐하의 말씀은……..”

조 대도독은 영락제의 말을 들으며 인상이 구겨졌다. 그렇지 않아도
황제의 직속 부대인 금의위와 동창의 기세에 눌려 할 말도 못하고 있
었는데, 이번엔 그들보다 더욱 껄끄러운 부대가 창설될 기미가 보이고
있었기 때문이다.

“허허, 그래… 짐은 이번에 황궁에도 무림인들과 같은 고수들로 이
루어진 부대를 만들어볼까 한다. 비록 짐의 옆에 손 도독이 있다고는
하지만, 손 도독은 이미 금의위의 도독을 맡고 있기에 그 직임(職任)을
바꿀 수 없고, 동창의 초창진(楚昌鎭) 제독 또한 그러하다. 이러한 때에
그러한 자가 짐의 눈에 띄었으니 어찌 아니 유쾌할 수가 있겠는가. 하
하하……..”

“음……..”

“휴……..”

또다시 황제의 직속 부대가 생기는 것이다. 아니, 이미 영락제의 말
로 미루어 짐작하건대 모든 것이 결정난 것이다. 지금 있는 금의위와
동창의 위세에 한시도 두 발을 뻗고 잠을 청하지 못했던 대신들은 남
모르게 한숨을 쉬어야만 했다.

금의위가 창건이 된 것은 태조 때의 일이다. 처음엔 외부의 세력으
로부터 황성과 수도의 수호를 위해 세워진 황군이었다. 그러나 창건
당시의 취지가 변질되어 두 차례의 옥사(獄事), 효유용의 옥이라는 효
옥(胡獄)과 남옥(藍玉)의 옥이라는 남옥(藍獄)의 사건 이후로 많은 대신
들과 그에 연관된 삼만 명에 달하는 목숨이 금의위에 의해 형장의 이

슬로 사라진 것이다.

또한 현 황제인 영락제가 정난의 변 이후 창건한 동창은 금의위보다 한술 더 뜨고 있었다. 관리들의 감찰은 물론, 황실과 관계된 모든 일들을 감시하고 있었다.

현재 금의위는 동창으로 편입이 되어 있었다. 그렇다고 손 도독이 초 제독의 밑에 있는 것은 아니었다. 동창과는 별개의 활동을 하고 있는 상황이었다. 한쪽은 감시와 감찰을 중점으로, 또 다른 한곳은 힘의 상징으로 계속해서 대신들의 목을 조이고 있는 것이다.

"폐하, 그렇다면 그 인원은 어디에서……."

조 대도독은 이미 결정된 사항보다 차후의 일에 신경이 쓰였다. 그렇지 않아도 실력이 있는 부하가 없어 고민하고 있는 실정인데, 거기다 이번에 유능한 인재가 차출이 되어 빠져나간다면 여간 어려운 일이 아니었기 때문이다. 그러한 것은 손 도독이나 초 제독도 마찬가지였다.

"음… 짐은 이번에 새로운 인재들을 등용할 생각이다."

"새로운 인재라 하심은……."

"허허, 짐도 그대들의 고충을 잘 알고 있다. 그래서 짐은 이번에 대신들의 자녀들은 물론 관직에 있었거나 현직에 있는 관리들의 자녀들 중에 뛰어난 자들을 가려 등용할 생각이다. 짐도 아직 위임받을 그 무사에 대해 자세히 모르기에 쉽게 말을 할 수는 없지만, 아마 나중에는 지금의 금의위를 능가하는 실력들을 발휘할 것이라 생각한다."

"아… 그, 그렇다면 소신들이야……."

"폐하, 성은이 망극하옵니다."

"성은이 망극하옵니다. 만세, 만세, 만만세……."

영락제의 말을 들은 대신들은 그늘이 졌던 얼굴에 활력이 붙었다.

금의위와 동창의 위용을 능가하는 부대에 자신의 자식들이 요직에 있게 된다면, 높은 품계와 관직에 있었어도 언제 들이닥칠지 모를 불안과 근심에 몸을 사려야만 했던 것에서 해방이 될 것이란 기대가 솟구쳤다.

"자, 이제 그 일을 추진하기 위해 좋은 생각들을 말해 보도록 하라."

"예, 사실 소신은 그 문제에 대해 생각해 놓은 것이 있사옵니다."

"허허, 대학사가? 그래, 그것이 무엇이냐? 어서 말해 보거라."

"예, 우선 그 무사에게 꼼짝할 수 없는 그물을 걸어야 하옵니다. 그래야 폐하께서 등용하시는 데 아무런 무리가 없을 것입니다. 그리고 그 그물은 바로 대련에 벌어졌던 일이옵니다."

"아, 그렇군. 허허… 역시. 그럼 그렇게 하라. 차후의 일은 대학사와 대신들이 알아서 하도록 하라. 짐은 이만 자리에서 일어나겠다. 알겠는가?"

이미 자신이 원하는 답을 얻었기에 영락제는 미련없이 용좌에서 일어났다. 더 이상 있어보았자 구차한 것들을 듣게 될 것이기에, 차라리 그럴 것이면 조용히 쉬고 싶었던 것이다.

"폐하, 성은이 망극하옵니다. 만세, 만세, 만만세……."

"……."

대신들의 만세 합창을 뒤로하고 영락제는 대청을 빠져나갔다. 그 뒤를 이어 금의위의 손 도독과 동창의 초 제독이 따랐다. 그러나 초 도독은 무엇이 그리 못마땅한 것인지 오체투지해 있는 대신들을 보면서 입을 삐쭉이고 있었다.

'빌어먹을 자식들, 지금은 폐하의 성은에 감읍해하겠지만 그것이 오래가지는 않을 것이다. 황궁에 무림이 어디 가당키나 한 일인가? 아니, 왜 하필 대신들의 자녀들 중에서 뽑으시려고 하는 것인지…….'

평소 대신들의 감시자 역할을 하며 목에 힘을 주고 있던 초 제독은 이번의 일이 여간 신경 쓰이는 것이 아니었다.

대련을 마치고 머물고 있던 곳으로 돌아온 일행은 사람들을 시켜 술과 안주를 장만하라 일렀다. 또한 박 장군과 하륜은 오늘의 노고를 치하하기 위해 호열에게 동석할 것을 청했다. 그러나 호열은 주변의 성화에도 불구하고 피곤하다는 핑계로 객방에 들어갔다.

그에 박 장군과 하륜은 아쉬운 마음을 뒤로하고 호열을 쉬게 할 수밖에 없었다. 피곤하다는데 더 이상 붙잡아둘 말이 없었던 것이다.

"형님, 오늘 임 대협이 우리 조선의 기백을 확실히 보여주었습니다. 이제 명나라에서도 우리에게 함부로 하지는 못할 것입니다."

"허허, 그건 맞는 말이다. 내가 지금까지 살아오면서 오늘처럼 통쾌한 날은 없었다. 허허허……."

"음… 그건 그렇지만 저는 아까 황제의 눈빛이 마음에 걸립니다."

"응? 그것이 무슨 말인가? 황제의 눈빛이라니?"

박 장군은 하륜의 말에 의구심이 들었다.

"허허, 장군께선 보질 못하셨나 보군요. 저는 아까 황제가 어가에 오를 때 임 대협을 바라보는 눈빛을 얘기하는 것입니다. 무엇인가 있었습니다. 그것이 무엇인지 모르지만 말입니다."

"허, 그런 일이 있었는가? 음……."

"그런 일이 있었군요. 그러나 그리 신경 쓸 것은 아닐 것입니다. 만약 나쁜 일이라면 오늘 우리가 이런 자리를 마련하지도 못했겠지요. 안 그렇습니까?"

"허허, 박 부장의 말대로 그건 그렇겠지. 음… 자, 그 문제는 내일 알게 되겠지요. 오늘은 우리 마음껏 마십시다. 장군, 오랜만에 제 술잔을 받으시지요.”

“허허, 그럼 그래 볼까? 허허허…….”

방 안에 들어온 호열은 애써 잠을 청했다. 하지만 쉽게 잠들 수가 없었다. 대련할 당시에는 몰랐는데, 대련이 끝나자 앞날에 대한 불안감이 물밀듯이 몰려온 것이다.

또한 생전 처음 남과 싸웠다는 것이 실감이 나지 않았다. 목숨이 경각에 달했던 상황들이 하나하나 주마등처럼 눈가에 선했다.

다른 사람들은 호열이 이겼다는 것에 고무되어 있었기에 현재 방 안에 있는 호열이 어떻다는 것에는 신경 쓰지 못하고 있었다.

“음… 휴, 내가 어쩌다가 이 지경까지 오게 된 것인지 모르겠구나. 이렇게 될 줄 알았으면 중원에 들어오지나 말 것을. 그나저나 정말 너무하는구나. 난 지금 심각한데…….”

호열은 손 도독과 대련할 당시를 떠올리자 온몸에 소름이 돋고 식은 땀이 흘렀다. 또한 가만히 있으려고 해도 몸이 떨려 말을 듣지 않고 있었다.

“휴, 정말 아슬아슬했어. 그나저나 왜 황제가 중지를 시켰지? 그리고 그 이상한 눈빛은 뭐고? 음… 에이, 모르겠다. 아직까지 온몸이 떨리네. 후후, 그나저나 생전 처음 하는 대련에서 황실 최고수와 싸우다니 나도 참 대단한 놈이다. 오늘 내가 잘하긴 잘했지. 암…….”

이불을 꼭 뒤집어쓰고 애써 잠을 청하며 호열은 별 하나 별 둘을 셌다. 그것이 도움이 되든 안 되든…….

그렇게 하나의 벽 사이로 한쪽에선 승리에 취하고 술에 취하는 밤을 보냈고, 다른 한쪽에선 자신의 불투명한 앞날에 대해 고민을 하면서 불안한 밤을 보냈다.

아침이 밝았다. 아니, 이미 해가 중천에 자리한 지 오래되었다.

사람들은 어제의 취기가 아직 가시지 않은 관계로 늦게 일어난 것이다. 그러나 호열은 한숨도 눈을 붙이지 못했기에 날이 밝자마자 객실 앞에 만들어놓은 정원을 거닐었다.

호열이 홀로 한나절 이상을 사색에 잠겨 있어서야 사람들이 하나둘 밖으로 나오기 시작했다.

"아, 잘 잤는가? 어이구, 이거 내가 어제 많이 마시긴 했나 보구먼. 아직도 머리가 다 아프니 말일세. 음… 그나저나 몸은 어떠한가? 아직도 피곤한가?"

"하하, 아닙니다. 괜찮습니다."

"허허, 하긴 젊은 사람이니 어련할까. 그나저나 다른 사람들은?"

"예, 조 무장과 윤 무장은 아까 일어났고, 하륜 공도 조금 전에 일어나셨습니다."

"허허, 그런가? 이런, 그럼 내가 이러고 있을 때가 아니지. 그럼 난 이만 들어가겠네. 언제 그 환관이 들이닥칠지 모르니 의관을 준비하고 있어야지. 허허허……."

"예, 그렇게 하십시오. 전 조금 더 여기에 있겠습니다."

"허허, 그렇게 하게……."

박 장군이 들어간 지 반 시진이 지났다.

아직 정오가 되지 않았지만, 오늘은 다른 날과 달리 햇빛이 따가웠다. 하지만 다른 날과 달리 간간이 바람이 불어 습기가 느껴지지 않았기에, 정원을 거닐며 산책을 하기엔 여간 좋은 날이 아니었다.

'휴… 내가 처음 중원에 들어오면서 의도했던 일들이 하나도 이루어진 게 없구나. 상인이 되겠다는 생각도 그러하고, 또 이번의 일을 잘 마무리해서 하위 직 무관 자리라도 들어갔으면 하는 것도 그렇고. 왜 이렇게 내 인생이 꼬이는 것일까? 음… 그래, 내 인생이 꼬이기 시작한 건 삼황을 만난 후부터야. 맞아. 빌어먹을 삼황……'

"허흠, 허흠. 이, 이보시오."

"응? 누… 아, 어쩐 일로… 이런, 잠시만 기다리시오. 하륜 공이 안쪽에 계시니 그곳으로 안내하리다."

호열은 갑자기 들려오는 헛기침 소리에 뒤를 돌아보았다. 그저 일행일 것으로 생각하고 돌아본 것인데, 그곳에는 어제의 환관이 서 있었다.

하륜과 박 장군이 담소를 나누고 있는 곳까지 호열의 안내를 받으며 온 환관은 어제와는 너무도 다른 모습을 보이고 있었다. 특히 호열을 대할 때면 알아서 고개를 숙이며 눈을 밑으로 깔았다.

"허허, 어서 오시오. 그래, 이번엔 무슨 일로 왔는가?"

"허흠, 그것이… 지, 지금 황제 폐하께서 찾으십니다. 그래서……."

"알았네. 이미 준비를 하고 있었으니 어서 안내를 하게. 자, 그럼 우리도 일어납시다. 임 대협도 같이 갑시다."

"옛? 예……."

'빌어먹을, 왜 또 내가 가야 되지? 안 가면 안 되나? 오늘은 그냥 여기 있고 싶은데. 휴…….'

호열은 알지 못할 불안감을 느꼈다. 하지만 그것이 무엇인지 알 수 없었기에 막연한 불안감일 뿐이었다. 그런 불안감을 가지고 안 간다고 할 수는 없었기에 이번에도 말 한마디조차 하지 못하고 따라가야만 했다.

집정천의 대청.

이틀 전에도 와보았지만, 머물고 싶지 않은 곳이었다.

오늘도 어김없이 대청 안에는 대신들로 만원을 이루고 있었다. 또한 어찌 된 일인지 많지 않았던 금갑의 무관들도 상당수 눈에 띄었다.

대청에 들어서며 심상치 않은 분위기를 느낀 것은 호열만이 아니었다. 박 장군과 하륜은 말할 것도 없고, 박 부장과 한기를 비롯한 두 무장도 손에 땀이 흐르고 있었다.

"황제 폐하 납시오……."

"만세, 만세, 만만세……."

"음……."

황금빛 휘장 뒤로 사람들의 움직임이 보였다. 그중에 한 사람이 자리에 앉자 주변에서 분주하게 움직이던 사람들도 그 움직임을 멈추었다.

"휘장을 거두어라."

"예, 휘장을 거두어라……."

황제의 명에 따라 환관이 재창을 했다.

휘장이 거두어지며 서서히 영락제의 모습이 보이기 시작했다. 오늘도 어김없이 황금빛 찬란한 비단을 걸치고 있었으며, 또한 두 마리의 금룡이 그 위용을 뽐내고 있었다.

"시작하라."

'응? 뭘 시작하라는 거지? 서, 설마… 아, 아니겠지. 아닐 거야…….'

영락제의 말에 호열을 위시해서 모두 바짝 긴장했다. 그러나 누구

하나 말문을 여는 사람은 없었다.

영락제가 명을 내리자, 어제 연무장에서 보았던 정화라는 환관이 앞으로 나왔다.

"조선의 사신들은 앞으로 나와라."

"음……."

이틀 전과 마찬가지로 하륜이 제일 앞에 서며 영락제의 명을 기다렸다. 아니, 실은 환관의 명을 기다리고 있는 것이다. 지금은 환관의 명이 영락제의 명이기 때문이다.

"조선의 사신들은 황제 폐하께 예를 갖추도록 하라."

"황제 폐하, 만세, 만세, 만만세……."

환관의 명에 따라 일제히 허리를 굽히며 경건한 합창을 했다. 이번엔 호열도 최대한 성의를 다해 합창에 동참을 했다.

"황제 폐하의 하명에 따라, 지금부터 본인이 폐하의 지엄하신 명을 대신하여 그대들에게 하명을 전하겠다."

"음……."

환관은 조선의 사신들을 일별한 다음, 뒤에 서 있는 다른 환관의 손에서 괘를 받아 든 후 그것을 펼쳐 들었다.

"조선의 사신들은 듣거라. 짐은 일전의 약속대로 그대들에게 조선의 고명과 인장을 하사하겠다. 또한 먼 여정의 노고를 치하하는 차원에서 조선의 국왕을 대신해서 그대들에게 하사품을 내리노라. 그러나……."

"아……."

하륜을 비롯한 일행들은 차마 황제의 명을 받고 있는지라 고개를 들지 못하고 있지만, 그 마음은 모두 기쁨이 넘쳐 환희가 되어 있었다.

"흠흠, 그러나 어제의 대련에 출전을 했던 무사는 황제 폐하께 너무나 큰 무례를 범하였기에 그냥 보아 넘길 수 없는 사안이었는 바, 이에 대신들과 여러 중신들이 모여 그 일에 대해 의논을 하였다. 그에 모아진 중론에 따라 무사는 극형에 처한다.”

“헉! 말, 말도 안 되는…….”

“이, 이…….”

‘억! 뭐, 뭐야? 나, 나를 극형에 처한다고? 이, 이런……!’

환관의 말에 기쁨이 넘쳤던 일행들은 순간 하늘이 깜깜해지는 기분을 느꼈다. 또한 아직 황제의 하명이 끝나지 않은 상황이었지만 일제히 고개가 올려졌다.

“이런, 무례하다! 어서 고개를 숙이지 못할까!”

“음…….”

‘아… 내가 여기서 죽는구나. 이렇게 끝나는 거였어. 흑…….’

조선의 사신들이 모두 고개를 숙인 것을 확인한 후, 환관은 아직도 더 할 말이 남았는지 괘를 다시 펼쳐 들었다.

“음… 그러나 황제 폐하께서 조선의 국왕에 대한 예의로 무사가 살 수 있는 방안을 하명하시었기에, 무사는 그에 따르는 결정을 스스로 하도록 하라. 이상이오. 어제의 그 무사는 어서 폐하께서 계신 단상의 앞으로 나오도록 하라.”

환관은 황제의 하명이 기록되어 있는 괘를 접은 후, 아직도 정신을 차리지 못하고 있는 호열을 향해 명을 내렸다. 그리곤 천천히 처음 있었던 자리로 돌아갔다.

호열은 어쩔 수 없이 환관의 명에 따라 단상 앞으로 가서 섰다.

‘살 수 있는 길이라, 살길… 무엇이 되었든 꼭 해내야 되겠구나. 역시 불안했는데 그것이 들어맞았구나. 휴…….’

아직 어떠한 명이 떨어질지 알지 못하는 호열이었지만, 그것이 무엇이 되었든 해야만 하는 일이란 것을 잘 알고 있었다. 비록 살 수 있는 가망성이 희박한 것을 시킨다고 해도 해야만 하는 것이다.

"대신들의 중론이 이미 극형에 처하는 것으로 모아졌다고는 하나, 짐은 너의 뛰어난 실력이 너무나도 아깝게 생각되어 살 수 있는 방안을 제시하고자 한다. 너는 짐의 밑에서 일할 용의가 있느냐? 너의 한마디에 따라 짐과 대신들의 생각이 달라질 수도 있다."

"음……."

'뭐야? 그럼 나보고 관리가 되라는 거야? 아니, 관리는 아니더라도 자신들 밑에 있으라는 말이네. 음… 이거 생각하고 뭐고 할 것도 없잖아. 우선은 살고 봐야지. 암…….'

호열은 천천히 뒤를 돌아보았다. 언제 고개를 들었는지 일행들은 허리를 숙이지 않고 있었다. 천천히 박 장군과 하륜, 그리고 다른 사람들과 눈빛을 마주했다.

박 장군은 호열과 눈빛을 교환하면서 희미하게 고개를 끄덕여 보였다. 하륜은 애써 호열의 시선을 외면했다.

'음… 휴…….'

영락제는 호열의 행동을 끝까지 지켜보았다. 황제가 지켜보고 있는 상황에서 거리낌없이 뒤를 돌아본다는 것은 있을 수 없는 일이었지만, 영락제는 호열의 결정을 기다릴 뿐 다른 제지를 가하지는 않았다. 다른 사람 같았으면 참형에 처할 상황이었는데도.

"음… 소인 임호열, 폐하의 명에 따르겠습니다."

힘겹게 호열의 말문이 열렸다.

"하하하. 그래, 잘 생각했다. 대신들도 더 이상은 이 일에 대해 왈가

왈부하지 말도록 하라. 알겠는가?"

"옛, 알겠사옵니다, 폐하……."

"이제 그대들은 그만 물러가도록 하라. 짐이 대신들에게 일러 모든 일을 내일 중으로 처리하도록 하겠다."

"만세, 만세, 만만세… 폐하의 성은에 감읍하옵니다."

영락제의 명이 떨어지자 일행들은 천천히 대청을 빠져나왔다. 들어갈 때에는 화기애애한 분위기였는데, 나올 때는 침울한 분위기로 나온 것이다.

황제의 명, 황제의 명에 의해서…….

제11장

언젠가는 다시 만날 날이 있겠지, 내가 살아 있다면…

 언젠가는 다시 만날 날이 있겠지,
내가 살아 있다면…….

침울함과 침중함.

탁자를 가운데 두고 앉아 있는 사람들의 표정이다. 누구 하나 얼굴 표정이 이 범주에서 빠지는 사람이 없었다.

"임 대협, 정말 할 말이 없네. 나 때문에 임 대협이 어려운 곤경에 빠지게 되다니……."

"음… 저도 상황이 이렇게 될 줄은 몰랐습니다. 설마 하니 대신들이 그러한 결정을 내리고, 또한 황제가 임 대협에게 그런 말을 할 줄이야……."

"그렇습니다. 이건 너무나 부당한 일입니다."

"음……."

"하륜 공은 이 일을 어떻게 보는가? 왜 황제가 그런 명을 내렸다고 생각하는가?"

"글쎄요……."

"허허, 이것 참……."

박 장군은 호열에게 미안함을 느꼈다. 처음부터 오지 않겠다는 호열을 끌어들인 것도 자신이기에 더욱 그러했다.

"제 생각은 이렇습니다. 확실한 것은 아니지만 말입니다."

"응? 그것이 무엇인가?"

그동안 침묵을 지키고 있던 한기가 모두의 시선을 받으며 천천히 말문을 열었다.

호열도 자신의 일이기에 한기를 바라보았다. 어쩌면 앞으로의 험난한 황궁 생활에 돌파구를 마련할 수 있는 해답이 나올지 모른다는 생각이 든 것이다.

"예, 사실 저는 임 대협의 의중을 알고 싶습니다. 그래야만 제가 다음 말을 할 수 있습니다."

"응? 그것이 무슨 말인가? 임 대협의 의중이라니?"

"예, 사실 하륜 공께서도 이미 제가 하려고 하는 말을 짐작하고 계실 것이라 생각합니다. 제가 옆에서 지켜보니 하륜 공께서 직접 말씀하시기가 어렵다는 생각이 들었기에, 차라리 그렇다면 제가 얘기를 꺼내는 것이 좋겠다는 생각에서 이렇게 나서게 된 것입니다."

"응? 그것은 또 무슨? 하륜 공, 한기가 말하는 것이 참말인가?"

"허허, 내 진작에 기의 영민함을 알고 있었지만 벌써 그 정도라니 대단하구먼. 그래, 자네가 말해 보게나. 사실 이 말은 내가 직접 임 대협에게 해야 하는 것이지만, 자네가 내 의중을 알고 있다니 자네가 하는 것이 좋겠네……."

"허 참, 무슨 말을 하는지 모르겠군. 그나저나 빨리 말해 보게. 누가 한들 어떻겠나."

한기는 박 장군의 말을 들으면서 호열을 바라보았다.

"임 대협, 제가 알고 싶은 것은 임 대협의 의중이 어디에 있느냐 하는 것입니다. 임 대협께선 정말 황제의 명에 따라 이곳에 남으시겠습니까? 아니, 황제가 시키는 일이 무엇이 되었든 목숨을 내놓고 하시겠습니까?"

"음… 목숨을 내놓는다고 하기보다는 살려면 어쩔 수 없이 해야 하지 않겠소?"

"예, 알겠습니다. 그렇다면 이제 상황이 어떻게 돌아가고 있는 것인지 임 대협도 알고 계시는 편이 좋겠기에, 조금 언짢으시더라도 이해하십시오."

"음… 알았으니 말해 보게."

"예, 제가 보기엔 대신들은 임 대협의 실력을 꺼려하는 것 같습니다. 그러면서도 자신들의 밑에 두기를 바라는 마음도 있을 것입니다. 하지만 쉽게 말을 할 수 없었겠지요."

"그것이 무슨 말인가? 내 실력을 꺼리면서도 탐낸다니?"

"예, 대신들은 우리의 상황을 모릅니다. 임 대협이 이번 일만 끝내면 우리와 헤어진다는 것을 말입니다. 그러니 대신들은 임 대협과 같은 고수가 우리와 함께 조선으로 돌아갈 것이라 생각한 것이겠지요. 그렇게 된다면 차후 임 대협으로 인해 우리 조선의 군세가 점점 강대해질 것이라는 방향으로 생각이 미치는 것은 당연할 것입니다. 그것은 또한 우리의 바람이기도 하니까요."

"음……."

한기의 말을 들으면서 박 장군과 하륜은 공감을 표하는 신음을 냈다.

사실 호열은 모르고 있었지만, 박 장군과 하륜은 이번의 일만 잘 마무리되면 호열에게 조선으로 같이 가자는 말을 하려고 했었다. 호열의 역량이면 충분히 강력한 군대를 만들 수 있다는 생각이 들었던 것이다.

"그래서 대신들이 내린 결정은 이러했을 것입니다. 자신들이 얻지 못하면 다른 사람에게도 주지 않겠다. 차라리 자신들의 손으로 사라지게 하겠다. 뭐, 이런 식의 중론이 모아지지 않았을까 생각합니다. 또한 황제 역시도 그러한 생각을 가지고 있었다고 보여집니다. 그래서 오늘과 같은 일이 일어났겠지요."

'뭐야? 그럼 내가 못 먹는 감이란 말이야? 못 먹는 감 찔러나 보자는 생각으로 남 주기는 위험하니 밑에 두지 못할 바에는 죽이겠다는 것이었잖아. 이런 못된 놈들이 있나……'

"허, 자네의 말을 들어보니 그런 것도 같구먼. 그렇다면 이제 어떻게 되는 것인가? 임 대협의 앞날이 말일세."

"하하, 제가 점쟁이도 아닌데 어떻게 사람의 앞날을 알겠습니까. 다만 제가 임 대협에게 드릴 수 있는 말은 이것뿐입니다. 임 대협의 말씀대로 황제의 명에 따르실 요량이라면 그리 크게 걱정하지 않으셔도 된다는 것입니다. 아마 황제는 임 대협을 요긴하게 쓸 생각으로 살려둔 것이니까요."

"아… 그렇다면?"

"예, 사실 어제의 일은 누가 뭐라고 해도 참형에 처할 수 있는 일이었습니다. 만약 평소에 무예를 좋아하는 황제가 아닌 다른 황제였다면 오늘 우리는 모두 극형에 처했을 것입니다. 그냥 편안하게 처리했겠지요. 이미 정총과 같은 십여 명의 학식이 출중한 분들이 이곳에 억류되어 있고, 또한 공부와 같은 지자들을 압송하라는 압력을 우리 조정에

넣고 있지 않습니까. 그렇다면 우리들을 해치우는 것도 거리낌없는 일
이겠지요."

"음… 그렇군. 자네의 말이 옳은 것 같네……."

"예, 우리는 오늘 임 대협 때문에 살아난 것이옵니다. 황제가 임 대
협의 실력을 높이 사신 것이지요."

'휴… 어찌 되었든 그렇게 된 것이라면 좋기는 하다만, 그렇다면 황
제는 내게 어떤 명을 내릴까? 에이, 모르겠다. 그건 나중에 알 수 있겠
지.'

한기의 말을 들은 호열은 조용히 자신의 앞가슴을 쓸어 내렸다. 앞
으로 어려운 일들이 있기는 하겠지만, 한기의 말을 통해 목숨이 위태로
운 일은 크게 없을 것 같다는 생각이 들어 안심이 된 것이다.

"음… 사실 한기의 말대로 이번 일이 끝나는 대로 임 대협에게 조선
으로 동행할 것을 부탁할 생각이었네. 그러나 그 일은 어렵게 되었으
니… 여하튼 일이 이렇게 되었으니 임 대협에게 한마디 당부를 하지
않을 수 없겠네."

"어쩔 수 없는 일이지요. 그나저나 제게 당부할 말씀이라면……."

"음… 비록 임 대협이 원해서 그렇게 된 것은 아니지만, 어찌 되었
든 이곳에서 생활을 하게 될 것이 아닌가. 그래서 하는 말인데, 임 대
협이 황궁의 생활에 대해 아무것도 모르기 때문에 처음부터 많은 어려
움에 직면할 것이네."

"그렇겠… 지요."

"조선의 사정도 마찬가지지만, 아무리 임 대협의 무공이 높다고 해
도 그것은 어쩔 수 없는 일이지. 특히 황궁이란 음모와 술수가 난무하
는 곳이지. 그에 난 임 대협에게 평소 내가 즐겨 암송하던 문장의 한

구절을 말해 줄까 하네. 사실 이것은 내가 관직에 오르던 날 선친께서
들려주신 것이라네."

"아… 하륜 공께서 해주시는 말씀인데 제가 어찌 듣지 않겠습니까.
무슨 말씀을 하시려고 하는지는 모르지만, 아마 제게 많은 도움이 될
것입니다."

"허허, 그렇게 생각해 주니 고맙구먼. 이건 내가 마음을 다스리는 글
이라 이름을 붙인 것이라네. 한번 들어보게나."

덕(德)은 겸양(謙讓)에서 생기고,
도(道)는 안정(安靜)에서 생기며
근심(謹審)은 욕심(慾心)에서 생기느니라.
화(禍)는 탐심(貪心)에서 생기고,
허물은 경솔함에서 생기며
죄는 착하지 않은 데서 생기느니라.
눈을 조심하여 남의 그릇됨을 보지 말며,
입을 조심하여 나쁜 친구를 따르지 말라.
이익이 없는 말을 실없이 하지 말고,
상관없는 일을 부질없이 참견하지 말 것이며,
웃어른을 공경하라.
지혜로움과 어리석음을 밝게 분별하고,
남에게 대우를 받으려 하지 말고
먼저 남을 대우해 줘라.

"아… 정말 마음을 다스리는 글입니다."

"허허, 정말 그렇구먼. 모두 알고 있으면서도 쉽게 잊어버리는 것들이야. 확실히 음모가 난무하는 황궁에서 살아남을 수 있는 비책이네."

"소인도 하륜 공의 학식과 덕이 높다는 것은 알고 있었지만 정말로 좋은 말이옵니다. 또한 관직에 있는 모든 관리들이 본받아야 할 것이라 생각됩니다."

"허허, 너무 과하십니다. 그저 선친께서 들려주셨던 말 몇 마디를 읊었을 뿐입니다."

"그래도 정말 좋은 말이었네. 지금의 임 대협에게는 천 자루의 검보다 더욱 좋은 것이야."

"그렇습니다. 감사합니다. 제가 이 황궁에서 생활하는 동안 항상 유념하겠습니다."

"허허, 그렇다면 다행이네. 정말 다행이야……."

"허허허……."

하륜과 박 장군은 비로소 안심이 되었다. 또한 호열에 대한 미안한 마음을 어느 정도 접을 수 있었다.

"참, 한 가지 여쭈어볼 게 있습니다."

"응? 무엇인가? 어서 말해 보게."

"예, 전 그럼 등용이 되는 것입니까, 아니면 억류가 되는 것입니까?"

"허, 그렇군요. 임 대협의 말씀대로 등용이라고 하기도 뭐하고, 또 억류라고 하긴 더욱 그렇습니다. 하륜 공께서는 어떻게 생각하십니까?"

"글쎄, 자네가 모르는데 내가 어찌 알겠는가. 허허허……."

"임 대협, 일이 이렇게 되어서 유감이지만 너무 심각하게 생각하지 말게. 잘될 거야……."

"하하, 예… 하긴 이러면 어떻고 저러면 어떻겠습니까. 제가 죽지만 않으면 되는 것이지요. 그렇지 않습니까? 또 한 번쯤 황궁에서 생활해 보는 것도 좋겠지요."

"임 대협이 그렇게 말해 주니 내 마음이 한결 가볍게 느껴지는구면……."

'정말 대인은 대인이구먼. 나 때문에 어려움에 처하게 되었는데도 그런 말을 하다니…….'

박 장군은 자신의 부탁으로 인하여 어려움에 처하게 되었음에도 좋게 생각해 주는 호열의 마음이 여간 고마운 것이 아니었다.

상황은 일사천리로 진행이 되었다.

조선의 일을 빨리 처리하라는 황제의 하명이 떨어졌는지 어떠했는지는 잘 모르지만, 힘들게만 생각되었던 모든 일들이 단 삼 일 만에 마무리 지어졌다.

일이 이렇게 되다 보니 조선의 사신들은 더 이상 황궁에 머무를 명분이 사라져 버렸다.

호열을 생각해서 좀 더 머무르고 싶은 마음이 굴뚝같았지만, 돌아가는 상황이 모두에게 황궁을 떠나 조선으로 돌아가라는 것처럼 등을 떠밀고 있는 것 같았다.

그렇게…

드디어 떠날 날짜가 잡혔다. 그것도 모두들 생각지도 못했던 이유로 인해 날짜가 정해진 것이다.

황도인 금릉은 장강과 마주하고 있는 곳이다. 비록 군사적인 중요성 때문에 항구가 크게 발달이 되지는 않았지만, 그 항구를 통해 금릉의 상인들도 해상 무역을 할 수 있을 정도의 규모를 가지고 있었다.

상인들이 해상 무역을 하기 위해 돌아다니는 나라는 상대적으로 한정되어 있었다. 남만으로 가는 대상인들이 있는 반면에, 조선과 왜나라로 가는 상인들도 있었다. 그러나 황해 연안 일대에 수적들이 많이 나타나는 관계로 조선과 왜나라로 향하는 상선은 많지 않았다. 괜한 모험과 고생을 사서 하는 상인들이 있다는 것이 신기할 정도였다.

그러나 환관이 전하는 말로는 그런 모험을 하는 상인이 있다는 것이다. 왜나라로 가는 상선이 있는데, 그 상선의 주인에게 명을 내려 이번의 여정엔 조선을 거쳐서 가도록 조치를 했다는 것이다.

일이 어떻게 된 것이든 조선으로 가는 상선이 있다는 것은 좋은 일이었다. 금릉으로 오는 것도 힘든 일이었지만, 또한 돌아가는 것도 만만치 않은 여정이기 때문이다. 그런데 그런 어려움을 겪지 않아도 되는 것이기에 고국으로 가는 길이 일행들에겐 편하게 되었다.

"잘 가십시오. 더 가고 싶지만 저는 여기까지밖에 배웅을 못하겠습니다."

"허허, 어쩔 수 없지 않은가. 그래도 이곳까지 마중을 해주어서 고맙네."

"아닙니다. 이렇게 시원한 강바람도 맞을 수 있는데요."

호열은 조선으로 떠나는 박 장군과 하륜, 그리고 그동안 함께했던 다른 사람들을 마중하기 위해 항구까지 동행을 했다. 비록 몇몇의 대신들과 금의위의 위사들이 엄중하게 호위를 하며 따라왔지만, 그것은 호열에겐 그리 큰 문제가 아니었다. 이제 박 장군과 하륜이 떠나고 나면 황궁엔 혼자 남는다는 불안감이 더욱 컸던 것이다.

예전 운영의 말을 들으면서 가졌던 권력에 대한 기대감, 그러한 것은 크게 중요하지 않다는 것을 알게 된 것이다.

아마도 호열이 명나라가 아닌 조선의 조정에 등용이 되는 것이라면 이런 감정을 가지진 않았을 것이다. 하지만 금릉까지의 여정이 호열의 생각을 많이 바꾸어놓았다. 너무나도 많이…….

"허허, 정말 좋은 날씨네. 바람도 정말 좋아. 음… 임 대협, 몸조심하게. 항상 주변을 살피라는 말이네. 내 말이 무슨 뜻인지 알겠지?"

"알고 있습니다. 하륜 공이 해주신 말씀은 항상 가슴속에 담고 있겠습니다."

"허허, 그래. 그렇다면 안심이네."

"임 대협, 건강하십시오. 언제가 될지 잘 모르겠지만, 제가 만약 다시 명나라에 오게 될 날이 오면 꼭 찾아뵙겠습니다."

평소 말이 없었던 조 무장이다. 그것은 호열을 대할 때도 마찬가지였다. 그러나 나름대로 호열에게 많은 배려를 해주었었다. 말보다는 행동으로, 호열이 무엇을 하려고 하면 언제 나타났는지 먼저 해주곤 했던 것이다.

호열도 조 무장이 자신을 많이 배려해 주고 있다는 것을 알고 있었지만 쉽게 말을 붙일 수가 없었다. 그렇게 시간이 지나고 지나서 오늘에야 비로소 서로의 말문이 트인 것이다. 너무 늦게 트인 것이 아쉽긴 하지만…….

"하하, 조 무장, 자네가 내게 그런 마음을 가지고 있었다니 정말 고맙네. 자네도 건강하게. 언젠가는 다시 만날 날이 있겠지, 내가 살아 있다면……."

"음… 예, 그렇겠지요……."

호열의 말처럼 조 무장도 오늘의 이별 이후의 일을 장담할 수 없었다. 너무나 불확실한 앞날에 그저 건강하라는 말밖에는 할 수 있는 말이 없었던 것이다.

"자, 상선이 출발하려고 합니다. 이만 오르시지요."

마중 나왔던 환관이 하륜에게 더 이상 지체하지 말 것을 돌려서 얘기했다.

"알았네. 자, 이제 그만 오르도록 하십시다. 장군께서도 오르시지요."

"그렇게 하세. 자, 너희들도 모두 준비해라. 임 대협, 잘 있게."

"조심해서 가십시오……."

조선의 사신들을 태운 상선이 출발을 했다. 조금씩 호열의 시야에서 멀어지고 있는 것이다. 그와 더불어 일행들과 함께했던 추억은 호열의 가슴속에 깊이 자리를 했다. 사월 말일의 일이었다.

한 달이 흘렀다.

호열이 혼자 황궁에서 생활한 지 한 달이 지난 것이다. 그동안 호열의 생활엔 별다른 변화가 일어나진 않았다. 너무나 평화로워 왜 그렇게 고민과 불안감에 휩싸였을까 하는 생각이 들 정도였다.

평소 그렇게 자고 싶었던 아침잠도 마음대로 잘 수 있었고, 점심이 지난 후엔 꺼릴 것 없이 나른한 햇빛에 앉아 낮잠을 즐겼다. 그러나 이 주 전만 해도 어떻게 될지 모른다는 불안감에 잠도 제대로 자지 못했었다. 하지만 기다려도 그런 일은 일어나지 않았다. 이에 점점 자신이 생긴 호열은 인생의 즐거움을 만끽하고 있는 중이었다.

"초 제독, 그 무사는 요즘 어떻게 지내고 있느냐?"

“예, 폐하. 처음엔 주변에 감시자들이 있다는 것을 눈치 챘는지 별다른 행동을 보이지 않고 있었으나, 얼마 전부터는 아예 신경도 쓰지 않고 있습니다. 아침엔 늦게까지 잠을 청하고, 오후엔 또다시 낮잠을 청하거나 정원에 있는 연못에 들어가 수영을 하고 있사옵니다.”

“수영? 정원의 연못에서 수영을 한다는 말이냐?”

“예, 폐하.”

“하하하, 역시… 짐이 짐작대로 기백이 대단한 사람이구먼. 정말 대단해…….”

영락제는 초 도독의 설명을 들으며 크게 고개를 끄덕였다.

‘기백이 대단하다고? 어찌 폐하께서는 그자의 행동을 모두 좋게만 보시는 것인지…….’

초 제독은 영락제의 행동을 이해할 수 없었다. 아무리 다년간 보필해 왔다고 하지만 이번의 일은 도저히 납득이 가지 않았던 것이다.

지금 호열이 보여주는 행동은 능지처참을 당해도 벌써 했어야 할 일이었다. 황제가 기거하는 황궁에서 수영을 한다는 것은 있을 수 없는 일이었기 때문이다. 호열이 아무리 모르고 한 일이라고 해도 변명의 요지가 없었던 것이다. 그러나 영락제는 오히려 그것을 기꺼워하고 있는 것 같으니…….

“장 제독은 어떻게 되었느냐?”

“예, 폐하. 폐하의 하명에 따라 대신들을 비롯해서 모든 관료들의 자제들 중에서 우선 천 명을 뽑았사옵니다. 그런 후 손 도독의 도움을 받아 그들 중에서 다시 자질이 뛰어난 젊은이들로 백 명을 가렸사옵니다.”

“그래? 잘하였다. 하하하, 이제 모든 준비가 끝난 것인가? 음… 모든 대신들은 들어라."

"예, 폐하……."

"짐은 이번에 새롭게 창건이 될 군부의 이름을 철혈금부(鐵血金府)라 명하겠다. 그리고 이번에 등용이 될 백 명의 젊은 인재들을 철혈금부의 명단에 올리고, 그 지휘자로는 임호열이란 조선의 무사를 명한다. 또한 철혈금부의 지휘는 금의위와 마찬가지로 동창에 소속시키되, 모든 행동을 결정하는 명령권은 짐의 명에 의해서만 행해질 것이다. 이것은 황제가 아니면 그들에게 어떠한 명령을 내릴 수 없다는 것이다. 대신들은 알겠는가?"

"예, 폐하… 알겠사옵니다."

"이제 모두 결정이 되었으니, 대신들과 중신들은 무리없이 인재들을 교육시킬 수 있도록 아낌없는 도움을 주도록 하라. 또한 임 도독이 정식으로 중임을 맡을 수 있도록 채비를 하라."

"예, 알겠사옵니다. 폐하… 성은이 망극하옵니다……."

"폐하… 소신 초창진, 폐하께 아뢸 말씀이 있사옵니다."

모든 대신들과 중신들이 영락제의 하명에 크게 감사하는 마음가짐으로 복명을 할 때, 초 제독은 영락제의 앞으로 나섰다.

"무엇이냐, 초 제독?"

"예, 다름이 아니라 이번의 철혈금부에 대한 것이옵니다."

"음… 말해 보라."

"예, 폐하. 소신의 생각으론 폐하께서 그들을 어떻게 사용하실 것인지 의문이 들었사옵니다. 아직 그들은 아무것도 하지 못하는 자들이옵니다. 이제 겨우 스물이 되는 젊은이들이 대부분이라 학문이 뛰어나거나 견문이 높은 것도 아니옵고, 또한 무공을 할 줄 아는 자들도 없사옵니다. 그런데 조선의 무사……."

"임 도독이다. 초 제독도 앞으론 그렇게 부르도록 하라. 그것은 여기 있는 모든 대신들도 마찬가지다. 아직 정식으로 임명이 된 것은 아니지만, 이미 결정이 된 자리이다. 알겠느냐?"

영락제는 초 제독의 주청을 들으면서 호열에 대한 얘기가 나오자 중간에 말을 끊었다.

영락제 자신이 이미 결정을 하였고, 또한 정식으로 자리를 만들라는 하명을 하였는데도 초 제독이 제대로 말을 하지 않았다는 생각이 든 것이다.

"음… 예, 폐하. 그렇게 하겠사옵니다."

초 제독은 영락제의 말에 식은땀이 흐르는 것을 느꼈다. 순식간에 등골이 서늘해졌던 것이다.

"그래, 계속해 보라."

"예… 음, 임 도독이 아무리 뛰어난 무장이라 하더라도 빠른 시간 안에 그들을 폐하께서 원하시는 수준까지 교육시킬 수는 없다는 것이옵니다. 또한 도독이란 신분으로 그들을 직접 교육시킨다는 것이 이치에 맞지 않다고 생각하옵니다……."

"음……."

영락제는 초 제독이 말에 고개를 끄덕였다. 처음 도연의 말을 듣고 생각했을 때는 간과하고 있었는데, 지금 다시 생각해 보니 쉽지 않은 일이란 생각이 든 것이다.

"폐하, 신 손화령 아뢰옵니다."

"음… 그래, 말해 보라."

"예, 소신의 생각도 초 제독의 생각과 같사옵니다. 하지만 이미 폐하께서 그와 같은 결정을 내리셨는데 어렵다고 하여 한순간에 번복(飜覆)을 할 수는 없는 일이라 생각되옵니다. 그래서 말씀드리는 것이온데, 소신은 앞으로 철혈금부에 대한 모든 일은 임 도독이 맡아서 하게끔 하시는 것이 좋겠다는 생각이옵니다. 그들을 교육시키고 훈련시키는 것은 물론 그들의 생사여탈권까지 맡겨 철저한 독립을 시키는 것이옵니다. 다만 그들이 어느 정도 성장할 때까지는 황궁에서 최선을 다해 도와줘야 할 것이지만 말입니다."

"손 도독, 그것은 아니 될 말입니다. 어찌 중원인이 아닌 다른 나라의 사람에게 생사여탈권까지 준다는 말입니까. 폐하, 아무리 실력이 뛰어나다고 해도 그것은 아니 될 말이옵니다."

"그렇사옵니다, 폐하……."

"음……."

영락제는 알 수 있었다.

대신들이 무엇을 두려워하고 있는지 깊이 생각해 보지 않아도 뻔한 일이었기 때문이다.

철혈금부에 명단이 오른 젊은이들 중에는 이곳에 있는 대신들의 자제도 끼어 있을 것이다. 처음엔 금의위처럼 황제의 측근에 있다는 욕심에 자식들을 내보냈지만, 그것은 어디까지나 황제의 군대라는 명분이 있었다. 그러나 지금 손 도독이 말하는 것들 중에는 그런 명분을 퇴색하게 하는 부분이 있었던 것이다.

생사여탈권.

황제가 지니는 것이 아니라 조선의 무사가 그런 무소불위의 권력을 지닌다면, 그렇다면 생각해 보고 할 것 없이 자신의 자식들이 많은 어려움을 겪게 될 것이 자명하기에 우려가 되었던 것이다.

“음… 짐도 그대들의 마음을 잘 알고 있다. 무엇을 두려워하는지도 알고 있다. 하지만 잘 들어라. 짐은 손 도독의 생각에 동의한다.”

“음…….”

대신들은 영락제의 말을 들으면서 신음 소리를 냈다. 우려하던 일이 발생한 것이다. 하지만 황제가 명령을 내린 것이니, 신하로서 당연히 따라야만 하는 것이다. 그것이 비록 자식들을 죽음으로 모는 한이 있어도 그렇게 해야만 하는 것이다.

“그들은 무장들이다. 바로 짐의 군대라는 말이다. 군대는 명령 계통이 철저하게 지켜져야만 하는 집단이다. 그렇지 않으면 그것은 군대라고 할 수도 없다. 그러므로 짐은 앞으로 일을 추진해 나감에 있어 꼭 필요한 것은 명령 계통이라 생각한다.”

“…….”

“일개 군부도 그러한데, 철혈금부는 더욱더 그래야만 할 것이다. 대신들도 알겠지만 철혈군부는 앞으로 짐이 무림을 대비할 생각으로 키우는 군대이다. 어찌 확실한 명령 계통이 필요하지 않겠는가. 소 도독이 정말 잘 지적해 준 것이다. 이에 짐은 철혈금부에 대한 모든 권한을 임 도독에게 주겠다. 그들의 생사여탈권은 물론, 그 누구도 그들에게 명령을 내릴 수 없다. 그것은 그들이 짐의 군대이나 황실의 군대는 아니라는 말이다. 짐의 말이 무슨 뜻인지 알겠나?”

영락제는 마지막 말을 할 때 용좌에서 일어나 대신들을 하나하나 바라보았다.

어찌나 그 눈매가 매서운지 영락제의 용안을 바라보고 있던 대신들은 고개를 들 수가 없었다. 다만 깊숙이 허리를 숙여 답할 뿐이었다.

‘아… 자식 놈을 죽음의 사지로 내몬 것이 아닌지 모르겠구나…….’

"알겠느냐고 짐이 물었다. 알겠나?!"

"아… 옛, 폐하. 알겠사옵니다……."

"그리고 또 하나, 짐은 그대들이 우려하는 것이 무엇인지 잘 알고 있다. 하지만 그것은 염려하지 않아도 될 것이다. 짐도 임 도독의 무공은 높이 사고 있으나, 그의 진정한 충성은 받을 수 없다는 것을 잘 알고 있다. 그러니 그에 따르는 제반 조치들은 추후 해결이 될 것이다. 짐의 뜻이 무엇인지 알겠나?"

"아… 폐하의 뜻에 따르겠사옵니다. 황제 폐하, 성은이 망극하옵니다……."

"성은이 망극하옵니다……."

"그래, 그럼 모두들 그렇게 알고 준비를 하도록 하라."

영락제는 모든 대신들이 복명을 하자 뒤도 돌아보지 않고 대청을 빠져나갔다.

호열이 정원을 거닐고 있을 때 환관이 찾아왔다. 그러나 이번에 온 환관은 이곳의 책임을 맡고 있는 방 환관이 아니었다. 한 달 전에 손 도독과 대련할 때 보았던 정화라는 환관이 직접 온 것이다.

정화의 본명은 원래 마복선(馬福善)이었으며 삼십삼 년 전 운남성(雲南省) 비양(毘陽) 출생했다. 선조는 원나라 시대에 서역에서 운남으로 이주해 온 이슬람 교도였으나, 태조가 이십여 년 전에 운남을 정복하면서 명나라로 끌려오게 되었고, 당시 연왕이라 불렸던 영락제를 섬기게 되었다. 그러던 중 영락제를 위해 정변의 난을 치르면서 많은 공을 세우게 되었으며, 그 이후로 영락제의 눈에 들어 정이라는 성을 하사받으며 모든 환관들을 다스리는 삼보태감(三保太監)의 자리에 오른 사람이었다.

　동창을 다스리는 초 도독과는 같은 환관 출신답게 서로 두터운 친분이 있었지만, 또한 경쟁자이기도 했다. 한 명은 황제의 측근의 자리에 있으며 보필하는 데 충성을 다했으며, 다른 한 명은 황제의 눈과 귀가 되고 있었던 것이다.

　황제의 명에 의해 환관들이 가지고 온 의복을 갖추어 입은 후, 호열은 환관의 안내에 따라 집정천으로 향했다.

　"황제 폐하께 아뢰어라."

　"예, 삼보태감님. 폐하… 삼보태감 정화, 임 대인을 대동하고 왔사옵니다. 드십시오."

　'응? 임 대인? 나보고 한 말인가? 허, 임 대협에 이번엔 임 대인이라… 우선 들어가 보자. 죽기밖에 더 하겠냐.'

　"드십시다. 음……."

　정화가 앞장을 서자 호열도 따라 들어갔다. 그러나 지금은 저번처럼 끌려가는 모습이 아니라 당당한 걸음이었다.

　"폐하… 소신 정화, 폐하의 명에 따라 임 대인을 대동했사옵니다……."

　"알았다. 이제 준비를 하라."

　'응? 무슨 준비를 하라는 거지? 에휴…….'

　"임 호열은 의관을 정제하고 황제 폐하의 앞으로 나와라."

　"음……."

　호열은 환관의 명에 따라 다시 한 번 의복을 정리한 다음 단상 앞으로 나섰다.

　"폐하, 소인 임호열, 폐하의 하명을 받고 왔사옵니다."

"이, 음……."

행사를 진행하던 환관은 호열이 영락제 앞에서 예를 다하지 않자 뭐라고 하려 할 때, 영락제가 손을 올려 제지를 하였다.

"황제 폐하의 명에 따라 조선의 무사 임호열을 철혈금부의 도독으로 임명한다. 앞으로 임 도독은 철혈금부의 도독이라는 중차대한 직무를 맡아 그 책임을 다해야 할 것이며, 황제 폐하의 성은에 보답을 해야 할 것이다. 또한 앞으로 철혈금부에 대한 모든 권한을 폐하께서 부여하였으니 그에 따르는 책무가 막중하다고는 하나, 임 도독은 폐하의 성은에 보답하는 차원에서 빠른 시일 안에 그 성과를 보여야 할 것이다. 폐하, 이상이옵니다."

'응? 뭐, 뭐야? 임 도독? 철혈금부? 도대체 무슨 말을 하고 있는 거야?'

호열은 환관의 말이 끝나기도 전에 고개가 절로 쳐들어졌다. 하지만 누구 하나 그것을 제지하는 사람은 없었다.

"임 도독은 황제 폐하의 성은에 어서 답을 고하라."

"답… 을 고하라 하시면? 그럼?"

"그렇소이다. 전에도 없었던 황제 폐하의 성은에 임 도독은 앞으로 황제 폐하를 위해 충심을 다해 보필해야 할 것이오."

'음… 지금 저들이 무슨 수작을 부리려고 하는지는 잘 모르겠지만, 내게 살 수 있는 방법과 낮지 않은 권력을 주려 하니 우선은 받고 봐야겠구나. 그 다음의 문제는 나중에 차근차근 생각해 보는 것도 좋겠지…….'

"폐하의 성은에 감사하옵니다. 만세, 만세, 만만세……."

호열은 환관의 말에 따라 영락제의 성은에 감사하는 뜻에서 최대한 허리를 굽혀 예를 올렸다.

"하하하, 그래. 이리 가까이 오라."

"예……."

호열은 영락제의 명에 따라 금의위 위사들을 지나쳐 황금빛 천이 있는 단상의 바로 앞에 멈추어 섰다.

"그래, 이제 짐이 임 도독과 같은 출중한 무장을 얻었으니, 이는 하늘이 짐의 뜻에 동조를 하고 있음이다. 짐은 그대가 앞으로 황궁을 위해 많은 일들을 해줄 것이라 믿는다. 짐이 임 도독에게 이런 믿음을 가져도 되겠는가?"

"음… 폐하의 뜻이 어디에 있는지는 잘 모르겠지만, 소인은 최선을 다하겠습니다."

"그래, 그렇다면 다행이다. 이제 정식으로 직무를 맡게 되었으니, 앞으로의 일은 삼보태감과 손 도독이 옆에서 많은 도움을 주라."

"예, 폐하… 소신들은 임 도독에게 어려운 일이 있다면 언제든지 도움을 주겠사옵니다."

"그래, 그만 물러가도록 하라."

"예, 폐하……."

호열은 영락제의 명에 따라 대청을 빠져나왔다. 들어갈 때의 우려와는 달리 무사히 빠져나온 것이다. 하지만 무엇인가 미심쩍다는 표정을 지울 수는 없었다. 그것은 머물고 있던 객실에 올 때까지 가시지 않았다.

'무언가 있어. 그래… 그렇지 않고서야 내게 그런 높은 자리를 줄 이유가 없잖아. 도독이라니, 저들이 날 얼마나 알고 있다고 그런 높은 자리를 준다는 말인가? 가뜩이나 나는 중원인들이 업신 여기는 조선인

이 아닌가. 동이족, 그 동이족인데. 음…….’

호열은 돌아와서도 한참 동안을 그 문제에 대해서 생각에 생각을 해 보았다. 하지만 알 수가 없었다. 왜 오늘 같은 일이 일어나게 된 것인지 알 수가 없었던 것이다.

“휴, 모르겠다. 도저히 알 수가 없어. 무슨 이유인지 알고 당하면 좋겠는데, 이러다가 뒤통수 맞는 것이나 아닐는지… 에이, 이러면 어떻고 저러면 어떠냐. 내가 살아나면 된 것이지. 그래, 그러면 된 거야. 후후, 그나저나 그럼 내게도 부하들이 생기는 건가? 이런 건 생각해 보지도 못했었는데…….”

호열은 며칠 후에 있을 상견례가 기다려졌다. 얼마나 많은 부하들이 자신의 명령 하에 있게 될 것인지는 잘 모르지만, 자신의 명령에 죽고 사는 부하들이 생겼다는 것은 기분이 좋았다. 그것이 무슨 의도에 일어나게 된 것인지는 나중의 문제였다.

지금은 그랬다. 더 이상 생각을 해보아도 답이 나오지 않았기 때문이다.

제12장

저… 황궁 서고엔 무고라는 곳이 있지 않습니까?

◆ 제12장　저… 황궁 서고엔 무고라는 곳이 있지 않습니까?

따뜻한 오월의 햇빛.

호열의 앞날에 환한 빛을 뿌리듯 따스한 날씨를 만들고 있었다.

오늘은 호열이 자신의 부하들과 처음으로 만나는 날이다. 비록 아직까지 서로 만나지 못한 사이였으나, 철혈금부라는 이름 하에 이제부터는 한식구가 되는 역사적인 날인 것이다.

황궁의 다섯 개의 연무장 중 가장 작은 연무장엔 백여 명의 젊은 무장들이 도열해 있었다. 모두 청색의 밝은 빛을 뿌리는 비단옷을 입고 있었으며, 허리에는 휘황찬란한 옥들이 박힌 검을 차고 있었다.

“잘 들어라. 이제 조금 있으면 임 도독이 도착한다.”

“음…….”

오늘의 행사를 주관하기 위해 모인 사람들은 한눈에 보아도 명황실을 이끌어 나가고 있는 대신들이 대부분이었다. 비록 손 도독과 삼보태감인 정화가 영락제의 명에 의해 자리를 하고 있다고는 해도 대부분은 대신들이었다. 그들 중에는 문관들도 있었지만, 거의 오군도독부에 속해 있는 무장들이 모든 자리를 점령하고 있었다.

지금 단상엔 모든 대신들의 수장인 육부상서 장 제독과 오군도독부의 조 대도독이 함께 자리를 하고 있었다.

"이곳에 모인 너희들이 이 나라를 이끌어가고 있는 많은 대신들의 자제라는 것을 잘 알고 있다. 그래서 나는 임 도독이 이 자리에 오기 전에 너희들에게 당부의 말을 하려고 이렇게 이 자리에 있는 것이다."

"……."

조 대도독은 연무장에 정렬해 있는 백여 명의 젊은 무장들을 천천히 훑어보며 말을 꺼냈다.

"너희들은 앞으로 황제 폐하의 측근 중에 측근이 될 재목들로 성장할 것이다. 그것은 앞으로 임 도독이 주관할 문제겠지만, 난 너희들이 이 한 가지만은 명심해 주었으면 한다. 이미 알고 있겠지만 너희들의 상관인 임 도독은 조선인이다. 우리 중원인이 아니라는 말이다. 너희들은 그 점을 잊지 말아야 할 것이다."

"저… 무례한 줄 알지만 한 가지 여쭙겠습니다."

"음… 자네의 이름이 무엇인가?"

조 대도독은 아직 끝나지 않은 연설을 중간에 자른 철없는 젊은 무장을 바라보았다. 만약 자신의 부하들 중에서 일어난 일이었다면 능지처참을 하였겠지만, 이곳의 젊은이들은 자신의 부하들이 아니었기에 조용히 바라만 볼 뿐이었다.

"예, 저는 북경의 포정사사(布政使司)를 담당하고 계시는 포정사(布政使) 이형진(李澄眞)의 자식 건호(健豪)라고 하옵니다."

스스로를 건호라 밝힌 젊은이는 한 성의 재정을 담당하는 문관의 자제답지 않게 딱 벌어진 어깨와 부리부리한 눈을 지니고 있었다. 그러나 눈빛이 맑고 인중이 넓은 데다 깊은 혜안을 지니고 있어 보이는 무장이었다.

"이 포정사의 자식이라… 그래, 자네가 내게 할 말이 무엇인가?"

'허, 문관의 자재들 중에도 저런 젊은이가 있었던가? 저런 젊은 인재는 내 밑에 들어왔어야 하는 것인데……'

조 대도독은 건호라는 젊은이와 주변에 도열해 있는 다른 젊은 인재들을 보면서 씁쓸한 마음을 감출 수 없었다.

"예, 대도독님의 말씀을 들으며 생각이 난 것입니다. 계속 들어보니 대도독님은 우리에게 충성을 하라고 하시는 것입니까? 아니면 하지 말라는 것입니까? 저는 그것이 알고 싶습니다."

"허허, 잘 지적해 주었네. 음… 아마 모두들 같은 생각을 하고 있는 것 같구먼. 그럼 내 그 질문에 대답을 해주겠네. 내 말의 뜻은 이렇다네. 자네들은 황제 폐하의 명에 따라 철혈금부라는 이름 하에 독립된 부대로 편성이 되었네. 비록 황궁의 군대라고는 하나 오군도독부나 금의위하고는 그 성질을 달리하고 있다는 말이지. 하.지.만. 자네들은 엄연히 황제 폐하의 무장들이라는 것이네. 임 도독의 수하들이 아니라는 말이지."

"……."

"내 말은, 앞으로 그런 일이 일어나면 안 되겠지만 유사시 황제 폐하의 명과 임 도독의 명이 다르다면 황제 폐하의 명을 따라야 한다는 것이네. 이걸 말하려고 한 것이야. 알겠는가?"

"대도독, 그것은 당연한 말씀이 아닙니까? 그런데 그런 것을 왜 말씀하시는지 모르겠습니다.”

“그렇고말고, 자네의 말처럼 당연한 말이지. 하지만 어쩌겠나. 오늘 이 자리에 와서 보니 자네들의 자질이 내 생각보다 더욱 빛나 보여 이렇게 나서게 된 것이네. 일종의 노파심인 거지.”

“하지만 크게 우려할 필요는 없겠군. 아무리 무공이 뛰어나다고 해도 걱정할 필요가 없겠어. 괜한 우려를 한 것 같구먼. 제아무리 임 도독의 실력이 뛰어나다고는 하나 이미 저들은 중원의 백성들이야. 암, 우리 명나라의 젊은 인재들이지……”

조 대도독은 정렬해 있는 철혈의 남아들이 여간 대견해 보이는 것이 아니었다. 믿음직했다. 그동안 우려했던 모든 것들이 한순간에 사라진 것이다.

“임 도독께서 오고 계십니다.”

“음… 임 도독이 오고 있답니다. 모두 자리에서 일어나시지요.”

“허허, 그렇게 하십시다. 오늘 이 자리의 주인은 임 도독이 아닙니까.”

“그렇지요. 음……”

먼저 전갈을 보내온 환관의 말에 대신들은 자리에서 일어나 호열이 오기를 기다렸다.

말을 전하고 자신의 자리로 돌아간 환관은 조 대도독이 연설을 시작하기 전에 미리 망을 보라고 지시했던 환관이었다. 호열이 듣기엔 껄끄러운 것인지라 신경을 쓴 것이다.

호열은 환관의 안내를 받으며 연무장을 향해 걷고 있었다. 하지만 무슨 생각을 하고 있는지 자신이 걷고 있다는 것도 모른 채 멍하니 하늘을 바라보면서 환관의 뒤를 따를 뿐이었다.

'아… 무슨 말을 하지? 모두 오늘 처음 만나는 사람들인데 할 말이 뭐가 있겠어. 가뜩이나 그들에 대한 것도 모르고 있는데, 허 참…….'

"임 도독, 다 왔습니다. 어서 오르시지요."

"응? 벌써 다 왔는가? 음……."

호열은 환관의 말에 정신이 번쩍 들었다. 그에 주변을 바라보니 모든 사람들이 호열을 보고 있는 것이 아닌가.

"허허. 임 도독, 저번 집정천에서 보고 오랜만에 뵙는 것 같구려. 그간 잘 지내셨소?"

"응? 누구신지……."

"허, 이런… 미처 내 소개가 늦었구먼. 난 오군도독부를 맡고 있는 조영근이라 하네. 앞으로 자주 만나게 될 것이야."

"아, 이런. 제가 실례를 했습니다. 제가 아직 황궁에 적응을 하지 못해서요. 앞으로 많은 도움 바라겠습니다."

"도움은 무슨… 자, 이쪽은 이미 알고 있겠고… 이분은 육부상서의 장염 제독이시고 이쪽은 도찰원(都察院)의 표인령(表仁嶺) 원주(院主)이시네. 관료들의 감찰과 사법 행정을 맡고 계신 분이지. 또 저쪽은……."

조 대도독은 누가 뭐라고 하기 전에 호열의 앞에 나서서 일일이 사람들을 소개시켜 줬다.

호열도 이젠 황궁에서 생활을 해야 하기 때문에 어쩔 수 없이 알아야 하는 사람들인지라, 조 도독이 인사시켜 주는 사람들에 대한 인상착의와 이름들을 빠짐없이 기억하기 위해 집중했다.

조 도독이 인사를 시켜준 대신들은 모두 사십여 명이나 되었다. 하지만 이젠 조 도독 때와 같은 실수가 일어나면 안 되겠기에, 연무장까지 오면서 생겼던 긴장감을 꾹 참고 일일이 인사를 했다.

그러나 오히려 사람들과 인사를 하며 시간을 보낸 것이 도움이 되고 있었다. 긴장해 있던 호열에게 평정심을 가져다 준 것이다.

"자… 이제 여기 모인 모든 대신들과도 상견례를 마쳤으니, 이젠 수하들을 만나야 할 것 같습니다."

"허허, 알겠습니다. 우린 이제 뒤로 물러나 있겠으니 어서 오르시지요. 허허허……."

호열은 조 도독과 손 도독 등 주변에 있는 사람들에게 목례를 한 후 천천히 단상으로 올랐다.

'휴… 그래도 조금은 긴장이 되는구나. 하지만 어차피 저들은 내 수하들이 아닌가. 내가 굳이 떨 필요는 없지. 암…….'

"음… 이렇게 자네들을 만나게 되어서 반갑다. 난 임호열이라고 한다. 앞으로 너희들이 몸담게 될 철혈금부의 도독이다."

"……."

도열해 있는 백여 명의 젊은이들은 호열의 말에 눈도 끔벅거리지 않았다. 숨도 크게 쉬지 못하고 있었다.

'저 사람이 우리의 상관인가? 음… 대단하다…….'

'역시… 금의위 손 도독이 패했다는 말이 사실이었구나.'

'저 정도니 황제 폐하께서 등용을 하셨겠지. 아무리 조선인이라고 하더라도 그 모든 걸 상쇄시키기엔 부족함이 없는 인물이구나.'

'조선에 저런 사람이 있었다니. 음… 조선을 다시 한 번 생각해 보아야겠구나.'

호열은 단상에 오르면서 자신의 기를 조금씩 개방했다. 예전에 신비인을 만났을 때처럼 자신의 기를 조금이나마 밖으로 내뿜었던 것이다.

단상 뒤에서 조금씩 주변을 압박해 가는 호열의 기를 느낄 수 있었던 손 도독은 할 말을 잊었다. 설마 호열의 본실력이 이 정도일 줄은 상상도 하지 못하고 있었던 것이다.

'역시, 내 예상이 맞았네. 후후, 금단선공을 이렇게 써먹게 될 줄이야……'

호열의 기는 다른 사람들은 느끼지 못하는 것이다. 그것은 호열도 알고 있었다. 더구나 현운 장문인 이상의 실력을 가지지 않는 무인들도 그 범주에 들어갔다.

현운 장문인도 금단선공과 같이 호열과 비슷한 공부를 하지 않았다면 알 수 없었던 것이 호열의 기였다. 그러나 운영은 호열의 몸에서 일어나는 거대한 기운을 어느 정도 알고 있었다. 그것은 호열도 느끼고 있었다. 어찌 되었든 내공 면에선 운영은 이미 초절정의 경지에 들어 있었기 때문이다.

그러나 황궁의 무장들 중에는 현운 장문인이나 운영과 같은 정도의 실력자가 하나도 보이지 않았다. 황궁의 최고 고수라고 하는 손 도독도 그에 미치지 못하고 있었던 것이다.

호열은 현운 장문인을 비롯해 장백검파 사람들과 동행을 하면서 무림인에 대해서 많은 것들을 알 수 있었다.

기, 내공, 강기…….

현운 장문인을 통해서 얻은 지식들 중에 이런 것이 있었다. 무림인들은 서로 간의 우위를 가늠하기 위해 많은 대련을 한다는 것이다. 그러나 상대방과 많은 실력 차이가 나면 고수는 몸 밖으로 자신의 기를 내뿜어 상대방으로 하여금 스스로 자신의 실력을 알게 하고 물러가게 한다는 것이다.

　이에 호열은 연설을 하기 전 이런 방법을 생각하게 되었고, 그 방법으로 금단선공을 조금 도용하게 되었고 성공했다. 호열이 알고 있는 강기의 무공은 금단선공이 전부였기 때문이다.

　호열의 몸에선 지금 어마어마한 기가 분출되고 있었다. 그 기는 고스란히 백여 명의 철혈위사들을 숨도 제대로 쉬지 못하게 만들고 있었다.

　철혈위사들 중 몇몇이 숨을 쉬지 못해 부들부들 떠는 것을 보자, 호열은 이제 되었다는 생각에 몸 밖으로 뿜어지던 기를 갈무리했다.

　‘휴… 숨이 막혀 죽는 줄 알았네…….’

　‘아, 정말 대단한 분이시다…….’

　‘음…….’

　처음 호열이 단상에 오를 때에는 보이지 않았던 존경이 가득한 눈빛이, 지금은 누구 하나 할 것 없이 모든 철혈위사들에게서 보이고 있었다.

　“난 아직 너희들에 대해서 모른다. 하지만 그것은 중요하지 않다. 중요한 것은 난 너희들의 상관이란 것이고, 너희들은 내 부하들이란 것이다. 알겠나?”

　“옛, 알겠습니다!”

　호열의 물음에 백 명의 철혈위사들이 동시에 복명을 했다. 얼마나 크게 소리를 냈는지, 단상 뒤에 있던 대신들이 깜짝 놀라서 일어나는 사람들이 있었을 정도였다.

　“좋다. 그럼 오늘은 이것으로 끝내겠다. 추후 명이 있을 때까지 대기하고, 오늘은 이만 해산하도록 하라.”

　“옛, 알겠습니다! 도독님의 말씀에 따라 이만 해산한다!”

"해산한다! 모두 각자의 위치로 가도록 하라!"

연무장에 움직이지 않는 말뚝을 박아놓은 것처럼 정렬해 있던 백 명의 철혈위사들이 모두 해산하는 데 걸린 시간은 촌각도 되지 않았다.

'허… 임 도독의 단 몇 마디에 그 기개가 넘치던 젊은이들이 저렇게 변하다니. 음…….'

'이런, 이건 뭔가 잘못되고 있어. 아니, 잘못됐어. 처음부터 저 아이들이 저런 모습을 보이다니…….'

철혈위사들이 해산하는 모습을 지켜보던 많은 대신들은 고개가 절로 저어졌다. 아무리 생각해도 좀 전에 보여주었던 기개가 사라져 보였던 것이다.

"저는 이만 제 거처로 가보겠습니다. 이렇게 와주셔서 감사합니다."

"응? 허허, 무슨 그런 말씀을 하시나. 음… 이제 우리도 그만 일어납시다."

"그, 그렇게 하지요. 음……."

"오늘 정말 반가웠습니다. 그럼 다음에 보십시다."

"예, 그럼 살펴 가십시오."

"음……."

대신들은 처음 만났을 때처럼 한 명 한 명씩 호열과 인사를 한 후 뒤도 돌아보지 않고 연무장을 빠져나갔다.

그런 모습을 끝까지 지켜보던 호열은 모든 사람들이 다 빠져나가자 자신이 삼 일 전부터 머물기 시작한 철혈금부의 대전으로 향했다.

'후후, 오늘 정말 잘했어. 내가 생각해도 멋있는 말들이었어. 역시, 그동안 고심해서 생각해 낸 것이 헛되지 않아 다행이다. 하하하…….'

오늘의 짧막한 연설을 하기 위해 호열이 얼마나 많은 고심을 했는지 모른다. 시간이 나면 외우고 또 외우며 잊지 않기 위해 많은 공을 들였던 것이다.

철혈위사들은 앞으로 새롭게 단장된 철혈금부에서 머물게 된다. 지금까지는 정식으로 배정을 받지 못해 객사에 머물고 있었지만, 오늘부터는 정식으로 철혈위사가 되었기 때문이다.

철혈금부는 황제인 영락제가 거처하는 곳과는 서쪽으로 멀리 떨어져 있는 곳에 위치하고 있었다. 그렇기에 모든 정사를 논의하는 집정천하고도 떨어져 있었다. 하지만 호열은 오히려 그러한 것이 마음에 들었다.

또한 영락제가 신경을 써주었는지, 철혈금부의 모든 것들이 잘 정리가 되어 있었다. 금부를 관리하는 인원으로 오십여 명의 인원을 따로 배정해 주어 모든 잡일을 보게 했기에, 위사들이 고된 훈련을 받은 후 편안하게 쉴 수 있도록 모든 편의를 아낌없이 제공해 준 것이다.

사방이 어둠에 잠겨 모든 빛이 사라진 시각.

몇몇의 대신들은 아직 퇴청을 하지 않고 영락제의 앞에 서 있었다.

"그래, 임 도독이 금부의 일을 맡은 것이 벌써 이 주가 흘렀는가? 음… 그동안 짐이 북경의 일과 대운하의 건설 때문에 시간이 없어 보질 못했는데 어떻게 하고 있는지 궁금하구나. 초 도독, 임 도독은 어찌 하고 있느냐?"

"예, 그것이……."

"응? 왜 그러냐? 무슨 일이라도 있었느냐?"

"아, 아니옵니다. 그런 것이 아니라, 음… 폐하, 사실 임 도독은 그날 이후로 아무런 행동을 취하지 않고 있사옵니다. 그래서……."

"응? 그것이 무슨 말이냐? 아무 행동도 취하지 않고 있다니? 어서 상세히 말해 보도록 하라."

영락제는 초 제독을 다그쳤다.

영락제는 지금쯤이면 철혈금부에서 맹렬히 훈련을 하는 위사들의 우렁찬 기합 소리가 전 황궁에 메아리칠 것이라 짐작하고 있었는데, 가만히 얘기를 들어보니 그런 것이 아니란 생각이 들었기 때문이다.

"예, 실은 신도 임 도독의 행동을 이해할 수 없사옵니다. 지금쯤이면 위사들이 훈련을 하고 있어야 하는데, 지금까지 단 한 번도 훈련을 하지 않고 있사옵니다. 위사들은 몇 주가 지나도록 임 도독이 모습을 보이지 않고 있자 술렁임을 보이고 있는데도, 임 도독은 그 문제에 관해서는 전혀 신경도 쓰고 있지 않은 것 같사옵니다."

"허, 그럼 임 도독이 왜 그러고 있는지는 알고 있는가?"

"저, 그것이… 폐하, 송구하옵니다……."

"음… 그럼 아무도 그것에 대해서 모른다는 말인가?"

"송구하옵니다, 폐하. 소신들도 그 문제에 대해서 상의를 해보았으나, 임 도독이 왜 그러는지 도저히 알 수가 없었사옵니다."

"허, 아무도 모른다? 음… 도대체, 도대체……."

영락제 또한 대신들과 마찬가지로 호열의 이유없는 행동에 대해 알 수가 없었다.

"음… 그렇다면 이제부터라도 그대들이 직접 알아보도록 하라. 무슨 이유로 아직까지 훈련을 시키지 않고 있는지 상세히, 아주 상세히 보고하도록. 알겠느냐?"

"예, 폐하… 그렇게 하겠사옵니다……."

"그만 물러가도록 하라. 그리고 다음에 짐이 다시 묻기 전에 알아낸 것이 있다면 주저하지 말고 먼저 보고하도록 하라.”

“예, 폐하…….”

“음…….”

‘허, 도대체 이유가 무엇인가. 짐이 자리를 마련해 주었으면 알아서 해야 할 것이 아닌가. 음…….’

철혈금부의 모든 것을 한눈에 내려다 볼 수 있는 곳이 있다. 바로 호열이 일을 보는 곳으로, 연무장은 물론 위사들이 머물고 있는 객방까지 관찰할 수 있는 곳이다.

철혈금부에서 유일하게 삼층 구조를 가지고 있는 건물 안, 그 삼층이 호열의 집무실이다.

“빌어먹을, 도대체 말이 안 돼. 어떻게 그런 터무니없는 명령을 내린 거야? 나보고 저 녀석들을 교육시키라니. 아무것도 모르는 녀석들을 어떻게 교육시키란 말이야? 이것 참, 정말 뒤통수를 맞은 기분이네. 음…….”

호열이 철혈위사들과의 상견례를 성공적으로 마치고 돌아온 그날, 자신의 시종으로 배정받은 환관으로부터 너무나 어이없는 말을 들어야만 했다. 되도록 빠른 시일 안에 위사들을 금의위의 손 도독과 비슷한 수준으로 끌어올리라는 말이었다.

“아무것도 모르는 저들을 손 도독 정도의 실력으로 만들라고? 그래, 이건 분명히 황제와 대신들이 날 말려 죽이려고 하는 수작이야. 빌어먹을! 왜, 왜지? 차라리 죽이려면 곱게 죽일 것이지, 이게 무슨 말도 안 되는 수작인지……. 휴, 내가 무슨 신이라도 된단 말인가? 겨우 손 도독과 싸워 이겼다는 이유로 내게 이런 것인가? 음…….”

호열은 환관이 들고 온 철혈위사들의 신상명세서를 본 후에야 확연히 알 수 있었다.

철혈위사들은 대부분 아무것도 모르는 젊은이들이었다. 아버지가 조정의 관리라는 것만 빼고는 일반 병사들과 다른 것이 하나도 없었다.

다만 어려서부터 철저한 교육을 받은 관계로, 병법이나 어느 정도의 호신술을 할 수는 있었다. 그러나 그것이 전부였다.

호열은 머리가 복잡해 가만히 앉아 있을 수가 없었다. 마치 무엇인가에 홀린 사람처럼 하루종일 넓은 집무실을 이리저리 왔다 갔다 하며 중얼거릴 뿐이었다.

호열은 처음 환관에게 이 말을 들었을 때 자신의 귀가 잘못되었을 것이라고 생각했다. 그러나 환관이 재차 말을 했었을 때는 머리가 빙글빙글 돌며 눈앞이 아른아른거리며 현기증을 느꼈었다.

호열은 그동안 많은 방법들을 생각해 보았으나 마땅히 이 위기를 모면할 방법이 없었다. 있다면 운영에게 했던 것뿐이었는데, 호열은 그것에 대한 것은 생각해 보지도 않았다. 아니, 하긴 했었지만 지금은 아예 머리 속에서 모두 지워 버린 지 오래되었다.

지금의 호열이라면 며칠 안으로 충분히 가능한 방법이었지만, 그렇게 되면 그 후의 일이 더욱 커진다는 생각에 기억에서도 지워 버린 것이다. 또한 중원인에겐 그런 방법으로 도움을 주고 싶지 않았다. 더 이상 중원인들에게 무턱대고 도움을 주지 않기로 마음먹은 것이다.

"뭐, 좋은 방법이 없을까? 내가 가르칠 수 있는 것이라고 해봐야 운영이 녀석의 유운밖에 없는데. 하지만 그건 운영이 것이지 내 것이 아니잖아. 그렇다고 내 걸 가르칠 수도 없는 일이고, 이것 참……."

어떻게 하든 황제가 명한 일이니 하는 시늉이라도 내야 된다는 것을 호열은 잘 알고 있었다. 그러나 하는 시늉이 문제였다. 아무리 생각을 해보아도 방법이 없었던 것이다.

"음… 확실히 무슨 방법이 있을 거야. 내가 너무 조급해하는 마음에 생각이 나질 않는 것뿐이야. 맞아. 호열아, 잘 생각해 보자……."

호열은 생각에 생각을 거듭했다. 이 방법을 생각하다 안 될 것 같으면 바로 다음 생각으로, 그리고 또 다른 생각으로 시간 가는 줄 모르고 있었다.

그렇게 생각이 나오지 않는 머리를 쥐어짜고 있을 때, 호열은 현운 장문인이 일전에 했었던 말이 생각났다. 황궁에 일하게 될 때 기회가 되면 꼭 가보라는 곳, 그곳이 생각난 것이다.

"그래, 황궁 서고! 황궁 서고가 있었지. 하하하, 내가 왜 그 생각을 못했지? 황궁 서고엔 무고도 있다고 했었으니 그걸 가져다가 가르치면 되잖아. 덤으로 나도 볼 수 있고. 하하하……."

"저… 도독님, 초 제독께서 오셨습니다."

"응? 초 제독이? 어서 들어오시라 하라."

'빌어먹을, 내가 아무 행동도 취하지 않으니까 어찌하고 있나 보려고 온 것이구먼. 음… 하긴, 마침 잘 와주었네. 아니면 내가 찾아가야 할 판이었으니 잘된 일이지.'

"예, 제독님. 안으로 드시지요."

"그래, 음……."

환관과 초 제독이 나누는 대화가 들렸다.

호열이 귀를 기울이고 있어 들리는 것이다. 혹시라도 환관이 자신이 중얼거린 것을 들어 제독에게 말할지 모른다는 생각이 들었던 것이다. 그러나 그런 일은 일어나지 않았다.

“어서 오십시오. 제가 찾아뵈려고 했는데 마침 잘 오셨습니다. 자네
는 차라도 한잔 내오게나.”

“예, 그렇게 하겠습니다, 도독.”

호열은 환관에게 차를 시킨 후, 초 제독에게 자리에 앉기를 권했다.

“응? 나를 말이오? 허허허⋯ 임 도독이 나를 찾아올 일이 있었는가?
그래, 무슨 일 때문에 날 보려고 했었나?”

“예, 뭐 별다른 일은 아니니 먼저 자리에 앉으시지요. 차가 나오면
그때 천천히 얘기를 해도 될 것이니 말입니다. 하하하⋯⋯.”

‘천천히, 아주 천천히 하자. 뭘 보려고 온 것인지는 이미 알고 있으
니 시간을 주면서 해야겠지⋯⋯.’

황궁 서고에 대한 말을 하려면 쉽지 않을 것이란 판단이 들었다. 현
운 장문인의 말로는 황궁의 요지 중에서도 손에 꼽히는 곳이었기 때문
이다.

“허허, 그럼 그렇게 합시다. 음⋯⋯.”

‘음⋯ 무슨 말을 하려고 그러는지 모르겠군. 그나저나 역시 오늘도
그대로인 것 같구먼. 폐하께선 당장이라도 위사들에 대한 훈련을 시작
했으면 하시는데. 허⋯⋯.’

차가 들어왔다. 하지만 차를 다 마시도록 아무 말도 오가지 않았다.

말을 시작해야 할 호열이 조용히 차만 마시고 있자, 오히려 애가 타
는 것은 초 제독이었다. 오늘은 무엇이든 알아가야만 했기에 더욱 그
러했다.

“음⋯ 이제 차도 다 마셨으니 내게 할 말이 있으면 어서 하시게. 오
늘은 그저 어떻게 지내고 있나 얼굴만 보러 온 것이기에 여기 더 있을
수가 없을 것 같구먼.”

“하하, 예… 그러나 이거 죄송하게 되었습니다. 제가 먼저 찾아가 뵈어야 했는데, 제가 요즘 고민이 많아서요. 잠도 제대로 자질 못하고 있을 정도랍니다. 하하하…….”

“고민? 허허, 무슨 고민이 그렇게 많기에 잠도 못 자는가? 어서 말해 보게. 내가 도울 수 있는 일이라면 도와야지. 허허…….”

‘잠도 못 자고 있다고? 그런 사람이 정오가 되어서야 일어난단 말인가? 이것 참…….’

“하하하, 그렇게 말씀해 주시니 감사할 따름입니다. 음…….”

‘이제 슬슬 얘기를 시작해도 되겠지? 더 이상 끌어봐야 좋을 것이 없겠어. 휴… 상황이 이럴 땐 도움이 되는구먼.’

삼황과 있을 때 벌였던 신경전이 오늘 호열에게 상당한 도움을 주고 있었다. 그러나 초 제독이 무엇 때문에 왔는지 미리 짐작하지 못했다면 많은 어려움이 있었을 것이다. 누구에게 말을 해야 할지 고민하는데 또 많은 시간이 걸렸을 것이 분명하기에.

“사실 전 아직까지 이 말을 어느 분에게 해야 할지 잘 모르겠습니다. 그런데 이렇게 초 제독께서 오셨으니, 이 기회에 말씀을 드려보는 것이 좋겠군요. 사실 초 제독께선 황궁의 실력자가 아닙니까.”

“실력자는 무슨, 그런 말은 하지 말게나. 황궁의 주인은 황제 폐하시네. 알겠나?”

‘허허, 역시 사람을 볼 줄 아는 사람이구먼. 내가 실세는 실세지. 암…….’

호열의 말을 들으며 겉으로는 정색을 보였지만, 초 제독은 내심 고개를 끄덕였다.

“하하. 예, 그렇게 하겠습니다. 음… 제가 요즘 고민하는 것은 제 수하들 때문입니다. 폐하께선 빠른 시일 안에 좋은 성과를 바라시지만 그건 솔직히 힘든 일입니다. 아니, 가능성이 없다는 것이지요."

"음……."

'허, 역시 고민을 하고 있긴 있었구먼. 하긴, 나도 그런 중임을 맡았다면 고민했겠지.'

"하지만 그래도 폐하의 성은을 입었으니 그에 합당한 성과를 올려야 하는 것이 아니겠습니까? 그래서 생각에 생각을 한 끝에 좋은 방법을 찾기는 찾았습니다. 하지만 그것이……."

"허허, 그렇게 질질 끌지 말고 어서 말해 보게. 방법을 찾았다고 하니 내가 도울 수 있는 것이면 무엇이든 돕겠네. 폐하께서도 윤허를 하셨으니 어려워하지 말게나."

'방법을 찾았다? 정말로 짧은 시간 안에 손 도독과 비슷한 실력으로 키울 수 있는 방법이 있다는 말인가? 음…….'

초 제독은 내심 실현 불가능할 것이라 여기고 있었는데, 호열이 가능하다고 하자 귀가 쫑긋했다.

"정말 감사합니다. 그러나 쉽지 않은 방법이라, 음… 사실 제가 생각해 낸 방법은 황궁 서고입니다. 제가 일전에 황궁 서고에 대한 것을 들었는데, 그것이 맞는다면 가능할 것이라 생각합니다."

"응? 황궁 서고? 임 도독이 찾은 방법이라는 것이 황궁 서고라는 말인가? 음… 난 무슨 말인지 모르겠구먼. 자세히 말해 보게."

'황궁 서고라니? 황궁 서고가 무슨 도움이 된다는 것이지? 허…….'

초 제독은 호열의 말을 이해할 수가 없었다.

자신이 알고 있는 황궁 서고는 그 정도의 능력을 갖추고 있지 못한 곳이었고, 또한 그렇게 알고 있었기 때문이다.

'어? 이건 뭐야? 초 제독의 표정은 거짓이 아니잖아? 내가 잘못 말했나? 아닌데? 분명히 황궁 서고라고 했는데? 혹시 무고라는 말을 하지 않아서 그런가? 그래도 이건……'

호열 또한 이해할 수 없는 초 제독의 표정을 보면서 고개를 갸웃거렸다. 아니, 갸웃거릴 수밖에 없었다. 예상하지 못한 반응을 보이고 있는 것이다.

"저… 황궁 서고엔 무고라는 곳이 있지 않습니까? 제가 알기론 일반 서적들을 보관하는 진짜 서고와 무서들을 보관하는 무고가 있다고 들었습니다. 또한 세상의 신병이기들을 모아놓은 병기고와 영약고도 있는 것으로 알고 있는데……"

"아… 난 또 무슨 말이라고, 있기는 있지. 하지만……"

"하하하, 됐습니다. 있으면 됐습니다. 전 혹시나 했지 뭡니까. 하하하……"

'휴… 다행이네. 그러나 이 사람이 누구 간 떨어지는 것을 보려고 그러나. 있으면 있는 것이지 왜 시치미를 떼고 그래? 음……'

호열은 초 제독의 표정이 심상치 않자 간이 콩알만해졌었다가 황궁 서고가 있다는 말을 들은 후에야 제 크기로 돌아가는 자신을 느낄 수 있었다.

"허허, 이것 참. 이보게 임 도둑, 내 얘기를 끝까지 들어보게."

"응? 무슨 말씀이 더 있습니까? 황궁 서고가 실존한다고 하셨지 않습니까? 그런데 더 무슨 말을……"

'허, 이것 참. 어쩔 수 없구먼. 직접 눈으로 확인시켜 줄 수밖에. 그럼 자신이 얼마나 황당한 생각을 하고 있는지 알게 되겠지. 허허허……'

“좋네. 임 도독이 어찌 생각하고 있는지 알겠네. 이왕 말이 나왔으니 같이 가세나. 직접 황궁 서고를 보면서 내가 설명을 해주겠네. 음…….”

“황궁 서고를요? 지금 말씀이십니까?”

호열은 초 제독의 말을 듣고서 깜짝 놀랐다. 황궁의 요지 중의 요지라 들었던 곳을 눈도 깜박이지 않고 보여주겠다는 초 제독의 말이 쉽게 믿어지지가 않았던 것이다.

“자, 이러고 있지 말고 어서 일어나게. 직접 가서 보고 나면 알게 될 것이니.”

“예… 아, 알겠습니다. 음…….”

‘도대체 뭐지? 내가 잘못 생각하고 있는 것이라도 있다는 말인가? 설마…….’

초 제독의 말에 다시 불안감이 밀려왔다. 하지만 지금은 뭐라고 할 수 없었으니 따라가 볼 수밖에 없었다.

‘휴… 알 수가 없군. 뭐, 할 수 없지. 무슨 일인지 모르지만 직접 눈으로 확인해 볼 수밖에.’

호열은 초 제독의 안내에 따라 반 시진을 걸어서야 황궁의 후원 깊숙이 자리를 하고 있는 한 건물 앞에 설 수 있었다.

후원 깊숙이 자리를 하고 있는 건물답지 않게 그 규모는 상당했다. 한눈에 보아도 철혈금부 반 정도의 규모를 가지고 있었던 것이다.

건물의 정문 또한 황궁에 들어올 때 보았던 육중한 성문을 연상시킬 정도로 거대했다. 그리고 양쪽으로 십여 명의 병사들이 자리를 하고 있었는데, 그들은 건물을 지키는 수위병 같았다.

“제독님을 뵈옵니다. 어서 오십시오.”

정문을 지키고 있던 병사들 중에 수장으로 보이는 병사가 초 제독이 모습을 드러내자 허겁지겁 달려와 허리를 굽혔다.

“그래, 그동안 아무 이상 없겠지?”

“예, 이상없었습니다.”

“허허, 그래. 수고가 많다. 음… 참, 이쪽은 이번에 새로 창설이 된 철혈금부의 임 도독이시다.”

“옛? 아… 황궁 서고의 수호를 책임지고 있는 오군도독부 후군(後軍) 소속의 전단겸(錢端謙)이라고 하옵니다.”

초 제독의 말을 들은 단겸은 깜짝 놀랐다. 황궁 최고의 고수를 꺾은 인물을 자신의 눈으로 직접 보게 될 줄은 꿈에도 몰랐던 것이다.

“역시 임 도독의 대명이 자자합니다. 전 부장이 저렇게 극진하니 말이오. 허허허… 오늘 임 도독께서 황궁 서고를 직접 보기 위해 오신 것이다. 그러니 전 부장은 어서 문을 열도록 하라.”

“옛? 아, 알겠사옵니다. 이리로 오십시오. 너희들은 어서 문을 열어라. 초 제독님과 임 도독께서 황궁 서고를 보기 위해 납시었다.”

“예, 알겠습니다.”

끼… 끼끼긱… 쿵…….

다섯 명이 문을 열기 위해 안간힘을 써서야 간신히 문을 열 수 있었다. 얼마나 오랫동안 여닫지 않아서 그런 것인지, 아니면 쉽게 열지 못하도록 하기 위해 일부러 그렇게 만든 것인지는 모르겠지만 문을 여는 병사들이 안타까워 보일 정도로 힘겨워하고 있었다.

‘허, 문을 여는 것이 저렇게 힘들다니. 이거 점점 안에 무엇이 있을지 궁금한데…….’

"헉헉, 안으로 드십시오. 나오실 때까지 문을 닫지 않고 기다리겠습니다."

힘겨워하면서도 할 말을 다 한 병사들은 황궁 서고 안으로 들어갈 수 있도록 자리를 비켜준 후 자신의 자리에 돌아가 정렬했다.

"허허, 이제 안으로 드십시다. 음……."

"예, 먼저 드시지요."

"그럼 따라오시구려. 허허허……."

호열은 육중한 철문과 수호 위사들을 뒤로하고 초 제독의 뒤를 따라 황궁 서고로 들어갔다. 드디어 황궁 서고에 그 자취를 남기게 된 것이다. 중원인이 아닌, 동이족으로서.

황궁 서고의 안은 밖에서 본 것보다 그리 넓어 보이지 않았다. 사방이 빽빽한 책장들로 이루어져서 그런 생각이 든 것도 있었지만, 유사시 변란에 대비해 외벽을 두텁게 했기에 더욱 그러했다.

"자, 여기가 황궁 서고라네. 한번 둘러보겠는가?"

"예, 그렇게 하겠습니다. 그럼……."

호열은 초 제독의 말이 없었어도 한번 둘러보고 싶었다.

'음… 역시 황궁 서고는 뭐가 달라도 다르구나. 그런데 이런 곳을 황제의 인가도 받지 않고 들어올 수 있다는 말인가? 아무리 초 제독이 전 군을 통솔하는 사람이라고 해도 이해가 가지 않는구먼. 하지만 내겐 잘된 일이니…….'

사방을 둘러보니 온통 보이는 것은 서책들뿐이었다. 이리 보아도 서책, 저리 보아도 서책인 것이다.

"허허, 임 도독이 서책을 좋아하나 보구먼. 난 서책들의 퀴퀴한 냄새에 코가 다 시린데 말이야."

"옛? 아… 하하, 아닙니다. 저도 그다지 서책을 가까이하지는 않습니다. 다만 위사들을 훈련시키자면 어쩔 수 없기에 이렇게 보고 있는 것입니다."

"허허, 그런가?"

"예, 그런데 이곳엔 무고가 어디에 있습니까? 서책들이 너무도 많아서 찾을 수가 없습니다. 하하하……."

호열은 뒷머리를 끌쩍이며 초 제독을 바라보았다.

"무고라… 나도 여긴 오랜만에 오는 것이라 확실치 않지만 아마도 저쪽에 있을 걸세. 맞아, 저쪽이네."

"아… 예, 알겠습니다. 음……."

호열은 초 제독이 가리키는 방향을 향해 걸어갔다. 천천히, 천천히…….

호열은 급하지 않게 주변을 두리번거리며 천천히 발걸음을 옮겼다. 하지만 초 제독이 가리킨 곳에 점점 다가갈수록 호열의 심장은 급한 요동을 치고 있었다.

'다 왔나? 음… 응? 이게 뭐야? 뭐가 이래? 이게 무고가 맞는 거야? 여기는…….'

호열은 금빛으로 무고라고 쓰여 있는 곳에 들어서자마자, 황당한 눈으로 뒤따라오는 초 제독을 향해 고개를 돌렸다.

"이곳이 무고입니까? 정말 무고란 말씀입니까?"

"허허, 그렇다네. 내가 아까 왜 임 도독의 말을 들으며 어이없는 표정을 지었는지 이제 이해가 가는가? 허허허……."

"이, 이럴 수가… 어찌, 어찌 황궁 무고가 이렇다는 말인가. 아……."

호열은 초 제독의 말을 듣고서야 자신이 커다란 착각을 하고 있었다는 것을 알 수 있었다. 착각을 해도 너무 큰 착각을 하고 있었던 것이다.

"허허, 이것 참. 허허허……."

무고의 주변을 둘러보면서 나오는 것은 한숨뿐이었다. 아니, 한숨이 아니라 한탄이었다. 황궁 무고의 무서들과 영약들을 믿고 있었는데, 그런 것들이 모두 한여름날의 꿈처럼 사라져 버린 것이다. 한순간에.

"어떻게 된 것입니까? 제가 밖에서 듣기론 황궁 서고에 있는 황궁 무고엔 세상의 모든 무공기서들이 있다고 들었습니다. 그런데 어찌 이곳은 텅텅 비어 있는 것입니까? 어찌……."

"그 이유를 알고 싶다면 내 말해 주겠네. 음……."

"예, 말씀해 주십시오. 그 이유를 알아야겠습니다. 그래야 앞으로 어떻게 해야 할지 알 수 있을 것 같습니다. 음……."

한순간에 희망이 무너져 버린 지금, 호열은 지푸라기라도 잡고 싶은 심정이 되었다. 그에 초 제독의 상세한 설명을 듣고 싶은 것이다. 아니, 설명이 아니라 해명을 듣고 싶었다. 텅텅 비어 있는 황궁 무고에 대한 해명을.

"음… 사실 황궁 무고는 존재하고 있었지. 그건 당나라 시대 때부터라고 전해지고 있네. 그러나 현재 우리에게는 이렇게 텅텅 비어 있는 서고밖엔 없네. 모두 사라지고 만 것이지. 모두……."

"그, 그것이 무슨 말씀입니까? 사라지다니요? 어떻게 서책들이 사라질 수가 있다는 말씀입니까?"

"허허, 원나라지. 원나라… 당시 태조께선 이곳을 먼저 점령하신 후, 원나라가 군사들을 정비할 시간을 주지 않고 바로 북경의 황도를 향해

진격을 하시었네. 그 이유는 여러 가지가 있었지만, 금릉에 있었던 무공기서들이 사라졌다는 이유도 상당한 작용을 했네. 당시 이곳엔 우리가 있던 건물만 존재했으니까. 텅 비어 있는 건물만 말이네.”

“음…….”

“원나라 시절, 당시 황궁 무고에 있던 무공기서들은 금릉과 북경에 각기 반반씩 나누어져 있었네. 그런데 병사들이 북경으로 퇴각하면서 이곳에 있던 무공 서적들을 모두 가지고 간 것이지. 쓸모없는 저런 서책들은 내버려 두고 말이야.”

“…….”

“허허, 하지만 태조께서 북경을 점령했어도 상황은 마찬가지였네. 이미 모든 서책들은 본국으로 옮겨놓은 상태였던 거야. 정말 분통이 터지는 일이지. 만약 그 무서들이 황궁에 있었다면, 허허… 미안한 말이지만 임 도독이 여기에 있지도 않았을 것이네.”

“음… 그렇게 된 것이군요. 휴…….”

‘휴… 정말 미치겠군. 초 제독의 말이 틀림없다면, 그럼 난 앞으로 어떻게 한단 말인가? 아…….’

초 제독의 말을 다 들은 후에야 상황이 이해가 되었다. 그러나 호열에겐 너무나 가혹한 현실이었다.

“지금 이곳에 있는 것이라고 해봐야 기초 입문서밖엔 없네. 그것이 전부지. 음…….”

“아…….”

무고엔 모두 일곱 권의 서책이 있었다.

호열은 서고의 한 켠에 아무렇게나 쌓여 있는 일곱 권의 서책들 중 한 권을 집어 들었다. 그런 후 또다시 옆에 있는 것들을 보고는 다시 다른 것도 보았다. 하지만 아무리 보아도 한숨만 나오게 만드는 것들 뿐이었다.

육합록(六合錄)과 십팔반병기활용서(十八半兵器活用書), 그리고 내공 입문서를 빼고는 아무것도 볼 만한 것들이 없었다.

'육합록이라… 허, 이건 그래도 볼 만하군. 음…….'

"그럼 병기고나 영약을 보관하는 곳도 이렇습니까?"

"허허……."

"음… 휴……."

호열은 초 제독의 허탈한 웃음이 무엇을 말하고 있는지 알 수 있었다.

"그렇다면 어쩔 수 없겠군요. 다른 방법을 모색해야만 할 것 같습니다. 아마 시일이 좀 걸리겠습니다."

"허허, 임 도독이 수하들을 생각하는 마음이 그러한데 조만간 좋은 방안이 생길 것이네. 자, 이만 나가세."

"예, 그렇게 하는 것이 좋겠습니다. 음… 참, 이것들을 가지고 나가도 괜찮겠습니까?"

호열은 밖으로 나가려고 하다가 뒤를 돌아보았다. 비록 크게 활용될 만한 것들은 없었지만, 그래도 아니 가지고 나가는 것보다는 좋겠다는 생각이 들었던 것이다.

"허허, 임 도독 마음대로 하게나. 그리고 앞으로 필요한 것이 있다면 여길 사용해도 될 것이네. 임 도독도 나와 마찬가지로 언제든지 이곳에 들어올 수 있으니 말이네. 들어올 일이 있을지 의문이지만……."

"음… 알겠습니다. 필요하면 오도록 하지요."

호열은 초 제독이 먼저 밖으로 나가자, 얼른 일곱 권의 서책을 챙겨

들고는 그 뒤를 따랐다.

황궁 서고를 빠져나오니 이미 밖에는 날이 저물고 있었다.

마치 호열의 앞날이 순탄하지 않을 것이란 것을 예고라도 하는 것처럼 사방은 점점 어두워져만 갔다.

'휴… 내 앞날이 순탄하지 않겠구나. 이제야 이유를 알겠어, 왜 황제가 날 도독의 자리에 앉혔는지. 왜 철혈금부를 만들었는지. 바로 이것 때문이었던 거야. 이것 때문에……'

황궁 서고를 빠져나온 후 한참이 지났지만, 호열의 얼굴은 좀처럼 펴지지 않고 있었다.

누가 황궁 서고가 텅 비었다는 것을 알겠는가. 아니, 황궁 무고가……

호열은 철혈금부로 발걸음을 옮기면서 현운 장문인의 얼굴을 떠올려 보았다. 인자한 웃음과 안타까워하던 표정…….

'그래, 뭐 이렇게 된 거 어쩔 수 없지. 다시 생각해 보자. 다시 생각해 보면 좋은 방법이 떠오르겠지. 그래, 반드시 떠오를 거야. 반드시…….'

『호열지도』 5권으로…